U0623443

沪上2098

阳钰 著

江苏凤凰文艺出版社
JIANGSU PHOENIX LITERATURE AND
ART PUBLISHING

图书在版编目（CIP）数据

沪上 2098 / 拾钰著 . -- 南京：江苏凤凰文艺出版
社，2023.5
ISBN 978-7-5594-7478-0

Ⅰ . ①沪… Ⅱ . ①拾… Ⅲ . ①长篇小说 - 中国 - 当代
Ⅳ . ① I247.5

中国国家版本馆 CIP 数据核字 (2023) 第 013744 号

沪上 2098

拾 钰 著

责任编辑	丁小卉
特约编辑	朱亦红　　鲍 畅
封面设计	李子琪
封面插画	陈艳丽
责任印制	刘 巍
出版发行	江苏凤凰文艺出版社
	南京市中央路 165 号，邮编：210009
网　　址	http://www.jswenyi.com
印　　刷	河北中科印刷科技发展有限公司
开　　本	889 毫米 × 1270 毫米 1/32
印　　张	11
字　　数	235 千字
版　　次	2023 年 5 月第 1 版
印　　次	2023 年 5 月第 1 次印刷
标准书号	ISBN 978-7-5594-7478-0
定　　价	59.90 元

序

著名财经媒体人　秦朔

2021年，人工智能已经是炙手可热的话题。根据麦肯锡全球研究院新近发布的报告：随着科技的进步，在2030年，大概有3.75亿人口将面临重新就业，其中中国占1亿。麦肯锡报告中提到，创意工作、技术类工程、管理类以及社会互动类的岗位需求增长明显，因为机器还无法在这些领域取代人类。对在可预测环境中进行物理活动的部分岗位的需求将明显下降。

本书作者则以想象力突破了对人工智能的未来枯燥的数据展示：2098年，上海已经处于人类和机身共同生活与居住的时代，机身以超强的智慧成为代表人类自己的另一半，他们拥有和现在的机器人完全不同的进化通道，在和人类的相处中，既可快速、准确地代为处理工作，也因为其强大的模仿能力，给人类的生活带来了全新伴侣式的美好。

在书中，2098年的上海最时髦的事情就是定制一款机身，他们和定制者拥有同样一个身份ID，从某种程度来说，他的言行就代表了你。

故事的主人公华华在2098年全国最大的人工智能企业上班，在负责帮客户定制机身的过程中，见识了许多机身和人的故事，其中有丧偶的老太太定制了一款和生前的丈夫一模一样的机身，余生不再孤独；也见识了具有超级识毒能力的机身是如何帮助警察，侦破了豪门为夺取家产而精心设计的投毒案。这使得这本人工智能的小说有了推理小说的底色，读起来更加有趣。

2098年，作者想象上海进行了一次恢复历史风貌的改造。上海原本是千年水乡，老城厢在明清时期，相当于"威尼斯"古城，为了吸引游客，塑造有差别化的旅游特色，上海启动了恢复河道、恢复老城厢古城水韵的改造。主人公华华和她的伙伴们为此设计了一个"机身社交基地"。当机身们独自开始社交、学习，一切都变了，人类原本以为他们似乎没有独立思维能力，在共学的作用下，他们的弱思维能力展现出来，并且不接受人类的控制。华华所在的人工智能公司为了安全起见，开启大规模的机身程序重装业务，没想到，这个举动令和自己机身朝夕相处、已经成为亲密伙伴的人们痛苦不已……主人公华华在经历了失去自己机身后的百般痛苦，退出了机身圈，过上了人类传统的生活。

然而，机身的发展势不可挡，通过电子信息系统和人类以及其他生物系统相融合的方式来构建的意识机器人，比人类更复杂且有力，他们生态的多元性令人类无法预计，也令人们无法离开机身。除此之外，小说中对八维地图的想象和演绎也可圈可点，未来历史的书写也许会如同八维地图科技一样，让历史"活"在眼前。

站在100年前的昨天，无法想象今天的科技感，同样，作者笔下2098年看似不可思议的未来，却可能是人类生活更为精彩和丰富的现实。

2098年的上海街头，智能机器之身行走其间，他们身穿和人类一样时髦的衣服，发饰精美。和他们打招呼，他们能追随你的目光，顾盼神飞，谈吐周到。定下心凝视，眼神倒会出卖他们，高阶智能机身的眼睛有视觉神经，水晶片融合了含铬的猫眼矿石粉，散发出一种迷人的光，和人类的眼睛比，还是缺乏一些只可意会的灵动。

无论如何，和世纪初金属外壳、四肢僵硬的机器人不可同日而语。他们并不追求如出一辙的完美，有的机身如古美人般削肩长项，瘦不露骨；也有的机身腰间刻意有一圈"肥油"，妈妈般亲切。不过都是为了更真实、自然地融入人类的世界。

机身无处不在。便利店里，余光瞥见对面的小姑娘在舔酸奶盖，正为她的俏皮而打动，细细一看，原来是机身。这年头，真人和真人在上海街头偶遇，竟莫名亲切，像在一个荒岛上，难得遇到一个人，纵然从前相处得不融洽，也会热络起来。

早上8点半，我准点起床。妈妈和我的机身华华合作的早餐已经摆在餐桌上：上海老传统四大金刚之油条、粢饭糕，还有热气腾腾的豆浆。

　　"味道不错，"我对老妈说，"看来你们现在合作默契嘛。"

　　"喔唷，华华还是很聪明的，今天豆浆里面的糖就放得刚刚好，油条炸得也不老，我的面也发得刚刚好。"机身就是这样，可以很精确地计算出500毫升的豆浆需要多少糖，一丝不苟地执行，却不擅长揉面之类的活儿。华华的手臂里镶嵌着传感器和运动控制算法，还有弹性驱动器和可反向驱动的接头，这使她的手和人一样有手如柔荑的视觉美感，不过她的"手"还是不能控制手劲大小，下手不知轻重。即便如此，我对华华已经很满意了——她一米六五，在我的设计中，体形略为丰满，永远的童花头，头发用我的真发打造，单眼皮，有两个小酒窝，清新自然，人见人爱。

　　"走了，华华，今天有早会。"我还在提醒华华呢，发现她早已换好和我一模一样的西装裙，等在门口。"ME，"华华说，"别怪我没有提醒，根据信息提示，今天来办公室讨论机身设计方案的黄教授不喜欢黑色，我们穿黑色套裙是不是有点不合适？"

　　"噢，你功课只做了一半，你忘了另外一位客户的喜好——江太太恰恰喜欢黑色。再说，完全跟着客户走，也未必令他们印象深刻。"我柔声道。

　　机身，这个时代每个人的机器替身。他／她代表的就是你，身份证也和你共用一个，可以代替人做很多人类不想亲自去做的事情，比如排队、烧饭、开车，甚至和一个无关紧要的人见面。我叫我的机身"华华"，因为我身份证上的名字叫华勤，华华是我的小名。她叫我"ME"，也就是自己的意思。我们毫无血缘关系地共生，彼此相依。机身几乎没有缺点，只是需要各种维护，大到器官维护，小到购置服饰，还需要不断输入各种技能程序，从整理资料、分析案例到待人接物如何得体应对，事无巨细。

上海的3月，阴到骨子里般地冷。我没有穿大衣，哆嗦着和华华来到小区顶楼的空轨停机坪。所谓空轨就是小型飞机，只能停在特定的停机坪，有城市专用航道，每小时收费1000元。从我家到公司大约需要15分钟，差不多250元。好处自然是没有堵车。这种出行方式发展迅猛，现在的轿车，一般都是无人驾驶或机身驾驶，通常也是老人使用，以龟速在地面行驶。更低收入的人群则搭乘老掉牙的地铁和公交。

作为一个机身形象设计师，我的年收入在500万元以上，打飞的这点钱是小事。我所在的行业是这个时代最金光闪闪的行业之一，智能机身的出现不过15年左右，从最早一个傻乎乎的机器人形象到现在堪比真人；从最早没有几个人接受用机器复制一个"自己"在身边日夜相伴，到现在国家公安部门统一为机身定制了和机身拥有者一致的身份证号；定制机身在大城市已供不应求。这个行业比2000年的电子商务还要光速发展。我，正儿八经地从人工智能专业毕业后，虽然只有区区本科学历，还是很顺利地进入这个行业里最大的公司——"人人智能集团"。

黑云压城。坐在飞的上，华华突然抱怨："已经3天没有见到太阳了，又是阴天。"我微笑。两个经常在一起的人会同化，机身也是如此。华华通常没有太大的情绪波动，她知道我喜欢晒太阳，3天没有晒到阳光就会心情低落，算是替我抱怨。以机身现在的智能还不能分辨无法量化的事情，比如美丽，她隔几天就会讨好我妈，说"你越来越好看了""衣服颜色真漂亮"之类，但那多半出自我的授意。我妈不领情，一听这话就说："又来喷'花露水'了。"我听后狂笑，华华则依然一脸茫然。

生于2040年的老妈会说一口地道的沪语，她们那个年代，学校要求恢复沪语教学，保留地方特色。所以，老妈不仅沪语说得好，还学了地方戏剧——现代沪剧。所谓现代沪剧，就是用沪剧戏腔唱各种现代剧，我的理解是这样。

我和华华相处得自然，隔很久不说话也不尴尬。我喜欢在路途中听新闻打发时间，没等我发声，华华按了按右手上的按钮，胸腔部分的喇叭传出悦耳的"华勤小姐专属新闻报道"。

近几年，市面上流行云定制新闻，新闻皆按每个人提前输入的关键词定制。比如我向光速传媒定制了世界范围内人工智能的新动向，每天他们都会发送给我数百条全世界各种媒体制作的相关新闻。同一则新闻有不同角度的报道。我甚至还高价定制了人工智能领域大牛们的动态，会收到类似"卡里杨博士预订了去土耳其的机票"之类的小道消息。知道这种消息对我来说没有任何用处，人人皆有八卦之心罢了。

所谓的云定制，就是每个人独立的网络空间，你可以用不同的载体来扩展它的用途——阅读新闻时，可以是朴素的文字，也可以戴上AR眼镜或用机身自带的阅读器，让一则文字类的新闻报道转眼变成多维体验，比如图片浮现在文字上，视频同步播出。华华眨眨眼便能翻动新闻页。云载体薄如手绢，可折叠成小豆腐块，展开有30寸，尽可随心所欲地打电话，看视频，云购物，云阅读，分享实时信息，以及在线健康监控等。

今天，本地新闻报道最大的亮点是上海要启动名为"上海老城厢：昔日江南梦回，千年水乡重归"的城市发展计划。

有"上海之根"之说的黄浦区（原南市区）曾是如苏州一般的江南水乡。为了恢复上海特色，有志之士呼吁重新开挖河道——方浜、陆家浜路、肇嘉浜路都要恢复成曾经的河道。这个想法倒是颇有新意，现在每个城市都是差不多的高楼大厦，几十年前流行的玻璃幕墙大厦光污染严重，更加不利于城市航空的发展。经历过21世纪流行的元宇宙时代，从虚拟空间中回归现实生活的人们对于自然生活更为渴求，这种密集型居住徒增心理压抑。

说到元宇宙，那曾是一个时代疯狂的符号。元宇宙的概念源于1992年尼尔·斯蒂芬森的科幻小说《雪崩》，书中的人们有了自己的"化身"，这应该不是什么新鲜的概念，只是"化身"除了在世界范围内社交娱乐，还可以购买土地开发许可证造楼等，我个人理解那是进一步融合了同样流行过的古老游戏"大富翁"的概念。2021年，沙盒游戏平台Roblox把书中的"元宇宙"概念提炼出来，成功上市。它是一个在线游戏创作平台，可以任意构造自己心目中的虚拟世界，所使用的虚拟货币却又和现实世界交叉，解救了很多社恐，孤独的灵魂们用另一个身份体会到了友情的春风。那个年代用可穿戴游戏设备还是新鲜事，正如《三体》中，进入三体的游戏世界需要可穿戴游戏设备，元宇宙也是如此，玩起来代入感很强。因此，元宇宙曾经爆炸式发展。据老爸老妈回忆，就像本世纪初人人有手机一样，几乎每个人都有元宇宙账号，穿梭在各种时空、街区，上班、交友、元宇宙购物、线下收货、结婚甚至生子（虚拟）。元宇宙里的化身可能完全和现实对立，对人性来说，多么有迷惑力——丑陋变成美丽，弱小转为强大。物极必反，很多人因为长时间在虚拟世界里，迷失了自己，失去了现实生活能力，有些人在虚拟世界中愈发有暴力倾向。元宇宙的衰败还和利益有关，元宇宙的初衷是在"计算机协会全球多媒体协议组织"的规则指导下，互通互联，没有原始互联网时代的门户之分，每个人用统一账号，在虚拟社区中实现游戏、贸易、交友，且统一用元宇宙货币交易。最终还是因为涉及了不同国家、不同行业、不同互联网产品的利益而遭破坏。元宇宙里甚至还爆发了一场战争，最后战争的疯狂牵引到真实世界，最终，元宇宙在爱好和平的人士的抵制下盛极而衰。

不过，恢复老城厢的水乡，并不仅仅是因为元宇宙的衰败。城市空中航线的发展，令人有条件逃离都市，幽居远山。如果上海的老城厢能恢复成美丽的水城，小船摇曳其间，人们枕河而居，这个城市也许可以再次吸纳人气。只听专家在新闻里激动地说："现在的蓬莱路就是清末光绪年间——1906年，半段泾、杨家浜和运粮河填没后修成的……"我忍不住在新闻下点赞，这条新闻已经有

1000多万个赞，可见上海的水乡之梦唤醒了人们对江南本色慢生活的追求。

机身，更好的伴侣

15分钟后，飞机抵达公司的专用停机坪。

公司位于外滩源的一幢老建筑，这只是公司为了塑造形象，特地在外滩租借的一幢楼，公司有3万多个员工，这幢老大楼也装不下，真正的大本营在杭州山间别墅。100多平方米的大堂空空荡荡，偶尔走过几个机身，都在替人买咖啡。

我和华华径直到办公室。我们的办公室三面墙壁都是透明的云屏，当中放着一张Herman Miller极简风格的桌子和两把椅子，玻璃窗前摆放了一列机身模型，和一张为了取悦客户的Calligaris白色巨大沙发，我甚至连茶几也没有放，这样和客户交流起来可以更直接和专注。

华华为我泡好龙井茶。她知道我的一切喜恶，这是自然，她就是我的一部分。我还没有来得及细闻狮峰龙井的兰花香，A号屏幕亮了，顶头上司老菠萝出现在屏幕里，说："今天有新的机身模型到货，样品一会儿送到你这里，是本月重点推送的新款。"

5分钟后，老菠萝的机身到我办公室，汉朝书生的形象，一袭曲裾袍，头戴假髻和笼冠，双眼炯炯有神。老菠萝崇拜汉明帝，他的机身一般都穿汉服。

"你今天很仙啊。"我恭维道。

"怹辛苦，感荷高情。这是样品。"他作了一个揖，把一个巨大的盒子交给我。

我夸张地眨眨眼："你说的是古语吗？听不懂。"

老菠萝的机身回以眨眼："噫，日出入安穷？时世不与人同。故春非我春，夏非我夏，秋非我秋，冬非我冬……"

"哈，故意气我是吧？"我佯装生气道。

老菠萝的机身长笑而去。这就是机身的魅力，他／她可以成为你想让他／她成为的任何样子。如果你喜欢法国，可以把机身外形设计成法国人，让他说法语；他／她也可以成为一头小鹿或者一个变形金刚造型。随愿总是要财力许可，一个机身的价格根据需求的简单和复杂，外形用材以及大小，从50万元到1000万元不等。

老菠萝的机身走后，我打开包装盒，迫不及待地想看看新的机身造型。全新的机身是一个身高一米八左右的男子，没有配置服饰。皮肤仿生度高达95%，除了肌肉，肌肤质感有了进一步的改善。"肤感"曾经是机身的一个弱点，无论是金属材质还是碳素材质，都无法很好地模拟人类皮肤的质感，那种肤色，死气沉沉。屏幕A又亮了，老菠萝面露得意之色："这是日本最新皮肤，特米技术，以前只用在航空科技领域，除了模拟人类皮肤的毛孔，还可以设定体温。机身现在有人类的体感了，俗称'热气'。"

"哎哟，难怪我没有摸死人的感觉，原来有了体温，造价double吧？"我由衷地赞叹。

"当然，至少800万。你负责外形设计，我个人建议参考一下上世纪电视剧《上海滩》里的男主人公——大背头，配一件长风衣。大数据表明现在怀旧风潮起蓬头了。另外，再联系爱贝公司的张总，他肯定有兴趣。"

"好的。"我点点头。

和世纪初的机器人不同，现在的机身被定义为"人类的伴侣"，公司从各个方面竭力打造"伙伴"的感觉。我们尤其排斥赋予机身金属外形，异类感太强，难以契合心灵。按照老菠萝的要求，我们的机身必须真实到让人忍不住怀疑：他／她真的不是人类吗？

"华华，这真的太完美了。等我拿了奖金，我也给你换个这样的皮肤。"我捧起龙井茶，细嗅了一会儿，"狮峰龙井的兰花香和梅家坞龙井的豆香就是不一样。"

华华已经麻利地开工了，在资料库里找《上海滩》的影像："我不需要换皮肤，钞票还是节约点吧。你这种花钞票大手大脚的做派我真看不惯。"

华华做事的时间，我虽然在品茶，脑子却没有闲着。机身仿真度越来越高，人类具有创造力的思维却无法完全替代。如何让机身更有"自创力"？这个问题，几乎每天在我脑中盘旋，一直也没有灵光乍现的突破口。连华华也不理解，她已经足够聪明，究竟还需要什么创造力？

要理解这一点，先要明白机器人和机身所代表的智能机器人并不是一个概念。

上世纪，机器人主要应用于制造业。一台工业机器人的躯干主要由钢制成，全身布满电线，控制器就是所谓的仿生人类大脑。一开始，它们的工作非常简单，如把物品从A处运送到B处，或简单重复某个机械动作。有篇论文曾经描述过，当时一个工业机器人做一个简单动作，研究人员需要先分析受力，据此建模。数据集里的每一个数据对应一个物体的模型和这个物体在不同姿态下可以被稳定运行的施力方式。这些施力方式通过物体模型计算出来，判断这和数据集里的哪个物体最相似，根据最相似的物体数据集里包含的施力方式计算出最稳定的施力方式定模……每一个步骤都涉及庞大的计算量。当时，一个动作所需要的数据库算法占用了1500台虚拟机的计算量。回想起来，就好比现代人遥望新石器时代的生产力，原始而笨拙。

智能机器人的概念源自美国现代科技初始的时代——20世纪五六十年代。1962年，约翰·麦卡锡在斯坦福大学创立了人工智能实验室，他提出用机器人代替人类大脑的想法，至今仍然是人工智能科研人员的图腾。经过了100多年的发展，智能机器人——机身，不仅可以定制不同的造型，还拥有可发展的"智脑"——除了人工程序、神经形态识别芯片，他们还拥有自己的神经元系统和细胞等有机组织，有不断学习的能力，几乎无瑕疵的应变能力，甚至有不同的性格特征。不夸张地说，有时候，机身比人更完美。

举一个例子。我有一个客户，老太太极其富有，遗憾的是，她的先生过世了。所幸，在先生过世前，老先生的机身已经定制完成，机身不仅拥有老先生生前所有的学识，熟知老先生的爱好和生活习惯，连说话的语气也基本一致，甚至，工程师让机身去了一遍老先生这辈子所有去过的地方，住过的房子、曾经工作的地方、喜欢的餐厅等，就是要机身和老先生神似。这样，虽然老先生走了，但机身一直陪着老太太，感觉就像他还在她身边那样。据老太太反馈，机身确实做到了。每天，机身都和老先生活着时一样，一大早陪着她去遛弯儿、买菜。回到家会按照她的喜好，给她泡咖啡。机身甚至知道，老太太喜欢坐在沙发上看书时，窗帘拉一半，因为不愿意太阳直射过多。机身还会提醒她吃药，陪着老太太聊天，聊年轻时候的事情，大多数时候，机身都能对答如流，只要曾经告诉过机身他们之间的往事，机身都记得。老太太觉得机身比老先生本人还要完美，因为机身晚上不打呼噜，这个曾困扰他们一辈子的小问题，就这么"解决"了。更让老太太想不到的是，她又一次抱怨女儿不该那么匆忙地结婚，然后又匆匆离婚，离婚时重庆南路的老房子也分给了男方时，她先生的机身突然停下来，认真地对老太太说："Let it go，你不是也拿了前夫一笔钱吗？"老太太瞠目结舌，看着自己第二任丈夫的机身说不出话来。

事后，老太太打电话给我，询问我缘由，因为她从来没有和机身提起过自己之前有一段婚史，并且还在离婚时获得一笔赔偿金的事情。我说，那肯定是你第二任先生活着的时候告诉他的。"他确实知道这个，但是，活着的时候，我们每次提起女儿的事情，他从来没有这样说，他只是和我一起骂前女婿啊。"老太太疑惑不解。"很简单，老先生和自己的机身交谈时，说的是自己的心里话，表现并不一定是生前和你在一起时那样。所以，机身会用这种方式来安慰你。"我微笑道。老太太也释然了，心头挥之不去的阴影就这样散去了。

这种散发着人间温情的定制，并非2098年才有的新鲜事。在2022年，人工智能专家李博阳就已经在大连深耕"仿生机器人"。那时，在大连金石滩已有中国首家仿生人形机器人场馆，也是全球唯一一家能看到人形机器人是如何生产制造的研发中心。120位科研人员，通过采集人的数据，可以制作出1:1同大小的机器人设备。他们曾经为一位老奶奶定制一位亲人，因为老奶奶觉得她"需要有人坐在家里陪着聊聊天就好"。

2098年，机身的定制已更加多元智能。只是，机身还不能被证明具有人类高度的"自创力"，机身庞大的数据库和少量的有机组织不能等同于人类脑神经，具有搜索、整合、联想和创造的共运能力。这才是我这个机身设计师的未来工作重点。如果只负责机身外在造型设计，最多也就是机身造型师；要让每一个人的机身都成为独一无二的自己，就要赋予他／她令人惊喜的自我感受和体验。

拿华华来说，她的数据库里有全本唐诗词。她还会自己创作诗词，这不算惊喜，我给她的大脑芯片输入了复旦大学胡中行教授讲解的诗词格律要义，她自己整合数据库中的古诗词，就能像模像样地赋诗。

华华曾"写"道：古今多少事，都在此杯中。熟悉诗词的人都知道，这是改编了著名的《临江仙》里的"古今多少事，都付笑谈中"。胡中行教授曾说，这样的是学诗人，不是诗人。诗人需要敏感于一山一水，感动了，才可以写出"感时花溅泪，恨别鸟惊心"；心情糟糕的时候，发出"老兔寒蟾泣天色"的感叹。诗词不仅仅是字词的堆砌，更重要的是里面的思想和情感。偏偏这些思想和情感却是华华暂时所不能创造的。

华华远比人类博学，她会告诉你古人怎么坐：臀部放在脚后跟，这个叫坐，臀部离开脚后跟，叫跪；而古诗词中的"长跪"，表示严肃、庄重。或者你问华华，历史上，大家如何评价汉武帝，华华可以找出从古至今专家们至少60种评价。如果你问华华："那你个人怎么看汉武帝的呢？"她就默然了。你不知道她的沉默是因为对这个话题没有兴趣，还是没有思考，或者已经深度思考过，深知历史的真相很少纯粹也绝不简单而保持沉默。人没有想法，有时候是因为知识结构的广度和深度不够，以及缺乏对事情的整体了解，华华不然。对我们这些机器人工作者来说，不能量化机身的思维不得不说是一种遗憾。

千奇百怪的客户要求

"ME，黄教授已经到停机坪，大约5分钟后到办公室。"华华打断了我的沉思。

"好的，我准备好了。"我调出黄教授需要的机身定制方案，淡定地回答。

黄教授在大学里工作，他需要定制一个机身，主要用途是代替他本人去上一些大课。教授的要求很容易实现，只要给他的机身编排好程序，他自己输入课件即可；至于回答学生提问，可以设置成直播模式，教授即使远在美国，也可以联网在云中回复学生的提问。这种功能连智能都算不上，我自然气定神闲。

黄教授今天依然一身糯灰色正装，书卷气十足，他的机身无论是材质还是外形都要求内敛而不张扬。

"今天来这里，主要是想和你们商量一下，机身的功能除了代替我上课、搜索资料，是不是还可以多一项……我……我有些睡眠障碍，不知道这方面，机身是否有办法帮我？"黄教授的声音有些犹疑，显然，失眠这件事若不是为了机身定制，他并不愿意和别人提及。

涉及隐私，我回复的语气尤为低沉平稳："如果需要，我们给机身设置一些助眠的音乐，希望可以帮到您。"

"音乐疗法对我没有效果，我也不愿意吃安眠药。"黄教授的口气略为失望。

"失眠的原因有很多，找到原因，或许机身可以帮上忙。"我小心翼翼地说。

"压力吧，你知道，比起发表学术论文，怎么在研究领域有所突破才是一种负重。"黄教授居然十分坦诚，令我着实吃了一惊。

"这样啊……或者，我们可以帮您把您研究领域的数据输入给机身，看它会不会找出一些灵感？"我的脑子里又冒出了如何让机身更有自创力的想法，让他帮助教授进行科研，也许会有突破。

有了想法，自己更要多使点劲。顿了顿，我又说："您一定知道很多科研领域的突进，机身在其中都发挥了超乎人类的作用，就是因为他／她可以根据海量的数据做假设，并参与测试。现在美国医疗公司几乎所有的药物反应相逆性和相合性的测试都是利用人工智能。机器人用很少的时间就可以鉴定出同一名患者在服用不同药物一定时间后药物的相互作用，以及类似这种情况在其他人类身上发生的概率，从而判断出因果关系。因为机器人的应用，如今的医疗才得以全面进入'个性化治疗时代'。机器人根据大数据分析来管理患者的治疗方案，配给最适合的药物，在全靠医生个体分析的时代几乎是不可能的。所以，您的研究课题也许可以好好利用一下机身。"

"这我大约知道一些，我会考虑一下，但我们的研究数据保密，所以，可能并不方便让机身介入。"犹豫了一下，黄教授还是婉拒了我的提议。

因缘不和合，不可勉强。之后，我们又略略讨论了机身的服装，黄教授不愿意机身和他一样穿正装，他希望机身穿牛仔裤，白色衬衫。"和年轻人在一起，年轻一点。"他不好意思地解释了一句。

我善解人意地一笑："好，华华一会儿就给您报价。我们机身配件的服饰用料基本都是一级品，白衬衫有更高的品级……"

我的话还没有说完，黄教授就决定了："要最好的高支纱纯棉白衬衫，经典款。牛仔裤的面料最好是天丝，试样后，衬衫和牛仔裤各定制3套。"

"好，那我让华华去准备一下。"

话毕，黄教授告辞，跟着华华去5楼VIP时装定制区。机身的外形，除了性别、身高、体形的区别，并无太大差异。所以，我们公司老板特别重视开发配饰，甚至和法国一些大品牌合作，专门为满足高层次客户的需求。老板英明，生意奇好。我有时候不能理解为什么会有人愿意为机身配一身价值10万的衣服，机身本身也不过50万，但是50万的机身穿上10万的衣服，就有了100万的气场。"人靠衣装"，机身也不例外。本世纪初很多人甚至会为游戏装备花费几十万，为了代表自己的机身花费几十万又算什么呢？

我们公司的大老板Frank，公开资料里几乎找不到他的信息，偶尔在会上看到真人，是一个貌不惊人、不善言辞的理工男形象，让人怀疑他是否真的有能力运营这个庞大的公司。我们只知道他本科就读于浙江大学人工智能专业，毕业后去了美国，导师是图灵奖获得者、世界一流的计算机科学家也是哲学家——Mark，其余信息几乎是空白。他不接受任何访问，也从不谈论自己的喜好。作为公司中下层员工，我们本来很少有机会接触神秘的大老板。不过，他会不定期突然出现在办公室，和中下层员工随意聊天，这种行为被理解为有亲和力。他对聘任员工也有奇特的见解，要求员工具有不同的学术或职业背景。所以，我们每月召开"智脑"例会时，有专业背景是植物学、动物学、艺术、哲学、历史学、佛学、时装设计等似乎完全不搭界的人士加入。当然，会议中的人脑智能专业的同事占大多数。老板认为，在最高层次上，文化和专业领域其实是相通的，有时候画家的一幅画足以唤醒你的研发灵感。

事实上，21世纪初人工智能发展曾经走进瓶颈期，因为所有的研发人员都在试图模拟人脑神经运作方式，其实这几乎不可能。

人脑中约有1000亿个神经元，每个神经元都和约10 000个突触相连接。建立模拟人类大脑功能的神经结构和连接，这是一个足以让人抓狂的巨型任务，即使用磁性纳米模仿神经元也无法和人脑相提并论。100多年来，人工智能发展屡次进入瓶颈期，能突飞猛进发展恰恰是因为受到了生物学家的启发。据说一位全美最优秀的神经生物学家和一位中国生物学家偶然交集，他们在梅里雪山因为罕见的高温所引发的洪水中找到了一种远古时代的微生物，并联手研究这种微生物，解决了20世纪一直没有得到解决的人工智能模拟生物神经系统的自然活动问题。简单来说，他们解决了突触再生的可塑性，使机器人的神经细胞内部的信号通路具备人类的特征，可控制各种神经递质和调节剂对于受体的影响，具备一定再生能力。这被誉为21世纪最伟大的发现，没有之一，这个发现打破了研究人脑或者类人脑的固化思维。图灵奖的另外一位获得者朱迪亚·珀尔曾经说过："不能只依靠数据。因为所有的知识不过源于所观察的数据、感官经验，或者文化和基因方式传递给人类的非直接经验。"问题在于，这些都有局限性。

突破这种局限性，有时需要想象力，更多时候需要突破人类已有的知识和经验。有时，这种灵感来自无所不有的大自然，其中，有植物给我们的启示，也有动物给我们的启示。比如，苍蝇有一对复眼，每只由4000多只小眼睛组成，人类模仿它制成了"蝇眼透镜"；还有很多鱼类发光但不产生热，人们依此，发明了类似生物光的冷光；鱼的DNA记忆储藏能力比人类更强，21世纪末，新西兰奥塔戈大学研究人员以鱼群"DNA甲基化"形式存在的记忆为样本，成功借鉴给人类基因遗传，人类的后代因此会记住自己祖辈们关于灾难的记忆与经验……这样的例子，举不胜举。从这个角度来说，Frank的公司管理理念看上去漫无目的，却具有真正的实用性。作为一个高科技公司，我们还有很多难点需要攻克，还有很多研发在困局中，我们每天都如同一个濒临江郎才尽的艺术家，对灵感的渴望无疑是极致的。

送走了黄教授，还有4位客户等待和我见面。第二位客户是江城药业集团总裁陈瀚海，人称江太太。她的家族在南方一直是个传奇，据说为了一款中成药的配方，家族里甚至还爆出兄弟互相暗杀的丑闻。在江太太身上，我倒是看不到一点腥风血雨，她一张银盘大脸，似笑非笑，说话声音柔中带刚。对她，我可是要打起十二分的精神，如此级别的客户都不是一个订单，而是一池子订单，甚至是整个江城的订单。我这套黑色套装就是为了她特意穿的，资料库显示，她年轻时只穿白色和黑色。

"您好，江太太，您看看，这是我们帮您设计的机身形象。机身身高一米八，体重120斤，可以配上我们公司刚刚到货的特米皮肤技术，完全具有真人视觉效果和手感。液体电池可以储存在溶解于中性pH溶液里的有机分子中，使用寿命长达30年，紧急断电后可以开启自我保护模式。具有防火和局部百米防水功能。机身资料库容量10 000G，自带内部局域网。机身的胸腔是一块可折叠的30寸大屏，50G技术高清画面，拥有高阶神经元系统……"

我很卖力地介绍，江太太突然微笑着打断我："我看过你们发来的资料，这些我已经知道了。我想问的是，我定制的机身是不是能具备侦探的逻辑，以及侦查和反侦查的能力？"

"噢，"这个要求完全出乎我的想象，从没有客户提出过，我的脑子快速盘算着该如何回答江太太，字斟句酌，"我们可以按照您的要求给机身输入世界一流侦探的知识库，以及世界范围内的犯罪案例。如果需要得到机身这方面的帮助，相信可以给您一些参考。是否能满足您的需要，还要看您具体的诉求，有些功能需要到公司实验室实测……"

我的回答模棱两可。犯罪分子的作案手法千奇百怪，动机也各不相同，让机身具有人类侦探的思维能力，我没有把握，而江太太这种人是不可以欺骗的。她和她的家族能走到今天这一步，无论是智商、情商还是运气都是摆在那里的。

"你们可以试着帮我设计一下，我可以配合你到你说的实验室去测试，价格的问题不用考虑。"江太太目不转睛看着我，有一种让人不能拒绝的气场。

"我们尽力。首先，您需要给我一个诉求文档。比如这个机身需要识别什么类型的犯罪，拥有什么样的反侦查能力，只有您的诉求越清晰，我们的产品设计才越可能符合您的期待。"

"容我也想一想，诉求清单我让江珊珊发给你。另外，我需要你们和我的私人律师签署一份保密协议，我的诉求无论合同最终成立与否都不可以外泄。"江太太的语气逐渐缓和下来，"给你们添麻烦了。你今天展示的这款机身，我也定一个，现在就定。"

"您需要定制两款机身吗？好，谢谢！"对我来说，这真是意外之喜。

"是，相信他们会在不同的场合帮到我。"江太太只是略略看了机身的外表，就确定了订单。很明显，这一款是她的小秘，应付一些最基本的事情，她真正看重的是需要签订保密协议的那款机身。当我理解到江太太的潜台词时，就自觉地把她预定的机身报价提高了2%。对她来说，这点钱不算什么，就算我提高10%她也会给，但是那样，我就会失去她的心，就没有以后的生意了。越是有钱的人越是精明。商业就是这样，赚钱就是赚别人的底牌。

上午接待的第三位客户是一位年轻的女孩，17岁，这是个还应该在学校读书的年龄。她似乎已没有读书，也没有工作，自己花钱定制机身。要知道，最便宜的机身售价也在50万元左右，我猜应该不是父母有钱，而是背后有金主的缘故。女孩出现在我面前时，我一点也不意外，长得很漂亮，白白嫩嫩，像一个洋娃娃，大眼睛忽闪忽闪的。美是一种能量。如果说江太太可以用权势和气场让别人俯首帖耳，那么，这个女孩则用美让人心甘情愿为她付出。女孩自知明艳，穿衣风格颇为随意——嫩黄色上衣，藕粉色裙子，外面披了一件湖绿色披风，如此俗气张扬，还能不让人讨厌，也是因为美得太讨人喜欢。

她说话口气正如青春期叛逆孩子，总是虚张声势："我对机身的要求就是漂亮，要会唱歌，会讲法语和英语，每天都能更新一套衣服。对了，我喜欢喝酒，机身要会调酒。当然，我也喜欢看画展，机身还要精通欣赏名画。"

她几乎是一口气说出自己的要求。我只管微笑点头。说实话，我内心并没有看轻她的意思，和这样的客户打交道，很轻松，你只需要给她一点尊重，哪怕是表面的，她就会对你心生好感。20世纪，有一位叫张爱玲的女作家说过一句话：以美好的身体取悦于人，是世界上最古老的职业，也是极普通的妇女职业。为了谋生而结婚的女人全可以归在这一项下。这也毋庸讳言——有美的身体，以身体取悦人；有美的思想，以思想取悦人；其实也没有多大分别。因为这句话，我对这位女作家刮目相看，至少，她不是妒妇。

送走女孩之前，我要求她请一个律师，可以有耐心看清楚我们所有的合同条款。有些人做决定快，事后常因为轻率而后悔，反而会带给彼此很多麻烦。定制一个机身，要遵循许多法律法规，机身的行为代表本人，操作不当引发的后果本人也要负法律责任。我这样小心，是为了她好。

上午会面的最后一位客人，也是我为数不多的好朋友，黄蓉。她本名叫黄音，不知道为什么改成了黄蓉。据说这是一部古老的武侠小说里女主人公的名字。可惜，我从来不看小说，更何况是武侠小说，对这个名字的来历也不太清楚，也不需要清楚。黄蓉做事情的风格一直天马行空，跟在她后面去猜、去理解，估计我们不可能成为朋友。我这样一个严谨、乏味的人，喜欢的就是黄蓉身上的那种随时脱离主流价值观的洒脱。在机身定制成为风潮的今天，这是我身边少有的，有经济实力去定制机身，却有勇气去拒绝诱惑的那一部分人。对于普通人来说，机身的用处并不大，大多数人定制机身只是用来炫耀罢了。

上海流行山野别墅时，黄蓉拒绝了诱惑，置换了一套老城区石库门。市区的老房子一度是被人嫌弃的"老破房"，她倒是觉得，每一个城市都要有自己的文化符号和精神象征，上海这个城市的建筑符号绝不是郊外如出一辙的别墅，早期的江南绞圈房、石库门和租界时期的老式花园洋房真正承载了这个城市的建筑气质。2098年，过了依托房地产开发的经济发展期，追寻历史文脉、恢复老城厢风貌成为新的时代潮流。老房成了香饽饽，二级地段的老石库门售价也已经高达数亿。大家说她有眼光，眼光又是什么呢？是运气，更是判断力。她说自己总有好运气，我喜欢和有好运的人在一起，因为好运是会传染的。

不过，即使黄蓉自己不需要机身，因机身强大的功能，家里的老人也需要。今天黄蓉到我们办公室，是因为她父母有一系列的旅行计划，她担心老两口出游受累，而她自己开了一个茶馆，不方便长期关店陪老人旅游，就想为两位老人定制一款机身做伴。

"喏，拨侬带了点今年的一级白毫银针。"黄蓉将一小盒茶叶放到我桌子上。我现在跟着她学品茶，收到这样的礼物很是开心。

"谢谢。你的想法我知道了。适老性的护理机身发展已经很成熟。护理机身不仅可以陪伴老人，代老人买菜、烧菜，还可以每天定时扫描老人全身，发现心率或者血压不正常等常见问题，机身会联系社区家庭医生。机身还能模拟自家孩子说话的语气进行交流……只是你现在的诉求是陪老人旅游，这个功能在完善中，还需要和你核对一下细节……"

办公室里除了隐私区，皆有监控，对公司产品不利的言词自然要谨慎，以免授人以柄。事实上，机身的充电必须统一格式，长途旅行时，外地的液体充电设备比较少，不方便。还有一个原因，机身的手指运用和关节能力比较弱，旅行时若需要爬山，上下山时对机身关节损耗巨大。另外，机身出沪需要备案、登记，这是公安部门订的规定，也是为了防止有人利用机身在异地犯罪。

当我把这些"麻烦"告诉黄蓉后，她犹豫了一会儿："外地充电的地方比较少是比较麻烦，其他倒还可以接受，人活着每天器官也有损耗，何况是机器？备案也是小事，我去公安局备案就好。"

"充电问题倒也不是大事，我们有迷你液体充电设备，旅游时，可以让机身随身背着，老人也不累。"

"可以，出远门有个机身照顾老人放心一点。读万卷书，不如行万里路，你说，如果我让机身行万里路，不知道他会不会变得更有趣？"

这段话，黄蓉说起来云淡风轻，我倒是心动了。我们一般不建议机身出城，机身行万里路的理念从来也没有人提出过。当机身亲近星辰大海，会不会有自己的灵感？毕竟有些机身拥有神经元系统。人类所有最伟大的进步都来自疯狂的念头。当年斯坦福研究所之所以能够成为神经网络和感知学科的研究中心之一，就是因为打造了世界上第一个机器人的查尔斯·罗森能够不断用一些听起来遥不可及的想法挑战身边的工程师。他曾经用自己的发散性思维对身边的工程师说："为什么不试试用水下音响和摄像机来捕捉驻波？"

"好吧，这可能算是个灵感。不过，如果机身只剩下半个残躯回来，你不要打我。中午我请你吃我们的VIP食堂，怎么样？"

"一顿饭就打发了？给我一个员工价才是真爱。"

"公事公办。"我早盘算着给黄蓉搞一个员工价，但是碍于监控，只有虚张声势一下。

现代公司，至少我们公司，已经没有早期的低级办公室政治，全监控覆盖，所有对话和小眼神都会即时传到总部监控室。每个人的机身都有内部监控，即使周末和公司同事见面，只要机身在身边，就等于透明状态，谁愿意让公司知道自己周末总和同事在一起呢？渐渐也就少有内部小圈子之类的事。最关键的是，公司的人事变动权都由总部负责，小圈子鞭长莫及。我们公司管理制度和大老板一样莫测。据说总部人事部虽然用大数据考核员工，辞退员工的理由常常是"对工作没有热情""热爱人类超过机身"这类不知所云的话，而被辞退的员工中常常有人加班至深夜，怎么定义员工对工作是否有热情，一直是个谜。

我带着黄蓉来到VIP食堂，坐在窗边的位置可以俯瞰半个外滩。今天天阴，墨色云层压在江上，蓝色的外白渡桥也显得暗沉了。桥上行人稀少，看到这座桥，想到它的前身——"威尔斯桥"还要付费才能过桥，太久远的光阴故事让人匪夷所思。

VIP食堂和高管食堂不相上下，厨师都是一级大厨，中、法厨师都有，自助餐包含了鹅肝酱、黑松露、龙虾等传统意义上的高级食材，除了不供应酒，相信也只有米其林餐厅可以媲美。

这让黄蓉很满意，她热爱美食，我总嘲笑她是一个伪善的佛学爱好者："当你大快朵颐吃龙虾的时候，我看不到你有啥慈悲心。"这几乎是她的软肋，或者她也这样认为，每当我说类似话的时候，她就动了真气："可是，我没有吃活杀的动物，我不亲手活杀动物来满足口腹之欲。"其实，我根本不在乎她怎么解释，她急吼吼失态的样子才是我心理满足的重点。我很讨厌和那种永远都四平八稳的人打交道，你永远看不透他／她的弱点。

我和黄蓉一直有默契，在享受美食的时候不说话。所以，我们俩默默吃了四块鹅肝酱、三块黑松露牛排、一只龙虾、一块提拉米苏和一碗杨枝甘露，才离开VIP食堂。摸着微隆的小腹，我们几乎扶墙而出。

"你们公司福利真好，谢谢啦。我回去泡点熟普，好好消食一番，再刷点悬疑剧，爽。"黄蓉的羡慕大大方方摆在脸上。

"我们公司特色就是多元，文化是儒家的，管理是法家的——昨天有一个老员工突然就被辞退了呢，也不知道大数据又分析出什么花头，搞得人心惶惶。"

"人心惶惶才好，你们可以更加努力地为公司卖命。"

"最近有什么好剧推荐？前段时间流行的《××迷案》很一般。"

"一般？你看过啦？"黄蓉很好奇，她知道我不看这些。

"华华看的。她说，还是抄以前那些悬疑剧套路，只是换了地点和人物身份。"对于现代流行小说和影视剧，我一直有点不屑，没有经过时间考验的作品不值一看。

"华华说得不错，人类所有犯罪的手法几乎已经被用尽。"黄蓉忽然诡异地一笑，"现在应该是机身犯罪最时髦、最有悬疑啊，你不觉得吗？"

我正色道："你别瞎讲，启发犯罪分子的犯罪灵感。"

机身成为时代的潮流

送走黄蓉后，可能因为吃得太饱的缘故，我总觉得昏昏沉沉，华华帮我泡了杯绿茶，她微笑地眨眨眼："喝点茶，松松肠胃。"

"谢谢，华华，你总是那么善解人意……我总是不能拒绝美食，不懂克制真是大问题。"只有在华华面前，我才敢大胆自嘲。

然后，就要开始我最不喜欢却必须做的工作——给程序员写"需求文档"，也就是"软件需求规格说明书"。上百年来，有一个矛盾一直没有缓解过，那就是产品经理和程序员之间经常会因为"需求文档"而吵架。客户的需求都是文字化的，语义不足以完全表达需求，实现每个需求却要程序员编写代码，以及配给相应的神经元体系来实现。这当中，还经常会有客户改变自己的需求，就可能破坏程序员原有代码的逻辑性，他要重新写，满腔怒火自然只能对着产品经理喷。

上午的几位客户中，最简单的需求莫过于黄教授的机身定制，虽然只是代教，但是要实现这个模块，需求文档也有三十页之多。先要和程序员确认机身代替黄教授上课是否符合法律、法规以及校规（这一部分有专业的律师部门去核实、完成）。业务层面，需要说明每天上课的时长、内容、是否需要嵌入课件的演示视频、音频等；还有学生的人数、基本情况；上课时的提问模式，当现有的资料库无法回答学生提问时的解决方案；学生作弊时，机身教师采用的应对方式。还要有对突发事件的预案，比如学生突然晕倒或出现地震、火灾等意外情况的处理。只有需求文档书写清晰，程序员才可能更精准地实现机身的性能。

文字很难完整表述隐性需求，公司现在为VIP客户的复杂需求专门开辟了剧场实验室。比如在为江太太这样的客户做特殊要求的机身定制时，会有模拟机身来扮演江太太，演绎她的一些工作和生活场景，测试机身应对能力是否符合需求。剧场测试现场，除了客户本人，还要有律师、程序员、产品经理，以及根据客户需要安排的特殊人才。比如，江太太的机身需要警察的帮助。

这是一个折磨人的工作，你可以做得很粗糙，轻松地复制、粘贴过去写过的需求文档给程序员，后果就是机身在实际应用的过程中BUG不断，然后你不断被客户呼唤甚至谩骂，你找程序员解决问题时再被程序员指责，还要被投诉到上级。所以，这一步工作，宁愿非常小心和耐心，充分和律师部门沟通，最后再和客户定档。

这个过程中，华华也会和我一直反复推演。她会找出她的资料库，罗列出类似案例在经纬度上的各种相关信息。"课堂上发生意外并不多见。比较高阶的授课不仅仅是教知识，教的也是看问题的方法。国外的大学用得比较多，老师提问，学生回答，学生之间互相辩论。但这一种教学模式黄教授的机身是不是能hold住才是关键。"华华查了一下资料，对我说。

"你说的这种模式，反而是机身代教的长处。在这种教学中，只要抛出问题，而这些问题，黄教授可以提前预设好。至于学生的回答，教授不需要给答案。很多的问题根本没有对错，不需要做判断，目的只是让学生更加多元化地去思考。类似的经典公开课有很多，最经典的依然是哈佛大学麦克尔·桑德尔教授主持的《公正：该如何做是好》，任何一个结论的背后都有严谨的论证、情与法的对弈。这个公开课，我曾经看过很多遍，教授的提问精彩，学生的思辨更为精彩。华华，你应该知道我的意思，上这种课，机身表现如何，还要看黄教授能不能提出深思熟虑的问题。你可以看一下麦克尔·桑德尔的公开课，从中找出一个片段，作为参考发给黄教授，如果他有这样的预案，那么我们可以参照这种模式写代课的需求文档。"

我再次回忆《公正：该如何做是好》，印象最深刻的还是那个电车司机的案例。假设你是一辆电车的司机，电车飞速行驶在一条轨道上，时速60英里，在轨道的尽头，有5个工人在施工，你想停下来，太晚了，刹车失灵。于是，司机飞速地思考：冲过去，5个人会死；右面有一条侧轨，上面只有1个工人在施工，到底是要按原来的轨迹撞死5个人，还是车头掉转，虽然也会撞死人，但是只有1个工人会死？在课堂上，同学的回答分别在有意无意间代表了结果主义、绝对主义、功利主义以及怀疑主义的价值取向。"牺牲少数人换取大众的福利是否正当？""行为的后果是否能为行为的本身辩护？""当时的情况，你不可能得到那个侧轨工人的同意，即使他同意了，难道就可以杀死他吗？"……激烈的辩论令人脱离了自己的习惯性思维、固有的观念，每个人都感觉到脱离自己原有价值观的那种不安，脑洞大开，哲学和法学结合的魅力展现到了极致。

我之所以对《公正：该如何做是好》特别感兴趣，也是因为据说在我没有入职公司前，机身进入市场前的调研期，公司曾经请了100多名来自各行各业的人对"机身该如何成为人类好伴侣"这个话题进行了为期3天的讨论。他们中有来自美国哈佛大学的相关研究者，也有日本AI专家，国内人工智能研究鼻祖公司新新公司的高管，还有一些普通市民，其中一位还是菜场工作人员，以及大学在校生、医生、社会观察者（自媒体人）、律师、警察等。与此同时，线下参与者中有300多位自主报名的民众代表。那次讨论正是以《公正：该如何做是好》为蓝本。那时，社会上部分人群对机身抱有怀疑和敌意，提问非常尖锐，而且出人意料，比如"机身如果作为我的一部分，那么人均房产就不应该像现在这样算，这涉及房产税的调整。""如果我死了，我的机身是否可以继承遗产？我的机身应该如何处理才能保护我的隐私？""如果有人利用别人的机身犯罪，应该如何量刑？""机身如果侵占了大多数人的职业空间，造成社会失业率高涨，我们为什么还需要机身？"……类似的问题，据公司资深老员工老菠萝说竟然多达3000条，公司逐一分析，对于其中棘手的问题，和国家相关部门一起寻找相应解决策略，制定或者更新现有不相适应的法规。同时，公司的公关部门不断公布能够说服公众的"机身是人类工作和生活伴侣"的案例和数据。讨论内容，公司并没有公开披露。这也许就是一个现代大公司的公关手段：事前充分讨论，事中尽可能避免讨论。细致的市场应对策略，使机身面世后能够顺利运营，社会上基本没有出现太多的负面消息，机身很快融入社会。

在那次民众调查中，最后打动民众的是机身在医疗产业所做出的卓越贡献。前机身时代，医疗资源的矛盾还是难题，个性化诊疗还没有得到解决。拿制药行业来说，前机身时代的一个局限，就是药物化学家寻找匹配未来某种药物的分子时，需要凭借药物化学家自己的经验，一个适配性良好的药物需要研发10年，机身大数据时代只需要1个月就可能匹配出来，机身能在几十亿的分子中搜索，实践化学家的想法，也能提出和化学家不同的想法。这倒不新鲜，美国精准医疗公司GNS Healthcare早在本世纪20年代就利用机器学习和仿真软件对PCSK9（前蛋白转化酶枯草溶菌素）实施还原工程。研究人员曾经花费了70年时间、耗费几十亿美元才发现PCSK9，但是机器学习模型在十个月不到的时间就重现所有已知的LDL（低密度脂蛋白）生物学。对民众来说，在机身时代，个性化治疗方案的普及才成为一种可能。机身可以匹配和人类个体基因最适合的药品，甚至单独为你开发某种药品。就是单单凭借这一个成就，机身已经得到了大众的认可。

机身时代，医院的大多数手术都由机身来完成。虽然这并不是新鲜事，2016年牛津大学约翰·拉德克利夫医院用机器人进行眼科手术，当时病人需要切除视网膜上多余的0.01毫米的膜，任何一个人类的医生只要手稍微抖动就会发生意外，而机身不会手抖，医生只需要在控制台上轻推操纵杆完成。机身替代医生完成大多数手术，代替医生解读X射线片等，他们比人类更出色，因为机身可以识别未被检测出的地方，如癌变前的痣微细的变化。当机身的"丰功伟绩"逐一向大众公布后，民众对机身的接受程度到达了空前的高度，很多自媒体呼吁早日将机身的定制推向市场，为民众谋福利。

当时，民众的反应使整个人工智能行业感到意外，这可能并不符合上世纪日本的机器人研究专家森政弘的理论。他认为人对机器人有三个层次的认知和接受。第一个层次，当机器人越来越像真人时，人们会对之产生某种程度的亲切感和同情；第二个层次，当机器人变得更像人类时，人会突然很挑剔，机器人任何微小的瑕疵都不能忍受；第三个层次，当机器人和人类更进一步接近时，人会增加对他的好感，拥有共情能力。事实上，民众对机身的热爱现在直接到了第三个层次，即使机身发生过好几起负面新闻——例如机器人犯罪——也不妨碍人们对机身的热爱。

利用机身犯罪的问题，曾一度给公司的发展造成阻碍。机身能够精确执行人类的指令，又没有指纹、脚印、血液等常规作案后可供追查的证据，如果不能很好解决这个问题，机身恐怕至今还不能面世。机器人问世初期，机器人"杀人"或者犯罪的案例就已经存在。1978年9月6日，日本广岛一家工厂的切割机器人，在切钢板时，突然"转身"将一名值班工人抓住，当作钢板切割，这是世界上第一宗机器人"杀人"事件。1989年苏联国际象棋冠军尼古拉·古德科夫和人工智能机器人对弈，鏖战6天，古德科夫连赢3局，机器人落败后竟然释放出强大的电流将这名世界冠军电击身亡。2015年，德国一家公司生产线上的一个机器人"杀死"了一名年仅21岁的技术人员。当时，他正在和同事一起安装机器人，被机器人抓住，使劲压在一块铁板上，伤重而亡。后来，那家公司出面解释：这名技术人员是因为违反安全规定，进入非安全区进行机械臂安装，操作失误，引发事故。那时候还只是初级的智能机器人时代，和现在的机身的智能不可同日而语。所以，利用机身的智能犯罪将是一个无法回避的课题。

我们公司制造的机身确实发生过伤人事件，这件事全公司都讳莫如深。那是我刚刚入职时，一名大学生叫了几个同学在家里聚会，据受害者回忆，他进厨房倒水，看见机身在切菜，突然站定，并且朝他一笑，随后拿起菜刀朝他砍来。幸亏因为机身转身力气过大，把旁边的小橱柜碰倒了，刀砍下时，他和橱柜几乎同时倒地，橱柜替他挡了刀，没有造成命案。这件事发生后，公安部门专门派人来调查，诡异的是，我们的程序员从来没有给机身输入过"转身、挥手、砍"的类似指令，但在机身的云盘里，我们发现了这个指令。究竟这个指令是谁输入的？至今仍然是个谜，机身砍人前那诡异的一笑也令人疑惧。那个组织聚会的大学生是计算机系在读学生，事后，退学去美国深造。我本人的直觉这件事是蓄意为之，有人利用机身犯罪，但因为没有证据，只好眼睁睁地让事情不了了之。

此事发生后，机身开发一度进入了暂缓状态，公司和政府更紧密合作，成立新监管机构，共同开发和实施一套用于机身设计和开发的共享安全协议监督，溯源机身计算模型和有机组织构架，可跟踪模型泄漏；定义机身造成的伤害的责任范围。在技术细节上，联合开发了机身断电后30分钟内继续360度自动拍摄功能，并且封锁了对机身输入指令、修改程序的权限。只有我们公司以及公司授权的计算机企业才能对机身进行指令修改。即使如此，也不排除犯罪分子会利用国外的黑客来达到目的。

人机合作的就业模式

公司为了塑造机身和人类和谐共处的画面，每月都有公开的直播讲座，让市民了解机身是人类的伴侣，他们在各行各业对人类做出的贡献——机身如何在工作上帮助人类，在家庭服务功能上减轻人类的负担，以及公司如何确保避免机身可能造成的意外等；并针对人们担心的由机身造成的失业问题进行心理疏导，一再说明"机身会给大多数人带来更多新型工作的机会，人机合作将带来新的工作岗位和体验。仅机身开发和维护就是一个巨大的产业链，增加了近百万人的就业机会"。

作为一个顶尖的人工智能公司，公关部是本公司最大部门之一，公关部从业人员一半是真人。公关部分为"政府公关部""民众公关部""媒体分析处"，以及处理意外事件的"机动部"。因为Frank坚信，在任何时代，民众的舆论都需要正确引导，否则公司难免因为意外事件淹没在失去理智的网络舆论暴力中。事实上，公司对舆论的引导也有事实支撑。2030年，还属于弱人工智能时代，中国已有约1.18亿人的岗位被机器人取代，人类那时已开始学习新技能，和机器人合作，有700万～1200万人彻底转换职业。举例来说，传统的快递员没有了，由机身来替代送物品，但是维修机身的相关工种相应增加了；以前有拖车服务，现在部分转为"拖机身"服务，因为马路上经常有突然断电而停步不前的机身杵在那里，需要拖机身公司将断电机身拖到维护站。很多职业需要人和机身搭配完成工作，比如动力设备维修工，在前机身时代很少有人能100%预测出涡轮机转子断裂的时间，但机身维修工会精确告诉你，大数据里轮子已经损耗的程度，预计多少天后会出问题。机身除了在医疗、工业、餐饮等领域被广泛应用，物流领域也几乎全部使用机身工作，只需少数的系统操作员监控机身工作流程。现在应用已经扩展到设计领域，机身能快速收集各种设计原型和数据，综合比对，从而设计出更多出乎人类意料的产品。

还有些岗位，比如HR，已经少有真人来做这个职业。对于应聘者前期的简历筛选都由机身完成，面试一般由机身请应聘者做一个由多名人事专家和神经科学专家开发的游戏。在游戏中，可以考察应聘者的性格特征、抗压能力、智商和情商。然后，应聘者提交一段视频。面试官还是机身，他会分析你在视频里的身体语言、用词习惯、发音、语气等，符合要求的，机身HR会和应聘者进行首轮视频聊天，进一步了解其专业程度。只有最后一轮的面试，才会请公司真人高管出面。至少到目前为止，并没有公司反馈机身不能胜任HR这个岗位。HR部门也有真人员工，他们是总指导，在全局上把握机身的数据模式，调整测试范围、题库等，这就是人机合作工作模式。有些岗位则是完全新的工种，比如"提示工程师"，他们不仅仅是程序员，还在机身制造后期用专业知识和机身细致地交流，告诉他在什么语境下提问和回答最为恰当。这个工种对于机身人性化的程度尤为重要，一个深思熟虑的提问，和一个精准的回答都关乎了机身被需要程度。人和机器是伙伴，互相帮助的关系，甚至是一体的关系，这些实际的案例让民众不再误会自己和机身之间是竞争状态。

如此大规模的密集宣传，公关部支出惊人，对于公司是不是有必要花费如此巨大的财力和精力，我还不是特别理解。我个人认为，机身的发展顺应时代潮流，是科技发展到一定高度的必然产物，民众的质疑和抗拒都没有办法改变这种趋势。事实上，在人的先进性需求面前，世俗的力量越来越渺小。上世纪零售业巨头沃尔玛面世时也遭到质疑。沃尔玛的发展策略一开始就是"先小镇后城市"，当时的美国小镇，街道上都是祖传小店，店主是街坊也是朋友。类似上海上世纪80年代，每条弄堂都有一家烟纸店，不仅仅卖香烟、火柴、肥皂、草纸、纽扣、军棋、橄榄……烟纸店也是街坊们交流信息的地方，这不仅是商业模式，也是文化的一部分。所以，当沃尔玛要在弗吉尼亚95号州际公路边上的阿希兰镇开店时，受到抵制，人们焦虑于即将面临的失业和生活方式的改变，但是，潮流不可挡，经过一系列听证会后，沃尔玛还是成功开业。它宽敞的店面和应有尽有的物品不仅给年轻人带去了新鲜感，还给予当地政府无法抗拒的税收，并创造了新的就业岗位。经过几十年的发展，沃尔玛成为新的超市文化代表。

同样，在20世纪网络购物开始兴起后，传统的超市零售模式一样受到了网购的剧烈冲击，有一段时间，不仅中小超市，服装店、生活用品商店也纷纷倒闭，街道上空出来的店面慢慢被餐饮业、美容美甲业、手冲咖啡店等代替。每一个符合时代需求的商业浪潮都来势汹汹，仅仅十几年的工夫，人们已经离不开机身，我们公司也成为全国乃至全世界最顶尖的人工智能公司。

老城厢要恢复江南水乡

临下班前，我让华华通知相关部门的律师、程序员以及合作的警方人员明天上午一起开个预备会，针对江太太的机身定制做一个前期可行性讨论。通常，华华下班后会准点回家协助老妈烧饭，我独自从外滩源出发走到十六铺附近，再打飞的回家，也算每日微运动。不过，今天我想去老城厢看看。最近有新闻报道，那块区域即将迎来大拆迁，恢复成千年前的江南水乡。我想再去看一眼，那些备受争议的高楼无论多么不堪，却是属于我和母亲这两代人对于这个城市的记忆。

外滩依然美丽。昔日被认为是上海顶流的外滩建筑群现在受到质疑：外滩建筑群同英国的建筑原型相比，造型简单，且没有本土文化的底色，作为上海的名片未必够格。中国是世界强国，眼光和品位都有了高度。现在看到的外滩建筑群的建筑大多已是第三、四代建筑，最早的外滩建筑基本为两层楼，更加朴素，外滩最老的房子号称"三剑客"——1881年的旗昌洋行新楼，1856年的旗昌洋行，1873年的英国驻沪领事馆。反倒是最老的建筑得到了赞赏，我就特别喜欢福州路17号的旗昌洋行——石头房子里有花岗岩圆形拱门长廊，楼梯的扶手厚实，用料十足，楼层很高。坐在一楼的咖啡馆，厚重的历史感让人有坐在伦敦某幢古老建筑里的错觉。

外滩的价值在不同的历史时期并不同。嘉庆六年前后，黄浦口被称作"李家口"——守李家口以拒贼上游，守黄浦口以遏贼横渡。作为军事要地，建立了军工厂，设千总驻守。开埠前仍属郊野荒凉之地，所谓"沪城北望草离离"。据著名作家叶辛考证，1843年的外滩，当时的黄浦滩属于县城外的北郊李家村，河渠纵横，江边都是滩涂，可以下滩摸鱼捉蟹，有不少坟地，据说穷苦无依的人死后被裹上草席背到这里处理，此处也被称为"化人滩"。清代嘉庆、道光时人柳树芳对黄浦滩的描述很恐怖：久闻黄浦名，未识黄浦面。黄浦之面无百里，何为谈此多色变？维浦与海遥相通，北极尾闾当空同，狂飙一发天地黑，力驱全海搏桑东。谁也不会想到，后来的黄浦江变得那么温柔，外滩也竟然变身为上海人气最高的风水宝地。

前段时间，行为艺术家还在外滩组织过一次名为"复古1267"的活动。上海建镇于1267年，行为艺术家们为了纪念这一年，在外滩源打造了一个渔村，表演古上海人多为吴人的后代——来自苏州的渔民顺着古吴淞江向下来到上海浦旁定居。当时还引发争议，有人认为上海早期历史并不是渔村的概念，在唐、五代或者更早，就有聚落在这里抓鱼、熬盐和种植。还有人觉得早期在上海浦附近定居的人可能来自金山、青浦，而不是苏州，毕竟7000年前就已经有人类定居在冈身以西。这种争论未免有点小题大做，7000年前金山、青浦一带的史前人类也多来自浙江和江苏，本是同根生。

我独自漫步在外滩，想想4000年前，上海老城厢这一带陆地还没有形成，处于海平面之下的大陆架上，在海洋之中。大自然的鬼斧神工让长江东泄的泥沙不断形成自然堆积，渐渐形成沙滩和陆地。公元618年，唐高祖李渊时期，上海市区的陆地才刚刚在唐代修建的两条海塘之间冒出来。今天的上海已经成为世界上最大的都市，海上繁华不能用言词来形容，不能不感慨造化之神奇。

不知不觉走到十六铺大东门区域。这里正在恢复建造古城墙。上海的古县城，其实就是一个由现在的人民路和中华路围合而成的圆圈，形状有点像人的大脑。正在拆除高架的延安路就是当年的洋泾浜，河面曾宽达60米，比现在的黄浦江还宽。除了洋泾浜，复兴路也正在为恢复肇嘉浜河道而开挖。我老妈回忆，她依稀听外婆说过，在外婆生活的时代，老城厢也曾有过一次大拆迁，原住民大多数从老城厢搬迁到郊区。那时的老城厢已隶属黄浦区，街道早已由原始河道填埋成蜿蜒小路，小路两旁都是老房子。外婆那年正好18岁，她大学的专业是古建筑修复，对老房子特别感兴趣，和同学一起拍摄了很多视频和相片，小南门和老城同龄的银杏古树，乔家路赫赫有名的梓园等。在她的视频中，梓园还是没有修复前的模样，破败不堪，看不出爱因斯坦曾受主人王一亭邀请做客时的辉煌。外婆之所以迷恋拍摄当时的老城厢，是因为她出生在老城厢，老房子拆迁后，全家搬去松江南的动迁安置房。外婆结婚前，卖掉松江南的居所，和外公一起买下东淮海公寓三居室，算是重新回到老城厢。

沿着大东门会馆弄走到老太平弄北面和外咸瓜街东面相交处，这里是1292年上海的第一个县衙所在处。元至元二十八年（1291），朝廷批准设立上海县。次年（1292），主簿郯将仕会同地方士绅筹建上海县署，并以原运粮千户所（榷场）为县衙门，总管万户府。至元三十一年（1294），朝廷派周汝楫任上海县尹。现在这里是一幢写字楼，也在这次拆迁范围内。拆除写字楼，不仅因为要恢复古县衙风貌，而且专家认为，这种本世纪初造的玻璃幕墙的写字楼走过了70多年的历史，已经不适合时代需要，还多次发生玻璃幕墙突然自行爆裂伤人的事件。外滩附近玻璃大楼密集，安全隐患增加，高楼耸立也让人们觉得逼仄，这也是政府最终决心要回归低密度水乡生态的老城厢原因之一。

很多外地游客都会特地来这里，不是为了寻找上海县第一个县衙的官威，而是来看"外咸瓜街"的路牌，这么有趣的路名本身就是历史。乾隆年间，里咸瓜街和外咸瓜街主要是福建泉州、漳州商船货物上岸处，货物基本以海产品为主，鱼市场里，黄鱼和咸鱼轮番做主角，福建方言称黄鱼为"黄瓜"，咸鱼读作"咸瓜"，就有了"咸瓜街"的美名。

顺着老太平弄走到学院路，在四牌楼路右拐至县左街，这里在1298年至1915年间，曾为上海第二个县衙所在地，在长达600多年里都是上海县的政治中心。当时的县太爷很会找风水宝地，不远处就是城隍庙，离当时的肇嘉浜不过隔着两条马路，祈福、玩乐和搭船出行都很方便，大隐隐于市。

顺着光启路，过复兴路天桥，在望云路右转，不久就到了蓬莱路。虽然外婆出生在不远的乔家路，我却更喜欢蓬莱路。这条路上的建筑始终保持着让人舒服的高度，街道上有几棵古老的银杏树穿插其中，据说它们从上海建县时就已存在了。蓬莱路曾经也是一条河道，和半段泾河道相通，小河的两岸种满了桃树、梅树、梨树、李树、柳树，春天桃红柳绿，夏日寻声问柳，秋有果实，冬有梅香，泛舟而行，一派江南水乡的好风光。上海文人的精神家园——文庙也在蓬莱路附近。河南路和蓬莱路相交处，还有1915年上海第三个县衙办公所在地。一条短短的蓬莱路，实乃人文荟萃之地，不知道蓬莱路恢复河道后，会有怎样新的风情呈现。

正胡思乱想之际，云响了起来，华华提醒我已经走了10 000步，让我快点回家。河南路上的商建楼的楼顶有很多"飞的坪"，打个飞的，10分钟后就到家。

家里弥漫着梅香鱼红烧肉的香气，这是我妈最拿手的本邦菜。2043年左右，不仅每个城市都大力普及方言、老建筑修复、老工艺学习，还提倡地方特色菜肴的烹饪。我妈妈这一代人很多都擅长做本邦菜。除了红烧肉，老妈今天还做了一道清蒸蟹粉狮子头，这其实是扬州菜，很费功夫，先要拆蟹粉，再将切成碎末的荸荠，本地人叫地梨，和五花肉肉末一起揉成大圆丸子，放一点盐后，在35摄氏度的水中慢炖。扬州狮子头口感粉嫩，不同于上海本邦菜常用的过油炸烧法。

我们吃饭时，通常我会叫华华去隔壁房间休息。我让她离开，一是因为她不吃饭，二是她如果在旁边，会一直唠叨"打一个小时乒乓球才能抵消一个狮子头产生的卡路里"……如此这般，我还能好好吃饭吗？

饭桌上，我和老妈谈起蓬莱路即将要恢复成小河道。我妈不以为意，她出生时，老城厢除了城隍庙、文庙、大境阁还保留着古味，基本已变成现代商业中心和高层小区的集合地，对于外婆生前拍摄的视频里的石库门云集的老城厢没有记忆。我爸倒是颇有兴趣："要恢复干吗不恢复成明清时期的江南民居？那时候的房子也不是石库门，都是围合式的院落，比石库门还要有味道。"

"你以为江南民居都是郁泰峰的故居宜稼堂那么考究呀，四埭三进，每埭五开间，三进九庭心，假山为屏，流水居中，还有戏台和藏书楼。普通人的江南民居一般也就两层三合院，砖墙立柱，穿斗式木架构，围合而造。外婆拍摄的老城厢视频里还可以看到几处的，也有人叫它绞圈房，其实采光不怎么好……"

"再普通，一家人有个院子总是比高楼房子住起来宽敞，有味道。院子里晒晒衣服，喝喝茶，晒晒太阳，不要太舒服哦。如果以后高楼都改造成围合式院落，不要太灵。我倒是很期待住那种房子。恢复河道倒也没有必要，出门买个菜还要乘船，太慢了……"老爸说得像煞有介事，似乎已经住在江南民居里了。我和老妈暗暗偷笑，都不知道怎么给他调回现实频道。

机器人真的犯罪了

第二天一早，我和华华提前15分钟到公司，先定定心喝杯绿茶，清醒头脑，以最好的状态投入工作。事关江太太的大订单，心里有点"抖豁"，不敢掉以轻心。

与警务部合作的警察周郡也早早到场。周郡是特种兵出身，后来师从周为兵，周为兵是中国著名的痕迹检验专家崔老的得意门生，现在周郡转型专攻机器人犯罪，为取得一手资料，经常来公司参与各种案例的讨论。我和周郡寒暄间，华华已经和他的机身聊得火热，周郡的机身有神经元组织，机脑结合的智体更聪明，反应更快，只是有时候比较情绪化，机身脑部的神经元发育有不可控性。周郡给自己的机身起名叫昌钰——为了致敬一代华人神探李昌钰博士。第二个到场的是公司律师部的黄有道，他每天都忙得鸡飞狗跳，公司为此给他配了三个机身做秘书，就这样，他整个人状态还是有点过劳，声音嘶哑。最后到场的是我的老搭档——程序员白秋白。我们属于经过了无数次互撕，谁也整不垮谁，最后彼此妥协，成为互助互利的塑料好搭档。

会议一开始，我做了一个简短开场白，说明江太太这个订单在公司业务层面的重要性，以及江太太定制机身的大致要求："虽然江太太的具体诉求还没有发过来，但大家可以先讨论一下是否能赋予机身侦查和反侦查能力。"这个话题似乎是为周郡量身定做的，他很自然地接过话："机身犯罪率有上升趋势，只是数据一直处于保密状态。"

众人听了脸色无不为之一变。

周郡脸色凝重："上个月本市有6起由机身驾车的车祸。最严重的沪闵高架连环撞车案导致6人伤亡，车和机身都毁了。我们事后调查车主的机身云记录，发现是黑客入侵，黑客重新给机身输入非法程序。自从更新防护墙以后，要攻入我们新的防护系统并不简单，去年还没有这种犯罪手法，今年犯罪率激增，不排除有组织蓄意为之。"

"如果可以改程序，那犯罪的可能性就无处不在，比如偷盗数字货币……"白秋白接口道。

周郡点点头，点燃一根电子烟："数字货币是国家最高安全程序，属于另外一个层面的事情，他们暂时还没有这个本事。以前最多的犯罪类型是入侵无人驾驶，造成车祸。现在是'黑'机身程序，盗取机身主人隐私材料进行敲诈。昨天还发生了一起机身伤人案，机身属于一个房产开发商，他约了几位商业伙伴吃晚饭，其间，他的机身突然站起来殴打其中一位客人，机身手臂的力度相当于3个成年男子，对方当场脑袋开花，现在还在医院，我一会儿还要赶过去调查。"

"这在预料中呀！2065年，美拉尔公司的无人驾驶车被黑客入侵，一个黑客操控上万台被木马病毒感染的车，造成纽约市交通瘫痪，死亡人数高达数千。这以后无人驾驶开始衰落，全球兴起城市航空交通。现在黑客把目标转成机身也是必然的……"白秋白一脸无所谓的表情。

"最近还有一些机身犯罪热点，就是让机身去搜集目标对象的视网膜和指纹信息，虽然机身并没有下一步举动，仅仅是搜集信息。但是，视网膜信息多用于防盗门和保险箱，这可能是有组织盗窃的前奏……"正当周郡侃侃而谈时，老菠萝突然出现在会议室："大家只谈江太太机身定制要求的实施可能性，其他的事情不讨论。"老菠萝身高一米八五，体形肥硕，站在那里像头大象，脸上永远有层油腻，平时嬉皮笑脸，遇到事情脸一板，没有人敢反驳。他似乎洞悉公司的一切，神出鬼没。

"看江太太具体什么要求，机身具备侦查和反侦查能力，那不就是警察定制机身的要求吗？用于民间合适吗？"白秋白是个好公民，对于是否违法很敏感。

"黄律师，这不违法吧？客户有需要我们就要满足，江太太的订单能接就要接，机身拥有反侦查能力也是部分人群的潜在需要，正好可以开发新市场。"老菠萝都没有正眼看一眼白秋白，就把"龙头"扳了回来。

"哦，这个诉求不违反相关法规，机身用这个功能保护主体，还能降低犯罪率。"周郡发话。

"对，收到江太太的具体诉求后，我整理一下，确认是否都符合法律规定。"黄律师附和道。

"今天的会议就到这里。"老菠萝头转向我，"江太太的需求清单到了以后，第一时间转给我。我会直接和周警官、黄律师商量，这个机身的程序由杭州总部来做。"

老菠萝直接和周警官、黄律师商量？那还有我什么事？还要到杭州去定制？我有点蒙地走出会议室，难道我被踢出局了？就算出局，难道不应该告知原因？老菠萝太会搞一言堂了吧！回到办公室，我脸色阴了很久。碍于监控，华华示意我去洗手间，关上门，小声安慰道："做好自己的分内事就好，再说老菠萝一直对你不错，说不定是你想多了。"

"好吧，反正江太太的订单如果成了，我总有一份好处。"

想通了，我立即回办公室拨通了江太太的电话。江太太的秘书应答说，江太太在会议中，并说，今天就会请人将机身定制诉求清单送过来。我诧异道："云文档传送即可，不用亲自送过来。"

对方似乎没有听我的回复，再次重复："关于机身定制诉求清单，下午江珊珊女士会亲自送过去。"

我对华华嘟囔："有必要那么谨慎吗？"

华华提醒道："肯定因为保密需要呀。"所有经过网络传送的文档都有云留档，而江太太似乎不愿意有留档，我居然没有想到这一点。

在等待江太太文档的期间，我着手整理黄蓉机身的"诉求清单"，她的要求很简单，采用普适型的"适老化需求"模板即可，个性化的定制方面增强了机身膝关节功能和随身的储电系统，1小时不到就完工。对17岁女孩的"诉求清单"，我更没有费心，直接套用模板，她唯一不一样的需求是"能够欣赏画作"，我们只需要在机身资料库里输入海量的画作，以及美术界专业人士的评论，机身就可以对大部分画家的作品做出评论。至于她提出的"机身会唱歌"的诉求，现在机身已经可以模拟任何一个著名音乐家或者歌手演唱，甚至能自己作曲以及合奏演出曲目。

下午，我正在公司食堂享用下午茶，最爱的香芋鸭丝春卷还没有炸好，华华通知我："快点回来，江太太派来的人到了。"我赶忙下楼迎接江珊珊——江太太的女儿，也是她的秘书。江珊珊一身白色的西服，身材凹凸有致，如同雕塑一样完美，她面无表情地将一份密封文档交到了我的手上，那一句"感谢"生硬如铁。我和华华彬彬有礼地送这位高冷型美女出办公楼。

"她好冷呀。"看着她的背影，华华撇撇嘴。我知道，那是华华顾及我可能因受到冷遇而不悦。我倒没有，对人的判断，我有直觉——江珊珊的高冷不是因为轻视别人，她自带阴郁，反而令人怜惜。

江太太预感自己会被投毒？

打开诉求文档，我惊讶地发现居然是手写的——江太太亲自写的文档。这年头，很多人都已经不太会写字了。学校里虽开设书法班，但出了学校没有几个人会去练字。

文档简约而清晰：

一、机身需要有识别药的功能，因为我患有基础性疾病，需要每天服用药物，机身要能辨别药物有没有被人偷梁换柱。还要具备识别一些毒药的功能。

二、机身具有格斗能力。

三、机身不具有手持匕首或者持枪的能力。

四、除了我本人，不允许任何人更改机身程序，网络安全防线要最高级别。

五、具有识别是否被人跟踪的功能。

六、具有识别人是否在说谎的能力。

七、机身定制所具备的功能需要签订保密协议。

陈瀚海　致谢

我迅速看了一遍文档，小心翼翼地将信封重新密封，让华华给老菠萝送去。

为什么要提出机身有识别毒药的功能？难道江太太害怕自己会被投毒？后面两条我倒是可以理解，她看过机身被利用犯罪的案例，怕机身被人更改程序后，用匕首或枪支谋害她本人。识别药物也不难，用于生物制药的机器人早就具备了自动扫描药物、识别成分的功能。我认为，这些要求里，最难的应该是识别毒药。第四条也有难度——某国是世界知名的黑客大国，国内黑客暂时还不具备修改机身程序的能力，国外的黑客比较难控制。

华华从老菠萝那里回来后，我写了一张纸条，让她给白秋白送去。我要约白秋白吃饭，向他咨询一下实现这六个功能的可能性。白秋白也让华华带回来一张纸条：羊肉泡馍，不见不散。

我苦笑，我不爱吃羊肉，但白秋白作为一个西安人偏偏是羊肉控。每次和他吃饭，基本都是大唐、大秦美食系列，我一般就点个凉皮。所以，无论白秋白多优秀，我永远视他为兄弟。我妈妈有句老话："吃不到一起，日子是过不到一起去的。"为避免两个人吃饭的尴尬，我联系了黄蓉："晚上6点请你吃饭，地点在'烧尾宴'，有白秋白参加，这个饭店最合适。饭后一起去逛老城厢。"黄蓉果然应约，她也不爱吃羊肉，但对逛老城厢颇有兴趣。

白秋白知难而退

　　晚上6点，我们到了位于延安路上的"烧尾宴"，这是上海最高级的仿唐菜系饭馆，外面仿造了一圈城墙，200多平方米的庭院里，每天都有大唐盛世装扮的女子表演箜篌。室内的墙面最噱，老板请人根据武则天墓地出土的文物，编成了一部《武帝传奇》的微电影，内容多为武后时期的唐朝饮食。餐馆最有特色的就是复刻了唐朝武周时期为官员升迁所举办的"烧尾宴"。据说韦巨源曾经宴请皇帝李显尝"烧尾宴"，陶谷在《清异录》中记录了部分菜单。"烧尾"的含义，大约有两种传说：一是说新来的羊要融于羊群，用火烧新羊的尾巴，新羊才能融入羊群，官员高升，要请官场士大夫吃饭，用"烧尾"来表示适应性的臣服；二是传说鲤鱼跃龙门，必须有天火把鲤鱼尾烧掉，才能化身真龙。

　　有57种菜式的"烧尾宴"需要提前1个月预约，价格非常高昂。我等大众阶层也只能尝试一下唐朝其他的民间小吃——馎饦和古楼子。馎饦类似于比萨，而古楼子是唐朝有钱人家的最爱，一层肉馅，一层水果，最上面撒上芝麻烤制而成。我还点了另一套寓意武后执政24年的"武后家宴"里的"葫芦鸡"和"驼蹄羹"。

黄蓉要了马奶葡萄酒，这在唐朝也是天价的外国货。白秋白还是老规矩，点了一份米家牛羊肉泡馍、30串羊肉串以及羊肉布托（羊肉面片汤）。包房里还可以请舞蹈演员跳胡旋舞。总之，无论是气氛还是菜肴都极具唐风。

等菜期间，我对白秋白逐字逐句复述了一遍江太太的"诉求清单"，想听听他的想法。白秋白皱着眉，没有作声，过了一会儿，他说："我觉得挺难实现的，至少我的水平不行。"

"为什么？药物扫描不是已经有机身在实践应用了吗？"

"哪有那么简单？药厂里的机器人扫描的是药厂特定的药物，数据源也是特定的。医院里的机身扫描的药物就是自己所在医院能开的那些药。江太太说机身要能识别毒物，这个毒物的范围太广泛，样本数据庞大，还要精准，我做不到。"

白秋白想了一会儿又说："机器人本世纪初就有格斗能力，这个不稀奇，机身可以利用内置和外置装置，钳式、夹举式、横向转刀、压力穿刺、重锤凿击等，最凶猛的是机身知道人的血脉走向，一刀可以切断主动脉。现在最新的保镖机身，机身的手在1秒钟内可以变换成十指尖锐的钢刀，我在实验室看到机身用十指钢刀直捣假人的心脏，假人的心瞬间碎片化，很可怕。"掰了点馍，白秋白继续说："不过，针对特定对象，比如一个太极高手，机身以力度取胜的格斗能力就不一定干得过了。杭州总部曾经做过试验，机身都不能近身太极高手，也是很奇怪，太极功夫还是有点厉害。这老太太的要求都太奇怪了，机身的手不具备拿匕首和枪支的能力，但却要具备格斗能力，反正我是没有本事搞……"

"这些要求里只有反跟踪比较简单，毕竟机身的视角是360度的，可以比较容易分辨是否被跟踪。测试说谎这个也简单，上世纪的测试说谎仪需要看呼吸、心跳、血压、体温、胃收缩、消化液分泌异常、肌肉颤抖等体征，现在先进了，机身只需要扫描对方的眼球。因为人的意识无法控制瞳孔的大小变化，当一个人说谎的时候，他的交感神经就会起作用，使瞳孔散大、心跳加快、冠状动脉扩张等，机身很容易辨识。老菠萝的机身就有这个功能，你和他那个汉朝白面书生说话的时候要小心点，一定要说谎时最好低头，不要目光对视……"说到这里，白秋白狡黠地一笑。

"华华怎么没有这个功能？"我忍不住叫了起来。

"员工的机身都有这个功能，领导还怎么混？瞧你这糊涂劲儿。"白秋白摇头。

中国的饭局文化之所以千古流传，绝对有道理，只有在私下饭局的交流里，才能知道一些办公室里永远不会知道的事。难怪公司有先见之明，不允许员工私下聚会。

菜上来了。所谓葫芦鸡，就是把一只烤鸡放在葫芦造型的盘子里。如此"大兴"，引得我和黄蓉相视一笑。白秋白点的菜滋味似乎最佳，只见他仔细地掰着泡馍，每一块都掰成指甲大小，再放进羊肉汤里泡，神情专注。他似乎已经没有兴趣讨论江太太的"诉求清单"，我也只好放弃。这个时代，产品经理不管有多么宏大的想法都需要程序员去实现，如果对方否定，那么只有干瞪眼。

"按照你说的，难度那么高，杭州总部能搞出来？我看江太太的订单是黄了。"虽然赚不到这笔钱，但是我心里也是如释重负，"反正订单不是在我们手上黄掉的就好。听你这么说，杜绝黑客修改程序是不现实的。"

白秋白拿起碗，喝了一大口羊肉汤，满足地擦了擦嘴说："我觉得很难，但是总部不一定会觉得很难，他们的研发水平高出我几个量级。你也别多事了，我感觉这事情是公司战略层面上的安排，不是小看你和我。小看也是正常的，我确实不如人。程序员就是这样，天赋决定了你的天花板，我认。"

"所以，你们俩就是靠定制一些我们小老百姓的弱智机身活着咯。"黄蓉打趣道。

我白了黄蓉一眼："一会儿我们去逛老城厢，你省点力气说话。"

"延安路要挖河道，这里就算老城厢的厢。"黄蓉不以为意。

"啊，延安路要挖河道？我怎么不知道？"白秋白一脸茫然。

"你忙事业呗，今天云里说的。我听到这个消息很开心，延安路在古上海本来就是洋泾浜，河面有60米宽呢。"

白秋白像听天书一样："为什么要挖河道？好好的马路变成河道？"他的反应一点也不奇怪，他除了工作，就是玩游戏，一天三顿都在公司食堂，两耳不闻窗外事，活得像一张白纸。

黄蓉仔细打量了一眼白秋白，似乎理解他的"寿头刮起"（沪语，呆头呆脑的意思），花了20分钟给他详细介绍了古上海县的水乡历史。白秋白这个西安人，居然听得津津有味，表示要和我们一起去逛老城厢。他说他如果不做程序员，可能就会回西安做一些保护古建筑的工作："我们西安的城墙就是我们西安人心里的根。我平时玩的游戏，也都是仙剑奇侠30.0版之类，不喜欢未来科幻题材的游戏，本来就已经天天和机身打交道。要说到历史，我大西安也没谁了，世纪初挖地铁，市区就挖出1300多个坟墓，现在都还没有考古完。"

"西安还有啥好说的，有位作家不是说过，凌晨的西安街上走的一半是人一半是鬼……"

"这是啥话，如果真有鬼的话，地球43亿年历史，哪个角落还没死过个把人，没个鬼？"白秋白这个西北人，说话爽着呢。

三个人夜逛老城厢

饭后，我们三个人沿延中绿地走至西藏路，穿过金陵路至淮海路西藏路口，黄蓉说："这里是老上海最正宗的老城厢的'厢'位置。'老城厢'里的'城'是城邑的意思，指城墙以内的范围；'厢'是城外附近区域。前面大境阁就是古城墙所在处，这里就是厢。"

"老城厢的历史有西安那么久吗？"白秋白问。

"那不可能，上海的主要市区在唐朝的时候还是一片海域，那时都没有上海这个地名。如果我没有记错的话，老城厢这块陆地在南北朝才形成，北宋初年才形成早期居民的聚落。直至唐代，上海老城厢还在唐代旧瀚海塘和唐代海塘之间的海水下。唐代开始修建海坝，不断围垦，最终沧海变桑田……"

"旧瀚海塘在哪里？"白秋白穷追不舍。

"这个问题复杂了，到现在也没有定论。有三种说法。一说旧瀚海塘的位置在冈身以东大约10公里处的闸港、龙华、徐家汇一线，始筑于南朝或南朝以前；另一说认为唐初或唐开元中期在下沙沙带；还有人认为在浦东'里护塘'，年代有唐开元、宋皇祐和两宋之际诸说。也有学者则断然否认旧瀚海塘的存在，认为它是《云间志》虚构的一条海塘。我相信学者张修桂的研究，他认为《云间志》中的旧瀚海塘，即始筑于北宋皇祐年间的吴及海塘，历时120年，至南宋乾道年间，南段金山、奉贤塘段已坍入海，原有统塘的附属工程堰闸也均沦陷入海。残存的浦东东段，经丘窑做必要的修整，仍在发挥捍海作用。元至正、明成化再度加以重修，弘治年间的《上海志》称其为下沙捍海塘。"

说话间，我们走到了桃源路。黄蓉指着桃源新村说："那就是我的出生地——桃源新村。别看桃源新村现在已经有点旧了，但是这已经是3.0版本。"

"3.0版本？改建过吗？"

"嗯，上世纪1958年，桃源新村是上海市第一批公房，那时候大家都住在七十二家房客的石库门，能住进5层楼的公房，拥有独立厨卫，别人都要羡慕的。桃源新村所在地原来是一个说书场，据说每天晚上都有很多说书先生在这里摆八仙桌子说书，听众站在旁边听，觉得好听就投钱。后来，桃源新村改建过一次，加楼至7

层楼。2040年，拆除了老楼，在原址建了现在的高楼版桃源新村，估计很快也要被征收了。"

虽然天色已晚，古墙边上还是有一些工人机身在修补墙面。机身劳作的优点就是不知何谓辛苦，只要有电，他们可以24小时连续工作。我们在古城墙遗址旁边站了一会儿，黄蓉介绍说："上海在南宋时期还没有城墙，到了明代中叶，海货运输繁荣，沿海地方不断出现倭寇，那真是江洋大盗。嘉靖三十二年，江洋大盗来光顾了几次，烧杀掳掠，还放了一场大火把半个县城都烧光了。上海官绅顾从礼上奏朝廷修城墙，朝廷准奏，但是说没有钱。无奈，顾从礼自己捐了4000石大米。县衙发动百姓在嘉靖三十二年九月筑城墙，3个月完工。城墙很气派，城上筑有雉堞3600余个，敌楼2座，沿城墙外面筑有阔6丈、深1.7丈、长1600余丈的城壕……"

"那为啥不像咱西安那样保留城墙？拆城墙就是历史的罪人，现在又要花大钱恢复，劳民伤财。"白秋白目不转睛地盯着正在重造的城墙，颇感痛惜。

"不能这么说，上海老城厢不到2平方公里，城内快速发展，人口激增，城墙成为发展的累赘，太平年代又没有江洋大盗需要城墙来防护，1912年政府下令拆城墙也是适应时代的需要。现在的人民路就是在城墙的遗址上修建的，不过那时候叫民国路。11路电车一直围绕着老城墙旧址行驶，也算是一种纪念。"黄蓉顿了顿，"上海老城厢的河道之所以被填埋，和城墙拆除一样都是顺时而为。嘉靖三十二年，倭寇一年来侵犯几次，五月十二日，还杀了知县。同年修建城墙后，上海县才开始大发展，很多宅邸园林沿着县衙的南北线出现，园林的主人一般都是卸任后回乡的官员，如较为早期的陆深宅就在县衙附近。据《老城厢：晚清上海的一个窗口》，开埠前，上海的城市人口约在10万左右，土地宽裕，人口不密集，那时候即使小户人家也住得体面。直到太平军东进引发东南难民潮，江南富商争相来沪避难。1860年到1862年，人口增加了20万，有很多避难的人流入老城厢。1895年制造业的兴起，引发老城厢第二次人口增长。根据施坚雅的研究，开埠前上海居住在城市的本籍人口在4万左右。房屋少，人口多，难民只能居住在船上，河道被生活垃圾污染，染得墨黑墨黑，臭不可闻，百姓苦不堪言。开埠后有了自来水，逐渐填埋河道。

"没啥可惜的，如果不填埋河道，上海怎么可能进入高速发展期，一度成为全国经济最发达地区之一？这就像上世纪的人依赖轿车出行，为了车行畅通，政府开拓马路，造高架；现在空中航线大力发展，城区不再吃香，政府提倡拆高架，爆破高楼，以便开拓航线，这才有了恢复老城厢水乡的可能。历史都是这样的，此一时彼一时。"

我们顺着大境阁走到露香园路。建于2021年左右的露香园别墅，属于当时的顶流豪宅。经过70多年的风雨洗礼，气派依然。我抢在黄蓉前面向白秋白介绍："这块土地曾经叫作'九亩地'，还有一个名园叫露香园。明嘉靖年间它是上海县城的'三大名园'之一。露香园的主人顾名儒买了九亩地，盖了'万竹山房'，这个名字其实更雅致。他弟弟顾名世在万竹山房挖池塘时得到一块奇石，上有'露香池'三个字，感觉像老天赐名，才改名'露香园'。露香园造了10年，据说耗资数万两，园子里有池塘'露香池'，亭台楼阁，甚至还种了桃树……"

黄蓉补充道："露香园的水蜜桃曾是上海特色，但是比不上顾绣出名。顾名世孙媳韩希孟据说在宫廷学了刺绣，将丝线劈成单股，再逐个染色，叫作'画绣'，又叫'顾绣'。可惜没有见过她本人的相片，会如此精美刺绣的一定气质不凡。"

"园子怎么没有了？现在感觉不到有啥特别。"白秋白有点遗憾。

"是呀，这样一个名园也逃不过无常。鸦片战争期间，上海的火药局的火药仓库竟然建在露香园内，结果火药仓库突然爆炸，露香园烧毁，成了千古恨事。""也有一种说法，九亩地这个地方曾是刑场，有点晦气，你们懂的。"黄蓉补充道。

"走累了吧？我们去我的茶馆坐坐吧。"黄蓉提议。我本来以为白秋白会婉拒，他晚上一般都在家玩游戏，结果人家兴致很高，开心应邀。我反正也是闲人一个，乐得蹭茶喝。

黄蓉的茶馆坐落在有故事的龙门邨，附近就是文庙。龙门邨的来历不凡，单看小区门头就有感觉。日后升任江苏巡抚的丁日昌于1865年在上海创办"龙门书院"，当时规模不大。后来，上海道台应宝时购下了吾园废址重建，初具规模。书院聘请著名学者任教，如刘熙载就曾担任书院山长。1905年（光绪三十一年），清朝废除科举制度后，书院改为苏松太道立龙门师范学校，增建了楼房31幢；1912年（民国元年），改名为江苏省立第二师范学校；1927年与江苏省立商业学校合并成为江苏省立上海中学。上海中学可是上海最好的中学之一。龙门书院旧址于1935年改为民居，也就是龙门邨。

龙门邨弄堂不同于上海传统的石库门弄堂，70多幢房子，每一幢房子都风格各异，有西班牙式、苏格兰式、古典巴洛克式等。初建时也是有钱人才能够用金条顶下的物业。黄蓉的那幢是典型的石库门，门楼精致，雕刻着"厚德载福"，上面还有青苔，颇有意趣。

白秋白从来没有到过这等弄堂，看呆了。黄蓉介绍道："龙门邨有一半面积属于当时的吾园，而吾园旁边是黄道婆祠。这个吾园曾经是邢家的产业，后被上海一位富商李筼嘉购得。这个人是个孝子，买下这里是为了安置他母亲毛氏的牌坊。吾园的功能就是安放祖先的牌坊，却也有红楼园林的精巧，当时这里古木参差，潇湘韵竹，还有带锄山馆、清气轩、潇洒临溪屋等。不过，李筼嘉去世后，李家家道中落，这里转手到姓杨的手上，他将一半面积捐赠政府建造了黄道婆祠。同治六年，应宝时购得吾园剩余的一半建造了龙门书院。"

"我觉得这里的门头很考究，说不出来哪里好，比气派要多点高雅，比高雅要多点地气。"白秋白盯着门头看。

"老城厢的门楼大有看头，装饰一般分为花草纹、几何纹、动物纹以及物件类纹饰。花草纹里，一般装饰山花和垂草。上海曾经有个石库门叫'椿萱里'，椿萱比喻父母，这是表达对父母高寿健在的喜悦，'堂上椿萱雪满头'之意。动物纹吉祥寓意居多，有的用双狮滚绣球，吉象和祥云，还有的用老虎、灵芝、八卦图。我们龙门邨，有的门楼还用铜钱做装饰，讨财源滚滚的彩头。最耐看的还是石库门门楼上的字。没文化的人，有些甚至都不会读呢。"说到自己感兴趣的话题，黄蓉也刹不住车。

"没文化的人看不懂？那你说几个我们听听，我先申明，我读书少，文化不高，你别难为我。"白秋白一脸坏笑。

"行，我就考你三个。第一个'祺征寿考'，你来说说什么意思？"

"难不倒我。我知道'寿考维祺，以介景福'，意思是长寿的人最吉祥，五福里第一福，所以，这个肯定是表达长寿有福。"白秋白还是一脸坏笑。

这下轮到黄蓉"戆特"，口气没有那么自大了："'诚感太和'呢？"

白秋白想了一会儿："这个不知道。"

"我来问第三个吧，竹苞松茂。"黄蓉看了一眼白秋白道。

"这个知道，出自《诗经》，就是枝叶繁荣、家门兴盛的意思。"

没等黄蓉回答，我先打了一拳白秋白，说："可以啊你。没有看出来，有点文化啊。"

"那是那是，我来自大唐古都西安，古典知识还是有一些的，否则对不起兵马俑啊。"

"是啊，人不可貌相。'诚感太和'，我的理解就是和为贵。石库门仪门的字还有很多精彩的呢，如咸有一德，化被二南，瑞霭盈门，能忍自安，德星辉映……"

我心里不得不感慨，高层小区与之相比，在文化感体验上实在差了很多。一度为了炫富，小区还流行假金贴壁的门廊，人的内心所思也体现在相应时代的建筑上。

龙门邨的独幢石库门物业已经价值不菲，甚至比建筑年代新的露香别墅都高，因为它的历史更为丰富。这个时代的人痛恨高楼，觉得住在里面就像住在一个密集的火柴盒里，倍感压抑，近10年"飞的"的发展，交通更为方便，一些人选择住到杭州、湖州或安吉山里，流行自己造别墅，而建造于20世纪和本世纪的高楼很多已成为危房，政府现在征收老高层，市中心新建筑高度要求低于20楼，老城厢区域则不允许有超过6层楼的建筑。

黄蓉在石库门的小天井里种了一株桂花树，墙上爬满了月季，树下摆着圆石桌和石凳。一楼客厅进门处用竹做隔断，博古架依墙而立，上面放着各种茶，桌子皆是祖传的老上海八仙桌，小细节装饰颇为用心，茶具都是上等的仿汝窑，每张桌子上都有不同品种的兰花，在这里请朋友喝茶很有家的感觉。

白秋白似乎对这种风格很喜欢，这里看看，那里摸摸。黄蓉为我们沏好一壶白毫银针，招呼我们到天井里坐。

"好是好，就是小了点。上海的老房子和我们老家相比，格局小了点。"白秋白一点不客气地说，"我们那里的老房子，院子都有100多平方米。"

"石库门不同于中国传统民居。最早期的石库门里弄的建造，是为了迎合大量逃避太平天国战乱从江浙地区来到上海的地主豪绅等，故带有江南传统住宅的形式，比如1872年建造的兴仁里。

后来的石库门渐渐成为普通人居住的选择，1910年开始，大量建造单开间和双开间的石库门，把江南传统的民居融合到外国紧凑联排的构架里，天井小，局促感明显。"黄蓉慢慢解释道。

"上海五方杂处，说到底还是人太多，住得紧凑。"白秋白不会品茶，一饮而尽。

"你能不能慢慢喝？要一小口一小口品茶汤，感觉茶的甜度，以及在喉咙的韵味……"我忍不住开口。

"没事。喝茶要考究，但没有那么多讲究，有的人觉得大碗茶，大口喝，再来一大把瓜子，三五朋友聊得畅快，才爽。日本的茶艺太考究，过犹不及，造作。"黄蓉对我的指责却不以为然。

"茶还有甜度？我都没有感觉出来，就觉得这茶还比较鲜。"白秋白还是有点不好意思。

这下，我和黄蓉都笑了。黄蓉说："茶当然有甜度，不一样的茶，它的甜还不一样，香气也不一样，生普那更是同一款茶年份不同、储藏好坏不同，口感就不同。人有千百样，茶也有千百样。能喝出白毫银针的清鲜也属于不错。"

漫谈间，话题不知怎么又扯到了江太太身上。

白秋白危言耸听："现在国外的黑客技术很厉害，基本上瞄准目标，都可以修改程序，真的要利用机身杀人，还是挺危险的。"

"技术我一点也不懂，但是我觉得没有那么可怕吧。你们只要设计一个程序，修改程序要本人确认，否则机身就一直报警，或者自动断电，不就行了，至少可以解燃眉之急。"黄蓉不解道。

"哪里有那么简单，既然是黑客修改程序，这个程序也就可以黑掉。"我扑哧笑了出来，又跟了一句，"如果解决办法那么简单，公司怎么会不用？"

"这个有技术手法处理，云端每天更新指令，不过，这类解决方法都太过粗糙，不能应对高水平、有组织的犯罪，只有机身自己意识到某些程序是不可以被更改的才有效。"白秋白说。

"意识？现在能证明机身有意识吗？"我问。

这话问到了白秋白擅长的地方："我先问你，你知道什么是意识吗？"

"你说我知不知道？"我反问了一句，有点没好气。

"你真不一定知道。你知道的是教科书上的定义，意识是指感知、认知、记忆、情感、想象等心理活动相伴随的精神现象。好比每个人都有记忆，但是记忆到底储存在哪里，都几个世纪过去了，科学还是没有解释清楚。反正我觉得吧，意识是真神秘，这个世界没有一部神秘片或恐怖片可以和人类意识之诡异相比。有无数的哲学家和科学家讨论过——意识理论至少可以分为神秘主义、取消主义和简化主义，但其实他们什么也没有说清楚。有些人说'意识的产生和基因分子、突触连接、神经细胞、功能小柱、跨区皮层和大脑结构等多个层次有关'，还有理论假设'意识起源于神经元中的特殊蛋白质结构的量子物理过程'……这些形形色色的理论大约有100种，直接把人绕晕了也没有找到方向，因为意识之谜可能就是科学终极之谜。所以，让机身有意识和证明机身有意识都是很难的事情。"

"为啥很难？"黄蓉问。

"因为'意识'，尤其是现象意识，是以第一人称观察时才能获得的属性。这个你能理解吧？而且现象意识是只可以意会的，就像那句诗'沧海月明珠有泪'，字面上啥意义也没有，但每个人读了感受不一样，而且无法用语言来精准描述自己的感受。我们在机身实验室里，碰到最大的困惑就是这种'他心知'，你很难证明机身拥有这种意识能力。"

　　"机身有没有自己的意识应该可以测出来吧，就是有没有他自己对事物的认知、自我选择，看看他的共情反应就能知道吧？而且机身在想什么，现在你们的机身不是也能表达一些吗？"黄蓉不解道。

　　"过去用镜像测试，现在不是已经有脑电波测试机身的意识了吗？还那么难吗？"对于这一块，我一直抱有兴趣。

　　"你们想得也太简单了。你说的那是脑智，比如机身有超强的推理、计算表征能力，这些都是我们设计好计算机术语赋予他的。能够证明意识的是只有意识体验的现象，这就是'他心知'范畴了。有科学家认为我们人的大脑中存在类量子的计算，情感感受和认知相互纠缠，最终类量子塌缩导致情感感受的产生，但是纠缠究竟是怎么发生的，哪些神经元会形成纠缠关系也没有清晰的答案——人自己都说不清楚的东西呀！简单来说，机身如果能够自我模拟，也就有了自我意识。听说Frank开发了一个机身，有神经元组织，她可以自己创造环境，产生自我意象，受到损伤后自我建模修复。据说她还会做梦，有自己的梦意识……"

　　"机身会做梦？"我们感觉像是在听天书，莫名有点兴奋。

"厉害吧？为了测试机身的意识，杭州实验室有很多种不同类型的试验，有的机身高仿人类大脑，尤其是情绪脑的关键部位杏仁核、下丘脑、前扣带以及前额叶、丘脑、海马、脑岛、网状结构。很有意思，那个机身还真有自己的喜怒哀乐。有的则对其输入人类各种梦境，你别说，梦境机身是有点特异功能……"

"梦境机身？特异功能？你说的这些我怎么都不知道？感觉自己不是公司一员。"我听晕了。

"还有许多试验是我都不知道的，最先进的试验属于军方，保密级别很高，到了民间，已经算是基础的产品了。"

"怎么理解你说的梦境机身有特异功能？"

"Frank的试验是这样的，他创立一个梦网，邀请网民匿名写下自己真实的梦，然后输入机身。当数据库越来越大时，发现有的机身有预告能力。有一个四川的网友做梦梦到山洪，山体巨石滚落，在梦网上写下来，那段时间有几十个人做过类似的梦，梦境机身发出预警，结果还就真的应验了……"

我的眼睛都瞪圆了："太有意思了。作为人类潜意识的一种，梦境很神秘。"

"既然机身预警'山洪'，代表他意识到这个问题了呀。"黄蓉追问。

"那不一定。也许只是人类给他的指令，让他将一些重复出现的梦境及时推送给实验室。也有可能是他有一点感觉，总之，机身的自我意识测试现在还是未被克服的难题。"

白秋白喝了一口茶，思索了一会儿，尽量用最通俗的语言表达："对机器人的内在意识如何量化测试还是没有很大的进展。这方面最强的依然是西班牙马德里卡洛斯三世大学，他们对机器人的意识层级刻画到现在还是国际标准。很奇怪吧？我个人一直不太相信机器人会完全有人类的意识，人类的所有的脑意识都和神经活动有关，确切地说，无意识也和神经有关。所有的科学实验都认为，机器人如果有了和人类一样的神经元集群就会有自己的意识，杭州实验室一直用各种方法给机身模拟人类的神经系统。人脑真的是太强大了，我们约有800亿～1000亿个神经元，当然不是每个人都能完全开发使用这些神经元，每个神经元可以发出1～8000个连接，也就是人类有大约百万亿个突触，大脑皮层上平均每个神经元具有29 800个突触。意识正是这些数量巨大、相互连接的神经细胞之间不可预测的非线性作用的结果。细胞之间的交流形式是通过轴突以电脉冲的形式计算和转发信号，轴突分支形成的接触位点就是突触，在那里，来自轴突的电脉冲被转换成化学信号，信息单向流动。突触前的神经末梢有神经递质的信号分子，这些分子存在于一个个小囊泡中。人类每个神经平均包含数百个突触小泡。注意是平均，因为有一些突触包含超过10万个囊泡。据我所知，现在的机身突触最发达的，最多有1万个囊泡。他们神经末梢的电信号会激活质膜中的钙通道，让来自外部的钙离子通过通道到达突触内部，激活囊泡膜和质膜之间的分子。这时，囊泡膜与质膜融合，囊泡中的神经递质释放到突触间隙。突触间隙的另一侧，神经递质还在和接收神经元膜上的点相连，调节其电学性质，改变膜的电阻。整个过程，电位的变化只需要千分之一秒……这些人类神经元细胞的运作，机身都能做到了。"

"天哪，听上去好复杂、好神奇，我们的大脑真够精妙的，人无论处境怎样，真不应该轻视自己！"黄蓉啧啧称奇。

"不仅精妙，还充满神秘。就单单这个过程里也有很多未解之谜。比如负责膜融合的蛋白质究竟如何运作？在不到1毫秒间，钙离子涌入使膜融合，靠SNARE蛋白来融合质膜和囊泡膜。那一瞬间，蛋白质竟然会堆积和扭曲，并释放出能量，然后，膜融合发生。这种分子变化的规则人类还不清楚，更不要说神经元之间的交流和融合规则，以及突触如何有效地影响人类的动作、情感和思想。以前仅仅试图通过计算机来模拟，那需要无限大的空间，即使是Frank的超级实验室也还无能为力，模拟意识因为有随机性，计算量会不断倍增，所以才会利用古代微生物和植物发展机身的神经元，因为植物的细胞中也有微管的存在。也还是有问题——拥有高度模拟人类神经元的机身未必有人类意识，他们常常行为古怪。这也是可以理解的，你们想想——非洲大象的大脑有2500多亿个神经元，大象却并没有人类的意识。可见，如果只是追求通过增加机身的神经元数量来给他们创造意识，是错误的方向。"

"嗯，大象，"黄蓉大约是听迷糊了，总算找到一个轻松的字眼，"大象很神秘，据说它们临死时会自己找到家族的墓冢，我总觉得这些家伙比人类有智慧。"

说完，还不死心，黄蓉又很起劲地接话："我知道你的意思，人和人的意识的区别可能就是神经元被使用了多少，发出多少连接，连接如何引发结果。好比对一群人说'李白'，大多数人会想到古代诗人李白，但我首先会想到上世纪的谍战英雄李白，另外一个人可能会先想到一个叫李白的同学，每个人被引发的情绪、记忆和行为都不一样……"

"简单理解是这个意思。意识就是那么复杂。就像那句名言：'一千个人眼中有一千个哈姆雷特。'"

"那照你的说法，现在的机身是没有意识的机器而已？"

"也不尽然，不能用人类的'意识'定义机身的意识。我们现在的机身，从学术角度来说，是根据人类意识机制建立相关复合型模型，让机身表现出意识行为。应该叫弱机器意识吧。"

"'一千个人眼中有一千个哈姆雷特'，这是个很有意思的话题，有的法师曾经分析过：读书时读者自己形成的义共相是受作者启发获得的义共相，和作者根据自相写成的义共相不完全相同，甚至完全不同。义共相无形无相。如果你阅读的感受和作者类似，那么算是成功的交流，不过大多数都是成功的误会。问题来了，为什么每个人读同样的东西脑子里形成的义共相不同呢？这和每个人累生累世中的阿赖耶识中储藏不同有关。我今天听了你的话，觉得可能是不同的连接会触发不同的阿赖耶识……就像莫言看到一幅《六道轮回》的画，灵感如火树银花，脑中萦绕了43年的素材倾泻而出，43天就写出了《生死疲劳》……"

这回轮到白秋白蒙了："啥是阿赖耶识？这是啥神经组织？没有听说过啊。"

"那是人的第八识，也叫藏识……有没有看过物理学家朱清时老师的著作？他曾经举例，伦敦大学的物理学家波姆说这个世界就像大鱼缸，里头有条金鱼在游，假设有两台摄像机，一台从侧面观测这个鱼缸，一台从背后观测鱼缸，另一个房间里头也有两台监视器。一个人进入监视器的房间里头，他看到有两条鱼，这两条鱼还不一样，因为一个是从尾巴部分照过去，一个是从侧面照过去的。这两条鱼很怪，无论其中的一个做什么动作，另一个马上反应过来，而且都是同时的……基本粒子就是这种现象，我们看到的两条鱼其实都是幻影，真实的东西是在更深层次、维数更高的东西。我个人理解这个更高的东西就是阿赖耶识。"

我已经对黄蓉和白秋白的讨论没有兴趣了，完全沉浸在对梦境机身的好奇中。梦，古老而神秘，很久以前我就幻想过华华如果做梦会有什么反应……

"茶淡了，怕你们晚上喝茶睡不着觉，要不喝点柠檬水？"恍惚间听到黄蓉这句话，才觉察夜深了，该告辞了。

路上，我八卦了一回："白秋白，你好像对黄姐姐有点好感？"

"什么姐姐？她比我大？"

"大3岁呢。"我故意加重了语气。

"有个啥？太好了，我们老家说女大三抱金砖，看来我白秋白要发达了。"白秋白一脸坏笑。

我倒是没有想到："哼，别怪我没有提醒你，你不是她的菜。"

"看你窝囊式子。我试试，不成功怎么了？就不能是纯洁的友情，如春风般的同志？"白秋白不以为意。

元宇宙里的恐龙老爸

回到家，华华已经在维护状态。老妈和老爸照例在客厅等我。

"侬刚刚想到回来呀？"老妈有点不满。

"和黄蓉一道去看老城厢了。"一剑封喉，只要听到和黄蓉在一起，老妈保证不再啰唆。

果然，老妈换了话题："夜饭吃饱了伐？要我弄点啥吃吃？"

"没吃饱，我吃点小馄饨好了。"

趁老妈去厨房煮馄饨，我找到在客厅里沉浸在游戏世界里的老爸，一把夺下他的穿戴设备："侬醒醒，恐龙世界老早灭绝了！"

我爸爸以前是药房的药剂师，工作之余，喜欢待在元宇宙，他的穿戴设备是他童年最火的"元宇宙"系列产品。那是一个多维的生活世界。穿上设备，用账号登录元宇宙，就来到了一个可以和现实世界互动的虚拟空间。在这个空间里，你可以成为任意你想扮演的角色（不同于机身，机身有统一身份证，代表的是本人。在元宇宙里的角色可以和真实世界的身份割裂开来）。在那个世界里成为另外一个人，拥有数字货币财产，人际关系在虚拟和现实中交织。也可以在元宇宙用元币建楼造桥，大发横财。爸爸的同学就曾在元宇宙里开发房地产大发一笔横财，只是他没有及时收手，把元币兑换成人民币，之后，元宇宙被政府管控，元宇宙的房产大跌，竹篮打水一场空。

2040年的一代人，都为"元宇宙"原住民身份而疯狂，这是机身大发展的时代前奏，元宇宙本来就是平行现实和合成现实，人们在元宇宙中习惯了人成为一种复合体：人不仅是单纯的真人本人，也是生物人、数字人、虚拟人的三体合一。虽然后来元宇宙衰落，多数人却已经习惯于高科技生活空间，不舍得放弃。对我们公司来说，因为元宇宙的奠基，机身更容易被人们接纳。

我爸爸下班后还是经常会回到元宇宙。他在元宇宙里的身份是一只恐龙，体形巨大的鳄龙。据说，我爸爸在这只鳄龙上花的装备费高达几百万。他自己经常开玩笑：他们那一代人很多都很"穷"，也没有好好读书，甚至很多人不具备真实生活的谋生能力，都是被元宇宙"坑"的。我爸爸对元宇宙世界之痴迷，甚至在我很小的时候偷用了我的身份证注册一个账号——"龙蛋"。账号名是不可更改的，我的小学同学无意中发现了这个秘密，于是"龙蛋"就成了我的绰号。最让我愤恨的是，他在元宇宙里还有一个虚拟的恐龙儿子——西楚霸王，他在这个龙子身上倾注了无数的感情和金钱。在他书房的空中，用XR技术（一种增强现实技术，通过计算机算法将文字、影像、图片等信息叠加传递，包括AR、VR、MR）呈现出一只巨大、半透明的恐龙，那就是他的恐龙儿子。入戏太深，我爸甚至还想把"棺材本"拿出来给龙子造一个王国，我和我妈实在看不下去了，出手找黑客给龙子销号，将其彻底赶出元宇宙，让我爸死心。

我父母在元宇宙相识，沪剧演员和药剂师原本不在一条跑道，我妈尤其排斥元宇宙，只是偶尔登录看看。2068年末，全国暴发了一场瘟疫，我妈被迫天天关在家里，凑巧又得了重感冒，她以为自己染上了瘟疫，在元宇宙可怜兮兮地游荡、求助，结果碰上了我爸这个"鳄龙神医"，一路相伴，指点用药，日久生情。这也算是英雄救美的一种吧。

"老爸，我有正经事情问你，你觉得机身是不是能鉴定毒药？这有实际可操作性吗？"

"问这个做啥？侬不是要做啥害人个机器人伐？"老爸一脸警觉。

"不是，一个客户要求我们设计一款能识别毒物的机身。我们程序员说毒物种类太多，很难实现。"

"能够瞬间让人致命的毒品并不算多，但是导致人伤残的毒物就很多。除了化学毒物，还有很多纯天然植物毒品，而且很多要凭借嗅觉识别，要让机身全都鉴别，估计有点难度。"

"植物中毒？这种中毒应该很少吧？"我不死心。

"有呀，变叶木汁液就有毒，它的汁液中含有激活EB病毒的物质，长时间接触有诱发鼻咽癌的可能……"

"你说的那是长时间，对我的客户来说，她肯定会察觉的。"

"那不一定，变叶木汁液若碰到眼睛，严重的会双目失明。如果身上有伤口，碰到伤口，会引发心脏麻痹。还有的植物，中毒后会让人精神错乱，东南亚很多地方的罪犯就是用龙葵提炼的成分做成糖药来害人发精神病。"

"这种东西，客户也不会去碰啊。"我还是不死心。

"这个倒是，所以比较常规的犯罪毒物就是化学制品，可以溶于水中，无色无味。还有一种是利用药剂的量施毒，比如给一个低血糖患者吃降糖药，也会引发昏厥甚至死亡。"

"那你帮我想想，机身怎么可以帮助人预防别人这样做呢？"

"还是要用物理方法干预吧。自己的杯子不要让别人碰，尽量用瓶装水。还有就是机身每次给人送水或者拿药时，都要鉴别。现在有部分化学毒物溶化在水里可以用试纸鉴定，颜色不对就报警。另外，药物规格和剂量都要符合医生处方。"

"你这说了等于没说，都是传统办法。那如果毒物放在食物里呢？"

"那就没有办法了，这个很少可以鉴别出来。你外婆那个时代的大学，化学系发生过好几起在寝室里用铊投毒的案子，至今还是悬案。在菜里投毒就更难鉴定了，所以古代皇帝会让太监先尝一口菜啊。"

"大学同学投毒？这该有多恨对方啊！"

"也不是呀，有的人心胸比较狭隘，同学少年难免有一言不合的时候，正好实验室里可以拿到毒品，一冲动就下手了。所以，有段时间有句调侃：感谢室友不杀之恩。"

"啊，幸亏我读大学的时候已经没有同室了，都是一个人住的单间。"听了老爸的话，连我妈亲手捏的绉纱小馄饨也没有心思吃了，随便扒了几口，就洗澡上床压惊了。

和华华讨论人类的梦境

第二天一早，我和华华刚到办公室，老菠萝就通知我和江太太说一下，我们需要1个月的时间来核定她第二个机身的定制需求的可行性。1个月？可见，要实现这些诉求，即使对于杭州总部实验室来说也不是那么简单，一般我们核算机身定制的"诉求清单"，最长的时间不过1周。

我对于昨天晚上的机身做梦实验很有兴趣，兴致勃勃地和华华讨论梦境机身。

"华华，你知道梦境机身吗？"我问道。

"知道呀。"华华简单地回复。

"噗，"一口茶呛了出来，"你知道？你怎么会知道？你怎么没有和我说过？"

"我什么都要和你汇报吗？你又没有问我。我们机身有一个通区，梦境研究是开放的，大家都可以看到。"

"梦境机身每天都做些什么？"

"每天都写日志，记录一些梦网上有价值的梦，他们认为有价值，但在我看起来都是乱七八糟的意识流。你为什么关心这个？"

"梦很神秘。在1900年之前，对梦进行研究的主要是巫师、法老、牧师等。1900年，弗洛伊德发表了《释梦》，将梦作为生理现象对它进行了专门的考察。不过，对于弗洛伊德动辄就把梦解释为性欲，我也不能完全相信。1953年，芝加哥大学的学者发现人类有快速眼动睡眠，才进入了科学意义上的梦研究时代。迄今为止，对每个人千奇百怪的梦的缘由还是没有一个有说服力的解释。"

"你是不是有什么心事没有告诉我，做噩梦啦？"华华突然用手拍拍我的肩，"好几次我看到你醒来时表情很惊恐，和平时不一样。"

"哪有？"我怔了怔，"是梦到过两条蛇和两个女孩……别提这个了，你还是和我说说梦境机身都发掘了一些什么有意思的梦吧。"

"太多了，好多都很古怪。有人说梦到在大山里飞；孕妇一般都会梦到某种动物，然后她们怀疑自己的孩子就是梦中动物托生的；还有人梦到死去的亲人，有时对他们笑，有时对他们哭……这也太滑稽了吧。"

"不滑稽。我曾经看一位临床心理学博士帕特丽夏·加菲尔德写的《梦境创造力》，她出生于上世纪30年代，14岁起以日记形式记录梦，一记就是50多年。她认为：人类每天晚上做的梦基本包含在12种类别中，大致分为美梦和噩梦，其中也有从高空坠落或与去世的亲友交谈，看来这些是全球人类普遍的梦境。就我的体验，梦好像远远多于12种类别，有时候感觉自己在另外一个平行世界一样。"

"平行世界？"华华脸上的表情认真了起来。

"两个不相干的粒子，只要发生了纠缠就能够产生某种联系。这种联系无论相隔多远的距离，都会保持。梦境有可能就是人类与平行世界的另一个自己或其他众生形成了量子纠缠的对称关系，他们经历了什么，你也会经历什么，可能相反，也可能是同频感应，称为镜像空间。"

"太玄乎了，我啥时也能体验一下做梦？"华华一脸期待。

"你不是纯粹的机器人，你有自己的脑细胞和神经元，你休息的时候，难道完全没有进入另外一个时空的体会？"我追问道。

"没有吧，闹钟一响，我什么也不记得。所以我总怀疑你们人类说的梦是杜撰出来的……"

"华华，不是这样的，"我提高声音，"我外婆过世的那天，我梦到她拉着我的手，说'乖囡，侬要乖点'，我很想抱抱她，但她不见了，好像有个东西敲碎的声音，那个声音让我突然醒了过来。当时我就在这个办公室午睡。事后我才知道，就是我午睡的时候，我外婆在医院过世了。我很怀疑那是她的灵魂来和我做最后的告别……这大概就是量子纠缠。"时隔多年，说起此事，我的眼圈依然忍不住发红。

"好吧，你外婆都没有来过这里，怎么认得你的办公室？大白天也会发生你说的量子纠缠？梦不是一般都在晚上吗？"

"量子纠缠可以发生在任何时候，我没法给你解释清楚。"我说道。

"亲爱的，别生气，我刚刚查了云——人刚刚死后的中阴身有能力想去哪里就去哪里……我错了。"华华嬉皮笑脸地比了一个心。

一个特别的政府定制团

下午，我的工作是接待一个地方政府采购团，他们要统一为当地政府工作人员定制一批机身。一般来说，这种订单只需要接待规格高、不出错即可，官方统一定制，他们不会要求太多花哨的功能，信息安全才是重中之重。

我吩咐华华让VIP食堂准备下午茶点，并安排好各种形象和规格的机身在一楼大堂列队等候地方政府采购代表。机身列队迎接，这一招儿真是"一招鲜"，来宾看到大约30个各种各样形象酷似真人、穿着得体的机身在门口迎接自己，都会被打动。这次，我还特地安排了一个形象为拉布拉多犬的机身在其中，这是先前一位客户依照自己的宠物狗为蓝本定制的机身。宠物狗机身出品后，大受欢迎，动物造型的机身价格不贵，非常可爱，会围着你打转、摇尾巴，使劲赞美你："你今天太美了，看上去比提拉米苏还甜。""看到你，我再也不想到处撒尿了，所有的领土都应该属于你这样优秀的人。"这些甜蜜的狗言狗语，出自公司编剧部同事之手，充满非人类语言式的幽默，几乎所有人都喜欢。我们公司也定制了一款拉布拉多犬机身，专门用来接待贵宾，可谓最佳气氛组。

果然，今天到访的开封市政府官员对这个接待阵势表示"出乎意料，颇有创意"。他们听了公关部同事对于机身发展前沿技术的介绍，参观了各种机身的模型，并且参考了邻近城市政府定制机身的要求。我们本来以为他们的要求会和其他城市的政府一样，不过是走过场，没想到最后征询他们的意见时，他们稍作耳语，代表团的负责人林秘书长说："谢谢。我们来之前考虑过，现在看到实样后，更觉得你们通用的政府标准机身的形象对我们来说有点不合适，我们有自己的地方文化需要，机身最好是宋朝人的形象，男士的机身最好设计一个发髻……"

生活总是能给我意外！我差点把一口茶喷出来，觉得自己听错了。"不好意思，"我小心翼翼地问，"您是说，机身要留发髻？""是的。"一位年长的领导笑着说，"怎么？很少有政府定制提这种要求吧。我们市曾是宋朝的首都，在宋代非常繁荣，百姓对这段历史念念不忘。现在各地都在回归本土传统文化，部分机身定制成宋朝人的形象也是我们慎重做过民意调查后的反馈，这也是一种中华传统文化教育的具体化体现……"

公关部的艾米小姐满脸堆笑，马上接口："贵市的'创造性传承，创新性发展'在全国处于领先地位，现在官方的机身定制成宋朝人的形象，那是弘扬传统文化和发展现代文化的结合。"

公关部不愧是公关部，尤其是本公司的公关部，我心底是一个大大的佩服，也不免心生愧疚，最近工作上有点疏忽大意，怎么前期功课里没有留心到他们来自何处呢。幸亏薄有历史功底压箱，我立马跟话："不好意思，其实我对你们的'城摞城'一直很有兴趣，还特地去你们城里的中轴线龙亭公园朝拜过呢。"

"哦，你对古城也很感兴趣？"对方的脸上似乎有光。

"是呀，前两年考古学家用最新的红外光影技术复制开封城下的6座古城池进行直播，一共72小时，我全程都看了。太震撼了，如果我没有记错的话，依次是魏大梁城、唐汴州城、北宋东京城、金汴京城、明开封城和清开封城。每个时代的民居、城墙都不太一样，但却在同一个地方。这种才是真的穿越。"我不是装出来的，确实熬夜看了3天的直播。

"是的，我们现在还用光影八维技术对每一个时代的古城生活，都以《清明上河图》为蓝本做了不同的演绎，加上音乐和故事情节。比如在《清明上河图》里有一处卖饮料的地方，当时叫'香饮子'，但是在唐代，略有不同，它叫'无色饮'，魏大梁叫'浆'。在每一层的古城里游客可以感知不同时代的文化，人们穿着打扮的基调色也不一样，唐代和宋初人们喜欢浓烈的色彩，慢慢才变得简素。如果看饿了，最上面一层的现实空间可以享用复刻版的古代饮食，玩耍古代各种游戏，欢迎你有空再去感受一下。"

接下来的话题，几乎都在谈论古城的挖掘。对于机身的功能定制，倒是不出我的意料，对方只要求"应付普通接待即可，以形象展示为主，保密权限加重"。因为他们平时还是用真人秘书，机身有云监控，所有的政府部门的重要岗位都不会使用机身，以防泄密。

我个人喜欢这样的订单谈判，"工夫在诗外"，大家找到一个感兴趣的共同话题，订单是否成功成了小事。如果几个小时一直在聊机身定制，一般结果都比较曲折，人类的发散性思维会让甲方多出来很多无端的要求，那结果就是不断磨合、修改，精疲力尽，甚至不欢而散。

按照公司的要求，晚上我们还要宴请代表团，地点就在我们的VIP食堂，由公关部全程安排。当我走进食堂宴会厅时，也被震住了。除了靠外滩一面的玻璃窗，其他三面墙壁皆用XR技术制作成《清明上河图》场景，开端是枯树、汴河，鸟儿朝我们飞翔而来，发出"欢迎，欢迎"的鸣叫。画中，684个人物、95匹牲畜、122座房屋、29艘船只、15辆车、8顶轿子都等比例放大，画卷徐徐展开。到了市集，可以听到叫卖声；到了说书场，可以听到说书先生在说书；到了画中的文人书房，可以看到煮茶时的缕缕青烟，还能闻到茶香……这种光影技术在本世纪初就有，那时还在4D阶段，现在发展得更加精致，不仅有触觉、视觉，还增加了嗅觉。

代表团显然为这份用心而感动，席间，代表团对上海将复建近千年的古城大感兴趣，这是全国城市发展不约而同的方向。代表团首席林秘书长觉得这种回归也和几十年来元宇宙的疯狂有关，人们对虚拟世界从过度依赖到深深厌倦，回归现实后，重塑不一样的城市文化就极为重要了。

林秘书长介绍说："我们对古城的开发，建立在高科技运用上，比如走在市里随便哪一个街区，都可以用可穿戴设备看到这个街区在不同朝代的模样，里面的人物栩栩如生，他们甚至会和你交谈几句。现在的石砖路，过去可能是汴河，而你在船上，两岸皆为汴京风光，这种城市游览让现代人觉得很有趣。"

我刚想说，上海依托八维地图，也在搞类似的街区历史阅读，艾米先开口道："上海古城的重建，因为地方小，主要在恢复河道和古建上作为，不像你们有那么独特的城市历史，更有挖掘的层次感，以后你们城市的旅游一定更火热。"对公关部小姐来说，恭维别人就是职业本能，任何人都能应付得得心应手。不过，人总有需要释放的时候，据说，有一次她的机身抽风，因为被人撞了一下，骂了足足5分钟，言辞要多刻薄有多刻薄："侬一家门才是十三点……垃圾瘪三一家亲，从此相依为命咯。"不过，听到的人都长长舒了一口气，那是把八面玲珑、刀切豆腐两面光的公关人一辈子的隐忍都发泄完了，顺便赞美她的机身算是把上海话骂人的本事学到了。

晚餐后，公关部同事陪同他们去欣赏外滩夜景，这几乎是外地来客到上海的保留参观项目。我终于可以放松下来，回家休息。

机身梦境实验室

第二天一早，一到办公室，老菠萝就叫我去他办公室"喝杯茶"。我一路锻炼着脸部三角肌，把微笑功夫做得纯熟一些。老菠萝的办公室在顶楼，地位仅次于CEO和CFO。这其实有点奇怪，他的行政级别并不高，虽然管理的部门比较核心，但权力不算重，只能说明老板器重他。老菠萝一身火红的西装，花衬衫、白裤子、黑皮鞋，和一旁机身君子如玉的汉朝书生形象有着鲜明对比。

"侬看上去台型哈足。"我尽量让语气不要有揶揄的成分。

"侬讲得好。坐，茶已经沏好了。"他双目如铜铃，还有些鼓出来，即使表情和蔼，也感觉有点凶巴巴。

坐定，我马上汇报昨天来的代表团签约订单很顺利。老菠萝笑笑，他似乎不在意这个："定制机身的订单已经排到3年后了，现在工厂都来不及组装，只不过对政府部门的来访，都要服务周到。"

"哦，明白。"我笑笑。

"我发现你对梦境实验很有兴趣，所以来和你聊聊。"老菠萝拿起他号称祖传的顾景舟紫砂壶啜了一口茶，不紧不慢地说。肯定是我和华华讨论梦境实验，被他监听到了。他喝茶居然还会发出声音，我心里忍不住鄙视。

这个话题正合我意："我有点小兴趣，个人对于梦有点好奇，倒也不是从工作的角度。"我的意思是，我虽然有兴趣，但是并没有想换离岗位。

"我也有兴趣。你知道我的机身为什么是汉朝人的形象吗？因为我总是梦回那个时代，好像在洛阳，而且就是在汉明帝的时代，恰巧我最尊崇的帝二代就是汉明帝。梦嘛，都是模模糊糊的……"老菠萝有这个天赋，他可以瞬间拉近你和他的距离，让人觉得他似乎在和你交心。

"你怎么知道是在洛阳啊？"我装傻。

"反正就是知道，也没有什么证据，梦里的事情都是奇怪的。"老菠萝略为尴尬地回答。不过，他很快恢复常态："公司建立梦境实验室，并不是为了好玩。机器人做梦是创造人工智能体机器人的转折。对人来说，睡眠和做梦的过程是帮大脑整理所有经历，以便更好地进化，究竟如何帮助进化，目前的科学还无法全知。"

"你的意思是实验室试图让机器人做梦？"

"不是没有可能。梦境实验室的伟大在于：一、它将尽可能搜集足够的人类梦境大数据，让机器人来分析，看实验结果会有什么新方向；二、如果机器人自己能做梦，就代表他们有意识的产生，你应该知道这意味着什么。"

我默默不语，眼睛里却流露出兴奋之光。

"这个实验室的级别是A2，也就是仅次于军工开发的A1，欢迎你有机会去杭州梦境实验室参观。"

"我可以去吗？我的级别好像不够吧。"我丝毫不掩饰自己的狂喜。

"实验室对全世界开放，欢迎任何人来提供真实的梦境体验，或者参加活体睡眠实验，因为我们需要足够的梦境数据来支撑，只是其中一些实验室保密。"老菠萝说。

"你去体验过吗？"我追问道。

"去过，可惜，到了那里，我居然没有做梦。实验室的同事说，有的人就是会这样，因为身体的'自我保护隐私机制'被唤醒。"老菠萝有点遗憾。

"自我保护隐私机制？"我笑道。

"不懂了吧？机身研究还发现，有些人在现实生活中互相认识，在梦境中曾都在一个环境中做同样的事情，但互相不知道对方也做过类似的梦。"老菠萝表情神神秘秘。

"那不稀奇呀，我们今天一起喝茶，晚上回去可能大家都会做差不多的梦，日有所思，夜有所梦嘛。"我轻描淡写道。

"哪有那么简单？好了，我马上要开会了，下次有机会再聊。"老菠萝端茶送客——我意识到自己自作聪明了。

老菠萝说的会议我知道，这事在公司内网上沸沸扬扬传了好几天。参与会议的三方分别是大度在线网络技术有限公司代表、上海聊嗨科技信息有限公司以及我们公司。大度公司出品的互联网地图大约在市场上流行了90年，每每山穷水尽，总能有新科技令其柳暗花明，靠着全新概念的八维地图一震江湖。聊嗨是一个小微企业，他们新开发的产品"八卦"却一炮而红，我们公司是他们的投资方。"八卦"的走红也属偶然，最早它就是一个上不了台面的付费听八卦的平台；漫步在这个城市，看到一幢楼，忽然想了解其历史，可以用"八卦"；只要付钱，就有知情人来讲这幢楼的历史，发展到后来，演变成为"如果想了解这幢楼里曾经住户的历史，只要付费，就有人八卦给你听"。这本来有触犯别人隐私的可能，挡不住人人皆有一颗八卦之心，隐私的尺度在法律顾问指导下进行技术性操作，虚化人名，虚化时空。随着技术和资料库的更新，只需要扫描一下身边的建筑，就可以收听该建筑里的陈年八卦。大度公司想在八维地图中嵌入这个功能，于是就有了三方会谈合作意向。

八维地图，火爆全国。和早期的谷歌Immersive View相比，八维地图用数千亿张街景图和卫星航图构建了一个庞大的数字地图，穿戴上相关设备或者直接使用XR技术，"时光按钮"会把街景模式转换成不同年代，用户们可以观看建筑和城市不同历史时期的样子。进入建筑内部，计算机生成的形象可以飘浮在空中，详细解读，立体呈现，堪称移动的历史教科书。除了庞大的时空资料，八维地图最大限度地融合了现实，打开地图的"赶集"功能，你在上海家里可以即时参与广州人在广州酒家饮早茶。若受不了虾饺的诱人，还可以下单买一客，当天下午就可以送到你家。或者逛逛新疆的大巴扎，体会完全不同于上海的风俗，闻一闻烤馕和羊肉串的香……

"拿去试试吧，八维地图的最新测试版。"老菠萝扔给我一副眼镜。比起元宇宙的可穿戴设备，八维地图的眼镜如同一副时髦的墨镜，眼镜镜脚处按钮看似镶嵌的宝石，其实是不同功能的AI按钮。新版八维地图的XR技术部分影像已经不需要用眼镜来呈现，和本世纪初谷歌推出的沉浸式ARCore Geospatial API相比，神经渲染技术已高度成熟，街景8D呈现，更多的地区实现了场景历史识别功能，所到之处自动转换为该地区通用的方言。

"谢谢，谢谢。"我连忙道谢，老菠萝有时颇为亲切友好。

回到办公室，华华说，新接到几起客户对机身质量的投诉。有客户说机身的用料单薄，有些地方已经有裂痕。还有人投诉说机身烧菜太难吃，怎么教都教不会，要求退货。我立即想到华华在我妈的调教下厨艺进步飞快，心里很是不屑："下次碰到这种投诉，你就举例说和平饭店已经在用机身做大厨，大厨是机身最早代替人类的职业之一，看他怎么说。那位说机身用材差，已经出现裂痕的客户，可以让他先送到我们这里检测一下，看看情况，再决定要不要和材料部反映。"

几乎每天都会接到各种投诉，说到底还是因为钱在作怪。机身需要不断花钱维护，满大街的"机身维修部""机身升级部""机身美容部"赚的就是这钱，不给机身花钱，机身功能越来越差，就变着法子想退货罢了。

初次体验八维地图

"今晚我带你去做美容，好像来了新款眼睫毛，给你体验一下。"我对华华说道。话音刚落，接到老妈的云消息：你爸爸一只眼睛突然发黑，现在在去五官科医院的路上，速来。

我慌慌张张对华华说："爸爸的眼睛出了点问题，现在在去医院的路上，我过去陪他，你留在办公室帮我接待客户。"老妈的消息看得我心惊肉跳，心里免不了抱怨，老爸真不省心，这肯定是因为每天混元宇宙，用眼过度惹的祸。

8分钟后，我已经出现在汾阳路五官科医院的门诊大厅。虽是预约制，老大楼的门诊大厅依然熙熙攘攘，一半是人，一半是机身在排队、取药。老妈他们不会预约"飞的"，只能叫出租车，速度比我慢。我先帮他们预约眼科特需门诊的急诊，30分钟后可以看特需门诊。医院里空气恶劣，眼看还有一些时间，我想到附近走走，顺便用老菠萝给的AR眼镜体验一下八维地图。戴上眼镜的瞬间，太原路在我眼前就变成多维空间，我不用走进街边小店，就可以看到里面出售的货物。走到永嘉路一幢建筑前，按一下按钮，有声音告诉我："止蕃小筑，也被称为正蕃小筑。弄内有5排共10幢联体式别墅。每幢别墅有6个房间3个亭子间，晒台是屋顶……"再点击一下房间，就可以虚拟入户，一楼的北侧为灶间，有户人家正在烧菜，我甚至可以闻到鱼香肉丝的香味。不过，不是每户人家都授权八维地图入户。

我把时间模式调到1945年，看见当时8号底层的主人静山，他拥有两间房间及一间亭子间，我进入这个空间，静山正在暗室冲洗印制照片，转身冲我笑笑……这一切竟然如此栩栩如生，我刚要回复静山"你好"，老妈的云消息来催：我们到了，你在哪里啦？我被拉回现实，匆匆赶回医院。

老妈是个急性子，平时样样事情要做主，但真有事情，像天塌下来一样没有方向。刚到门诊大厅，老妈远远看到我，就慌慌张张跑过来，一把拉着我的手："你爸爸要成瞎子了，哪能办啦？一只眼睛看不出来了呀。""不要急，不要急，我陪你们去看特需，相信医生。"这时候的我，感觉就像老妈的靠山。他们年轻时本来还要玩丁克，据说不小心才有了我，否则，今天他们只能请机身陪他们看病了。

眼科特需门诊在五楼，诊室门口有机身帮着收病历卡，询问病情。前面排了四五个人。我父母和外婆这两代人的眼睛都不太好，他们都是沉溺网络的受害者，我外婆年轻时为了在元宇宙里造古建，开展古建文化推广，据说把曾祖留下的一套房都卖了。如果说外婆是为了学有所用，我老爸则纯粹就是玩，想到他在元宇宙里那只会发射火焰、会飞、会七十二变的龙子，我就没有好气。为了这只恐龙，我们家现在基本靠我养活，他们的钱大多贡献给了元宇宙。现在元宇宙已经被淘汰，在里面花费的时间和钱都打了水漂，还贡献了眼睛的健康。不过，看看爸爸可怜兮兮地一手捂着眼睛，我又有点于心不忍。

"爸，你别紧张，应该就是黄斑病变加重，让医生看看能不能做手术吧。现在医学昌明，都可以换眼球，大不了换个高科技眼球呗。"我安慰老爸。

"换眼球?! 我不要。瞎了我也不要。"老爸虽然喜欢玩虚拟空间，但对身上器官换成人工部件很敏感。

说话间，医生的助理机身来帮爸爸登记病史。机身训练有素，先帮爸爸拍照、存影，再询问发病时间、症状、既往病史等。机身装有语音记录转换文字功能，爸爸回答时，机身已经自动转换为文字，上传病史到医生的病例库，医生看病时直接可以调用，快捷而方便。随后，机身又帮他测血压，要求他再去测个血糖。

人工智能在医疗领域的应用在21世纪20年代就已经达到小高潮，以科大讯飞为代表的人工智能公司，那时已经利用语音识别和输入技术进行病历录入，还开发了人工智能医学影像辅助诊断系统，智能导诊导医机器人"晓医"等产品也正式应用。他们还与清华大学合作，研发人工智能"智医助理"机器人，机器人在参加2017年临床执业医师综合笔试测试后，取得了456分的成绩（合格线为360分），这个成绩在53万名考生中名列前茅。

给爸爸看病的医生是眼科权威高位茗医生。高医生听我爸爸描述后，仔细看了一下他的右眼球：白色的晶体已经浑浊，黄斑处有发黑的点。他的脸色慢慢变得凝重，一边开光学断层扫描和眼底荧光血管造影的检验单，一边说："我估计你要动手术，拖不过去了，已经形成黑洞，危险。"

我妈妈一副快吓昏过去的表情。她除了担心爸爸的眼睛，也是怕花钱，动个眼科手术，至少要百万。医保承担70%，自己也要支付几十万。我对医生说："那就尽快动手术，看您时间预约吧，谢谢医生啊！"

我爸没有反对动手术，关键时候，谁都想保住自己的器官。他好歹也是一个药剂师，知道眼睛的重要性。现在医院最大限度地优化手术流程，不需要多次排队，化验结果发送到病人的医保空间，医生可以同步看到，然后云预约手术前检查时间，按预约时间来做好检查，再动手术即可。

我打"飞的"送二老回家，见妈妈魂不守舍的样子，我极力好言安慰："我来付爸爸的手术费，不要担心，现在医学发达，这是小手术。"我还帮他们简单烧了一点午饭，才匆匆赶回公司。公司的规章制度很人性，没有打卡监控，我可以不回公司，但我不放心，华华一个人接待客户毕竟还不是很老到，公司制度越是人性化，反而越是激发了人的责任心。

我赶到公司时，华华正在接待投诉"机身材料差，容易有裂纹"的那位客户。一个身高一米七五左右的男孩，极瘦，长发，脸惨白如没有血色的鬼，整个人感觉萎靡不振。他的机身形象是一位漫画美少女，定制了两个硅胶巨乳，脱下机身的衣服，机身上有很多鞭痕，两个硅胶巨乳已变形。所谓的裂痕，不过是被什么东西重压后的"凹"痕。华华不谙人事，试图和他解释我们公司的产品质量合格。我干咳两声，冷着脸说："这个痕迹是怎么造成的，是否属于我们的产品质量问题，可以请消协鉴定。或者，我们法务部有痕迹鉴定专家，稍作检测，很快就能知道真相。"

不容他回答，我转身对华华说："你帮我通知一下法务部，让他们派人来帮忙检测。"

对方有点发慌了："不用了，我自己去维修。那我先走了。"

我话里有话："我们的机身不可以被过度使用，他们是需要被'尊重'的。"

猥琐男大约觉察出我眼里飞出的"小刀"有多锋利，急吼吼地走了。

事后，华华问我："为什么他刚刚还坚持要我们换货，你这么一说，他就放弃主张了呢？"

华华是机身，我不想让她难堪，踌躇着不知道怎么和她解释，这个世界上一直有"变态"，自从有了机身，这些人的发泄渠道部分从真人转移到机身。我一般不接这种订单，并一直主张公司不要提供这种要求"巨乳"之类明显生理特征的机身定制。老菠萝反对，他说："一把刀有人用来切菜，有人用来杀人，用来切菜的总归是多数人。"

"世界上什么鸟都有……别管他了，我饿坏了，"我故作轻松地对华华说，"我去食堂喝下午茶了，你也休息一会儿。"

在食堂，遇到了周郡和警务部门的同事，我打了个招呼，顺便唠叨了一下下周要去杭州参观梦境实验室。

"那地方挺有意思的。我明天就去杭州，要不然捎带上你？"周郡问道。

原来他也知道梦境实验室，我再一次感到自己孤陋寡闻："那里既然是开放实验室，应该可以带上朋友吧，我想带个朋友去，你的'警的'坐得下吗？"

"可以啊，六人座。"

"好的，我和朋友确认下告诉你啊。"我想叫上黄蓉一起去，去这么神奇的一个地方有她在更有趣。过去，我和黄蓉一年四季都喜欢去杭州。我工作忙，她便组织她茶馆的会员，跟着《四时幽赏录》的路线逛杭州，这些风雅估计她都已经玩厌了。现在听到还能在杭州玩新花样，她自然一口答应。

华华得知我要带黄蓉去杭州，不带她，她满脸不高兴。我不以为意："华华，你不需要做梦境测试。"

华华瞪了我一眼："黄蓉那般没心没肺的人会做什么梦？"

"黄蓉没心没肺？你怎么了？嫉妒吗？"我咯咯笑，为了安抚华华，我答应下次出行一定带上她。

不一样的杭州之旅

第二天一早，我安排华华陪老爸去做术前化验，自己和黄蓉约在公司附近的停机坪，等周郡来接我们。云新闻播报，今天早上发生一起空难，两架私人飞机在空中行驶时因一方违反交通规则相撞，当下机毁人亡。一路上，我们都在听各方对空难的解读。"据悉，此次空难的遇难者之一是恒丰酒业的CEO赖吾彼。据悉，赖吾彼飞机驾龄3年，违反航空交通规则共计32次，其中超速驾驶多达10次……"听到这里，我们面面相觑。

"有钱人的世界我们不会理解的，他们通常都喜欢不按既定规则来办事，以显示自己无处不在的话语权。"周郡冷笑。

"不按规则办事？结果呢，看看刚刚云播报里尸体都被摔成几块了，还不是自己倒霉？规则是保护自己和别人的啊。"我不以为然。

"空难的概率1%都不到，大概不守规则的人也是最精明的一个群体。"

云播报称此次空难中，另外一位遇难者是一名机械工程师，他平时开飞机很谨慎，飞机驾龄1年，只有2次违反航空交通规则的记录。这次事故，完全因为对方的违规而无辜受害。

我们听了默然。

"也许这就是'业'。"黄蓉说道。

"'业'是什么？"周郡诧异地问。

"很少有周大警官不懂的话题吧。"我笑了，"黄蓉说的东西你不懂也正常，最好别懂。"

"我有兴趣啊。"周郡摆出要做学生的姿态。

"'业'，不是中国才有的字，英文叫Karma，这个很难解释。'业'的造作一般是过去世里言语上说过的，身体做过的行为或者是意念。缘，是一种造业的因缘。有的人一辈子都顺风顺水，有的人苦乐参半，每个人遭遇不同是因为他的过去世种的因不一样，业就不一样，果当然也不同。人的命运之所以很复杂，就是因为因和业都很复杂。"黄蓉解释道。

"你的意思是遇到空难是因为他们过去世种的恶因，现在才有这个果报，和他们是否遵守交通规则并没有关系？"听不出周郡是相信还是在质疑。

"听过就算了。"我怕尴尬，连忙打岔。

但两人还真一板一眼对上话了。"我这样理解。"黄蓉声音很轻，但很自信。

"这是玄虚，什么样的因就一定有空难的果？"周郡诧异地问道。

"我不知道什么样的因可以导致空难，但是我听说过'无记业'，有的人过世无意中杀生，那么果报会是死于类似被某地自然掉落的物品砸死，事件没有过错方，这是没有善恶性的因果。"

"你的意思就是其实没有什么自认倒霉，都是在替过去世的业赎罪？"周郡突然笑了，正色道，"我没有完全否定你的观点。事实上，破案有时候需要运气，犯罪分子犯罪成功与否也和这东西有关系。我以前还听到过一种理论，'犯罪意识是被决定的'。这个理论的意思是我们人类的言行源自意识，一般都是'我想吃冰激凌'，然后才会有去吃冰激凌的行动。但神经科学家做过一个实验，在'想吃冰激凌'这个意识之前，大脑就会产生波峰，是电信号。大约0.3秒后，人才会产生'想吃冰激凌'的想法。这种类似的测试韩国科学家和日本科学家都做过，结果都一样。这就很有意思了，一个犯罪分子产生犯罪的念头，也就是'意识'之前，是由他大脑中的电信号来决定的，但是电信号是由什么来决定的，到现在科学也没有解释清楚。犯罪心理学教授李玫瑾老师也说过，很多犯罪分子在回忆自己的犯罪心态时，都觉得是一念之差。有的人差点就要动手了，脑子里突然闪过他妈妈小时候对他说过'咱不能做这事，要遭报应的'，最后一刻住手了。有的人一开始没有想犯罪，不知怎么脑子冒出邪念就走错一步……你的回答让我想到了这些。"

"哦哦，我突然想起来了——这是不是就是量子叠加状态的变化？有学者认为，心动念之前，大脑神经里，就发生了纠缠态的电子坍缩，一旦坍缩，就产生了念头——量子叠加和坍缩是早早被预定好的。这样说起来，根本没有什么所谓的'做出决定'，而是'每一个决定都是早早注定的命运'。"我推推小米开发的最新款透明有框眼镜，它可以自动聚焦，还有放大视角的功能。

"你们解释的角度有点特别。"黄蓉很开心我总算没有给她扣上迷信的大帽子。

"这我不知道。我上警校的时候，专门展开过辩论，一个人被一种莫名的力量决定犯罪，然后受到处罚，那他岂不是很无辜？但是，一个人因为另外一个人莫名的力量而受到伤害，岂不是更无辜？如果这样来看待问题，世界都是被莫名的力量所牵引，就乱套了。"

"是啊，这辈子每个人为自己的行为负责，因为现在的行为就是因，以后自然会结相应的果报。我不能算有宗教信仰，只是深信因果。"黄蓉补充道。

"也不见得，好人没好报，这句话也是有原因的。"我故意唱反调。

黄蓉看了我一眼："那就回答我一个问题，为什么这个世界上每个人的命运都那么不同，即使是同胞姐妹，一辈子的缘分和因缘也很不同？"

我不知如何接话，娴熟地转了话题："那个人名字也太搞笑了，上海话发音简直一言难尽……什么样的父母会取这样的名字？"

"你这么一说，真的哦，不懂上海话。"

大家哈哈一笑。说笑间，杭州快到了。从上海飞到杭州需要15分钟，比高铁快很多，说话间，已经到了杭州公司的总部，一个坐落在五云山间的建筑群。

五云山，海拔340米。冈阜深秀，林壑蔚起。离上天竺、银铛岭、梅家坞都不远。据说，五云山风水特别好，古代常有五色瑞云盘旋其上，故以"五云"名之。1955年，毛泽东主席登临五云山，作《七绝·五云山》：五云山上五云飞，远接群峰近拂堤。若问杭州何处好，此中听得野莺啼。

梦境实验室为典型的苏式园林，三落五进，白墙黛瓦，内部曲径通幽，小桥流水。周郡的会议约在下午，所以先陪我们参观，老菠萝安排了一位同事做对接。梦境实验室对公众开放，进入时需要安检，禁止录音、录像，也禁止机身进入，这主要是为了防止机身内部自带的云录像功能。

据负责接待我们的林小姐介绍，梦境实验室分为三个层级。第一层为"梦境咨询室"，第二层为"睡眠实验室"，这两层都对外开放，第三层才是"梦境实验室"，这是闭环实验基地。

"大多数公众只参与'梦境咨询室'，到这里和心理医生聊聊自己的梦。"林小姐一边说，一边打开一间梦境咨询室。只见里面只有一个可180度平躺的沙发椅，旁边有个饮料柜，里面咖啡和茶叶一应俱全。为了避免尴尬，医生一般不和咨询者面对面，他们在嵌在墙壁里的"云"里和体验者交流。

"这椅子你们可以体验一下，因为太舒服了，有的人就来这里休息，他们并不聊什么梦的话题——在风景优美的园林，还有免费的咖啡和茶可以品尝。所以我们限流预约，否则都是来休闲的人。"

"条件太好，也怪不得他们。"我们三个人轮流到沙发椅上躺了一会儿，果然舒服。沙发椅的鹅绒垫是德国黑森林品牌，厚达10厘米，完全契合人体曲线，躺在这里，一边喝免费的咖啡、茶，一边欣赏窗外的山景，人间闲福扑面而来。

"睡眠实验室"不仅对公众开放，和各个医疗机构也有合作。实验室位于第二进院落，中间是一个迷宫一样的园子，据说不同的使用者要进入院落只能走不同的道路。如果是普通的测试者或者病人，只能走一条略窄的石路抵达第二进院落，医生则可以走长廊至第三进院落，只有实验室科研工作人员可以走正厅后的石板路，通达所有的地方。这种设计以苏州网师园为灵感，功能性和保密性都非常强。

前台有医生助理机身负责接待。每间睡眠实验室都有30平方米，配有独立的卫生间。如果不是床头柜上放着各种测试仪器和设备，感觉像进入了苏州某个大户人家的园林。

"有的睡眠实验者会在这里住1个月甚至几个月，所以要给他们一个家的环境。这里除了普通人来申请做睡眠实验，还有一些睡眠呼吸暂停综合征患者或者是有一些基础病的患者来做监测，我们的医疗设备也是最先进的。"林小姐不无自豪。

"在这里住1个月就是为了做梦境测试？"见多识广的周郡也有点疑惑。

"有一些思想特别复杂的测试者会对实验本身抱有怀疑，或者怕梦暴露了他。平时一直很多梦，到了这里却不做梦，这种就属于睡眠者能自我保护，控制自己的梦。为了持续追踪实验者的真实梦境，就需要在这里住一段时间，让他们慢慢放松，才会有真实的实验结果。还有一种情况，追踪同一个人不同的睡眠时间的梦境变化，也需要一定的时间。"

机身"梦境实验室"原本不对外开放，因为有老菠萝给予的权限，我和周郡可以去实验室外围看一眼，黄蓉被拒之门外。实验室不在园林内，从最后一进院落后门走出去，穿过一个竹林，豁然出现一座规模宏大的江南民居，猛一看如同四合院，林小姐说："这不是四合院，四合院一般都是一进院落，这个建筑是复刻苏州明清时期的双绞圈房。"

"哦，绞圈房，上海郊区也有。"

因为看过一些外婆写的古建类书籍，我对绞圈房还算有一点了解。这种房子一般绞圈而建，四面都有房，左右对称，两到三埭，居中为"墙门间"，左右各有若干间正屋，中间是庭心。绞圈房脱胎于中国传统庭院建筑四合院，左东右西，中轴对称。有人说上海石库门脱胎于绞圈房，这个观点一直有争议，我外婆对这种观点持保留意见——石库门虽然汲取上海民居的特色，却更多采用了国外联排别墅形式。我还和黄蓉去看了外婆书中提及的上海保留下来的绞圈房，全市留存了80多处。

我的思绪被林小姐打断："请做一下眼球扫描认证。"这种神秘架势吊足了我们的胃口。双绞圈最后几间厢房，保密权限最高，那里是高度模拟人类神经元的机身实验室所在地。我们能参观的机身测试，还只算中级智能机身。

和人类梦境测试房间相比，机身测试的房间陈设简单，里面除了各种仪器、监控器，只剩下床，机身平躺在上面，什么也看不出来。

"机身能做梦吗？这好像看不出来有啥特别啊。"周郡笑着问林小姐。

"表面看不出来，这里的机身各有各的任务。有的机身不断被输入数以百万计的人类梦境，希望机身能够分析出新的信息；还有的机身被赋予量子纠缠，然后观测其自身的裂变……所以，这个实验室其实最让人期待。"

"量子纠缠？"我和周郡不约而同对视。好奇归好奇，一时不知如何继续发问。

最后一间"机身梦境测试室"比较有意思，黑乎乎的房间里，机身被放在一个水池中。"这里的机身模拟海底生物生存，没有光，水也是海水。"林小姐介绍道。

"这属于仿生海洋机器人吗？"

"不，这远比仿生海洋机器人高级，你说的仿生海洋机器人，是模拟海洋生物外形和游动方式收集生态数据。不管外形有多像——比如模拟水母的海洋机器人，它们外形几乎和水母一样，身体软软、扁扁的，收集海洋生物数据时会很温柔地缠绕对方，因为'柔软机器'技术已经很发达了——但它们没有思维和创造性。我们现在是模拟海洋生命，可以进阶到机身有思维，至少现在机身已经有触觉感受。"

"现在它有触觉反应了吗？我隐约看到水里有些光在闪动。"

"实验刚刚开始几年，需要更多的动态数据来验证。你看到的光，说明机身在思考。"

"在思考？"我惊讶地问。

"是的，这款机身的神经元被激活时会发出荧光，这是科学家们从水母身上得到的灵感。本世纪初，加州理工学院的研究人员开发了一种基因工具箱，专门用来修补半球形水母，水母在进食或者躲避捕食者等过程中，脑袋里的神经元会发出不同的荧光。我们这个机身也是，它的神经元如同水母的大脑一样分布在全身，但是神经系统却可以协调自如，每一个不同的动作，对应的荧光系统都会发光，而且，神经元网络具有高有序性。"

"高级。"我由衷地赞叹。

参观到此结束。林小姐没有留我们用餐的意思，也没有询问我们是否需要参加梦境测试，客客气气地送我们到梦境实验室大门口。"这就结束了吗？"我意犹未尽，连忙问道。

"你们还有其他需求吗？我只负责带你们参观。"

"我还想做梦境测试呢，有没有心理医生可以先咨询一下？"

"要去申请一下，这里都是预约制。你们三个人都需要参加梦境测试吗，还是只需要咨询？最快也要到明天了。"林小姐抱歉地笑笑。

我们三个人商量了一下。黄蓉说，她只需要咨询一下即可，周郡和我表示可以参加梦境测试。告辞林小姐后，周郡要去公司开会，我和黄蓉照例去满觉陇。每年，未必在初春时分龙井茶香满城的季节来杭州，倒是秋天，我们一定会来杭州寻桂花香，甚至比不上心的本地人还要熟悉满觉陇的桂花树。这里哪些是明代百年单株古桂，哪些是上世纪50年代培育的桂花林，我们都清楚。山石桥溪、竹园，一次次走过，走在其间，"熟路越觉近，忽到悦心地"，除了嗅觉和视觉的愉悦，还有种故人重逢的兴奋。

这次来，发现杭州也在搞古城文化，满觉陇公园改为"白居易桂花公园"，这自然是因为白居易喜欢桂花。他在《忆江南》中写道："江南忆，最忆是杭州。山寺月中寻桂子，郡亭枕上看潮头。何日更重游？"但是公园也改名为"白居易"就有点矫情了。"其实白居易应该更爱西湖才对，毕竟他结束任期离开杭州时，把自己的俸禄拿出来作为治湖经费，甚至还给西湖写了一首诗：'自别钱塘山水后，不多饮酒懒吟诗。欲将此意凭回棹，报与西湖风月知。'"我说道。

"对啊，'苏州桂花公园'改名为'白居易桂花公园'更贴切，他在苏州任刺史时，曾把杭州天竺寺的桂花种子带到苏州去。杭州种植桂花的历史自古就有，和白居易也没有很大的关系。"黄蓉和我的想法一样。

"叫什么名字也无所谓，反正这里的主角是桂花。我们去吃碗桂花羹呗，这才是人间乐事。"

树下，三三两两坐着和我们一样到满觉陇品尝桂花冰糖栗子羹的客人。新鲜的冰糖栗子羹里不放桂花，只等风起，头上的桂花自然飘落碗中，这才有"满觉陇里桂花雨"的江南味道。

闻足了桂花香，入住民宿前，照例要去马塍路逛逛。这条位于武林门外的路并没有什么景点，也谈不上有什么历史，曾经是钱镠养马的地方，只是因为李清照在这里居住过23年，所以，黄蓉每次都会过来看一眼。有什么好看的我却不了解，也没有听她说过原因，她最喜欢的词人似乎也不是李清照。我今天有些闲情逸致，多嘴问了一句："你为什么每次都来这里？杭州城里文人墨客的足迹多着呢。"

"我只是觉得很难过，李清照那么有天赋的女人，只不过因为二嫁错嫁了无赖，要求离婚，竟然成为当时的笑话，大家认为她失节，她因此孤独终老。想想就难过，真想让她活过来，完全不理会世俗偏见，痛痛快快地活一次。我有时甚至会诅咒那些嚼舌头的人，希望他们的子女也像李清照那样被辜负，也许只有这样，他们才会懂得人生的不易。"

"一个女人在古代要脱离世俗偏见活着，估计很难。"

"是很难，所以吴晓波在《人间杭州》一书中说，李清照在杭州这样的人间天堂住了几十年，居然没有一首词是关于杭州的，人家苏轼写了453首关于西湖的诗词，可见李清照在这里多压抑，已经对美景无感了。"

"人呀人，不喜欢就不交往，何苦毒舌来着！"我摇摇头，感慨道。

"总觉得自己活着的方式才最端正，选择才最正确，见不得别人和自己不一样，其实也是内心害怕的表现——害怕那些给自己安全感的习俗被打破。"

"如果不是处处用心掩饰，要让人无话可说也很难吧。文人大约不会那么有心计，如果李清照在做决定之前，去拜访一下有威望的当地乡绅，取得同情票，大约事情不会这样……"

"喔唷，老谋深算的人写得出'常记溪亭日暮，沉醉不知归路'吗？必然是个做事感性的人呀。"

两人就这么随意聊着，一路往上天竺走去。

关于梦的讨论

每次来杭州，我们习惯投宿上天竺的民宿"静好"。"静好"建在法喜寺附近，老板百灵算是杭城小有名气的人物。开民宿的老板都有点情趣，百灵长得漂亮却不是花瓶，她曾是杭州击剑三连冠，太极功夫也很了得，比试起来，普通机身都不是她的对手。静好民宿是一幢3层楼的老房子，房子约有200年的历史，修旧如旧，食饮皆依杭州上世纪一个大户人家小姐高诵芬《山居杂忆》所复制，就连墙上挂的画也是清代画家陈豪画的《依然静好楼图》复刻版。

中心大庭院里种满各种花卉，还有几株石榴树。客人来这里，坐在院子里，听法喜寺晨钟暮鼓，品武林旧菜，出世和入世之间有了一种美妙的平衡。

百灵自己也永远是岁月静好的模样，一身天蓝色中式大褂，别了一串珍珠翡翠的"十八子"，站在庭院门口迎接我们，没有半点老板赚钱的风尘感。

寒暄片刻，周郡也到了。我们坐在一株桂树下的方桌前，先开了一个"井水冰镇西瓜"。每天，百灵都会拿几个瓜放在隔壁寺庙的古井水里浸泡，这是老杭州人在没有冰箱前的做法。和冰箱里的西瓜相比，究竟有什么不同，我味蕾不敏感，并没有什么感觉。黄蓉总是一个劲儿说好："透心凉，又不伤牙。"吃完井水冰镇西瓜，百灵又给我们一人倒了一碗"卤梅水"，她根据《武林旧事》记载制作，乌梅泡发，调以玫瑰、木樨、冰水，有点像今天的酸梅汤，口感甘酸清凉。

四个人坐在一起闲聊。"你们老板好像来过我们这里吃饭。"百灵想起了什么。

"是吗？你怎么知道是他？听说我们老板很少外出应酬。"我好奇地追问。

"我没有怎么看清楚，人都结账走了，别人才告诉我那人就是'机身之父'，我想不就是你老板嘛。他长得文文弱弱的，一点也不起眼。"

"说明你这里名气响，他才会来吧。"我打趣道。

"我开门做生意，什么样的客人都有。他结账走了，一走就跟走满院子的人，我们才发现，原来那些人都是他带来的随从，保镖也是不动声色。"

"满院子的人不算多，平时他们老板去哪儿，都要提前看场地，一般都包场。"周郡见怪不怪。

"反正我这里有点虚名，杭州城里有些名人也会来看看。但我就是个民宿小老板，自己知道自己的定位，从来不问客人的出处，不攀缘交往，客人吃得好就行。"百灵是个明白人，不活在别人的光环里，那些自以为和名人有过几次照面就能平步青云的人，到头来，不被利用就算不错了。

话题绕了一圈还是绕到了梦境实验室。"我还不知道杭州有这么一个实验室。以前倒是被朋友带着一起去试过催眠，我不太喜欢那种感觉。"百灵若有所思。

"为什么？听说有些催眠可以让人彻底放松，达到解压的目的。"

"一开始催眠师会给你听音乐，半梦半醒时，她会引导你，问你是否看到蔚蓝的天空、大海之类，其实我也没有看见，又不好意思说'没有'，就跟着说'有'。慢慢地，我睡着了，催眠师说我的梦话都是关于小时候的事。回放视频时声音很模糊，我自己也忘了做了什么梦，何况我对过去发生的事情也没有兴趣去追究，就觉得没有什么意思。"百灵笑道。

"我也试过催眠，"周郡双手抱着头人半仰着说，"在警校的时候，需要去学习催眠或者被别人催眠。警惕心很高的犯罪分子在深度睡眠中有时候会暴露犯罪细节，或者是不正常的情绪反应。我每次都不需要别人催眠就睡着了，也记不清楚做了什么梦。我催眠别人，也失败，因为我声音太快太刚，同学说被我'吵得睡不着了'。"

"哈哈哈哈。"大家都笑了起来。

"做梦的事情有时候说不清楚。我有个老师就有点超感官功能，每次破案前，他都能多多少少梦到一点破案的线索，太神奇了。"周郡的脸上浮现出羡慕的神色，"有一桩案子，因为一直没有找到受害者，案情没有进展。我们老师说，那段时间他经常会梦见一幢白墙黑瓦的农村别墅，那个地方和那种别墅他从来没有见过。第一次、第二次梦见他不以为意，第三次梦见他有点坐不住了，就开着车去上海附近的村庄转悠，后来在嘉定看到一个村庄，房子造型和梦里的很像。他也没有吱声，回来一查，发现受害人的叔叔住在那里。于是，重点查他叔叔，他叔叔一见到警察就吓尿了，交代了因为祖辈财产分配不均，怀恨在心杀人，尸体就埋在他家的后花园。"

"太可怕了，要不是你说，我感觉像故弄玄虚的鬼故事。"我朝周郡眨了眨眼。

"这我倒是相信的。古人大多迷信梦，不过有时候解梦是不是准确还要看个人。《资治通鉴》里面说过，秦主生梦见大鱼食蒲，又听见有小孩子唱：东海大鱼化为龙，男皆为王，女为公。梦醒，前秦淮南王苻生害怕，诛杀太师、录尚书事、广宁公鱼遵和他的7个儿子、10个孙子。没有想到最后兵变的却是东海王苻坚。还有一个解梦失败的是隋朝的杨广，他做梦梦到洪水淹没了京都，因为之前听到谶语'李洪当王'，李穆有个孙子叫作李敏，李敏的小名叫洪儿。杨广据此抓了开国功臣李穆一家，很凶残——男丁尽数斩首，女眷发配蛮荒之地。最后呢，灭了隋朝的却是李渊。"黄蓉一肚子这种古代八卦。

"这种东西也不知道究竟是不是真的，毕竟只是传说。"我对神神道道有天然的抵制力。

"哎，这些都是历史书中的记载呀，《三国志》里，曹操梦见三匹马同槽而食。他请人解梦，人家说三马乃是司马懿和他的两个儿子司马师、司马昭。三马食曹，寓意不太吉祥，司马氏也许会吞灭曹氏江山。他不相信，自己解释是马超，杀了马超一家。事实上，曹操死后确实是司马懿、司马昭和司马师三个人掌握了大权。

"对梦深信不疑的皇帝还有许多。武则天曾梦见一只鹦鹉少了两只翅膀，狄仁杰帮她解梦，说：鹉者，武也，陛下之姓；两翅是陛下的二子，庐陵王和相王，起用二子，鹦鹉就可以振翅高飞。武则天一听，当天派人去接庐陵王李显……"黄蓉白了我一眼，絮絮叨叨。

周郡很起劲，要黄蓉再想想还有啥有意思的梦。黄蓉想了想，说："苏轼也爱做神梦，他在《书参寥诗》中说，他在黄州的时候，参寥来拜访他。过了几天，苏轼梦到参寥写了一首诗，醒来之后还记得其中两句：寒食清明都过了，石泉槐火一时新。7年后，苏轼在杭州任知州，听说参寥所在的智果禅寺，有清泉适合煮茶。苏轼前去拜访，看到参寥取泉烹黄蘖茶的那一幕，想起多年前的那个梦，而且他还记得在梦里，智果禅寺的台阶有93级，大家一数，果然是这个数……"

"别老说古人的梦，说说现代人做神梦的真人真事。"我半信半疑。

"1910年，清末陆士谔写过一本《新中国》。当时，陆士谔做过一个梦，梦中来到40年后的'新中国'，梦里的新中国的浦东到处是高楼大厦，'电车'已经拆除，地下隧道直通黄浦江，这在当时是科幻小说，几十年后，居然成了现实。"黄蓉又说了一桩令我们大跌眼镜的奇事。

"你确定是真的事吗？我怎么第一次听说这个人。"我推推眼镜。

"你一心活在机器人世界。青浦博物馆还有陆士谔事迹陈列，他就是朱家角人，早年一边行医一边写小说。"

"这事太有趣了，1910年梦见浦东有高楼大厦……有意思，有意思。"周郡喃喃自语。

"是有意思。你们先聊，我给你们做点菜，晚上再聊。"陆陆续续院子里来了不少食客，百灵也要开始忙生意。

"还有什么历史记载的奇梦没有？"周郡也越听越有兴致，继续追着黄蓉问，"比如，中国历史上最早对梦的记载是什么？"

"这还真不知道，远古的说法都是传说。有人说，龙就是黄帝梦见的，黄帝曾语天姥：余梦见两龙挺白图，算是最早对龙的记载，但不知道是不是对梦的最早记载。早期文献关于梦的记载里，庄子梦到自己变成蝴蝶。对了，还有一个梦很神奇，关于唐朝元稹和白居易。白居易到曲江慈恩寺游玩时想念元稹，就写下了《同李十一醉忆元九》，注意啊，诗里白居易把时间和地点都写清楚的。与此同时，元稹在梁州做了一个梦，梦到的地方就是白居易写诗的地方，而且还梦见了白居易，醒了之后写了《梁州梦》。两个人有感应吧！"

周郡已经在云里搜索这两首词，还一板一眼念给我们听：

"《同李十一醉忆元九》，作者：白居易。花时同醉破春愁，醉折花枝作酒筹。忽忆故人天际去，计程今日到梁州。

"《梁州梦》，作者：元稹。梦君同绕曲江头，也向慈恩院院游。亭吏呼人排去马，忽惊身在古梁州。"

"还有的梦是反梦，不过也够恐怖的。晋文公曾梦见自己和楚庄王搏斗，被对方压在下面并且吸吮他的脑浆……"

我第一次听到这些典故，大为惊奇，不知道说什么好。

说话间，上菜了。都是《武林旧事》里的杭州老菜，宋嫂鱼羹、江鳐炸肚、姜醋香螺、螃蟹酿炸、荔枝白腰子，其中螃蟹酿炸做法繁复，百灵为了让我们吃得开心，每次都尽心尽力。最后还上了两道传统民间小吃：年糕胖和葱包桧。

谈得来的朋友，一起在一处可爱的地方，谈古论今最是美妙。不知不觉，话题从古人的梦说到自己的梦。

"我梦到的场景常常是我从来没有想过，也从来没有去过的地方，做的事情也是我现实中根本不可能去做的。"大约今晚兴致太高，我吐露了心声。

"到底做了什么梦，让你那么在乎？"黄蓉追问。

"有一个梦，令我很不舒服。我梦见在一个草原上，我和几个伙伴一起玩。我们把好几条蛇赶到一个坑里，然后用火烧它们。在梦里，我知道那是前世。其中一个女孩，我清晰知道她就是我的同学，另外一个人不知道是谁。后来，那三条蛇就总是化身为各种形象，不断追杀我们。蛇甚至会化身为人的形象，还有颇为完美的人格。有一天，我突然意识到这就是来复仇的蛇，这个念头一起，它们就恢复了原形……要知道，现实生活中我从来没有去过草原，怎么解释？"

这回轮到周郡和黄蓉听天书般，过了一会儿，周郡问："同学？她是你这一世的同学，还是你梦里的同学？"

"这一世的同学。"说这些时，如果不是亲身经历，真的有点神神道道的感觉，以至于我都不好意思了。

"你同学做过这个梦吗？你们关系好吗？"

"我问过她，她说没有做过这个梦。我们的关系就是同学关系。我一直想知道另外一个人是谁。"

"你说得好吓人，不过我信。我先生的舅舅出车祸走的那天中午，他奶奶正好在午睡，梦到家里的房梁断了。"不知什么时候，百灵站到了身后，"还有，我这里曾经也用活杀的鸡做椒麻鸡。有一天，我梦见院子里都是脖子上有一道裂口、汩汩冒血的鸡，吓醒了。那一年，我父亲走了，他走的时候，因病喉管被切开……我隐隐觉得这是报应，现在不敢用活杀动物烧菜。我本来都不想做餐饮了，老顾客太多，还是放不下。"

夜已深，竹影婆娑，听了这番话，瞬间觉得庭院里阴气逼人："有点冷，我们早点进屋休息吧。"大家互道晚安。

每一间客房都有一扇花窗、一轮满月，清白的月色从花窗投进来，映在墙上成了一幅光影画。江南的月色伴着，一夜无梦。

体验睡眠实验室

第二天一大早我们就出发，徒步去实验室。这次，我们从九溪徐村走到五云山，据说如果在山道上找到印着的五朵红色的云，就会平步青云，财运亨通，心想事成，长命百岁。这等好寓意怎能错过？三个人一路眼睛都盯在地面找红色云朵，"不浓不淡烟中树，如有如无雨外山"的景致也无心观赏，最后一朵云在山顶的真迹寺内，这所寺庙是古寺，后来重新修复。寺庙门口有棵1500多岁的古银杏树，树身雄壮，五六人勉强合抱，木围栏上挂满了祈福的红丝带。我们也请了几根红丝带，尊重老者乃君子之风，千年古树当然是爷爷的爷爷的爷爷了。

入庙，香烟缭绕，沉香扑鼻，左面的三口古井，古朴纯真。井水非常清冽，据说洗澡可以祛病。黄蓉拿出随身带来的一个超级大罐，装了满满一罐井水，说是要带回去用来泡龙井。真迹寺主要供奉财神，虽然杭州的财神庙另有他处。明代起，这里就供奉有十八路财神。《武林梵志》记载"杭人牵牲祈财无虚日"，商人做生意前先到真迹寺财神殿去借本钱图吉利。所谓借本钱就是把殿内的挂纸钱取走，日后赚了钱加倍偿还。我们三个人里面，只有黄蓉是做生意的，所以她拜起来格外虔诚。

等在寺庙里找到最后一朵红云，三人合影留念。已经离梦境实验室的预约时间很近了，三人慌慌张张下山。黄蓉对此颇为不满，她了解到五云山上有一种春兰荷瓣"绿云"，其香味悠远独特。黄蓉本来想带几株回去，如此匆匆赶路，令她觉得无趣。我管不了那么多了，我的关注点始终在机身。

等赶到梦境实验室，大汗淋漓，已迟到10分钟，我们对已经等候在休息室的医生连声说抱歉。接待我的医生，姓陆，心理学博士，我们公司专职心理咨询师，一起来的还有她的机身助理愉悦。愉悦非常厉害，他拥有比一般机身更高的智能，据说在梦境测试领域，水平甚至高于人类医生。进入"睡眠实验室"，陆医生帮我倒了一杯水，播放"大自然音乐"，让我独自放松安静一会儿，他们过半个小时再来。

我定定心，观察睡眠实验室。这间房间装修风格清雅，田园风格，白色斯利托安古典家居，床上有一个粉红色的半遮蚊帐。外面的露台用木栅栏围着，上面摆满了日常种植的月季、石榴、茉莉花，甚至为营造家庭氛围，还种了一盆朝天椒。房间的天花板似乎是一个屏幕，我正盯着天花板研究，愉悦敲门进来。

他看我在看天花板，问我："想试试看这个吗？"

我点点头。愉悦按了床头边的一个红色按钮，窗台的遮光窗帘徐徐闭合；窗帘闭合后，愉悦又按了一个按钮，天花板的屏幕里出现漫天闪烁的繁星，还有一弯新月。"这也太有诗意了。"我说。"大多数人看一会儿星星就会有睡意，即使是失眠患者。"愉悦示意我躺下来，给我戴上一个监测头套，"我过一会儿再来，你先睡吧。"

房间依然很黑，星星还会"眨眼睛"，像我在大海上看到的星空一样。果然，我慢慢就睡了。

我不是自己醒来的，而是在熟睡中被愉悦唤醒。事后我才知道，医生会选择在测试者眼球快速转动的时候叫醒测试者，这时候通常是测试者对梦记忆最清晰的时候。早期的梦境测试中，会将所有睡眠阶段的测试者唤醒，每个人每天晚上有4至5个梦。但梦的内容和睡眠阶段却没有关系，有的人一进入梦乡，梦的情节就很激烈，富有戏剧性；有的人即使浅睡，梦也比较丰富，快速眼动阶段所做的梦倒也并不一定生动。

"你梦见了什么？注意别漏掉任何一个细节。为了保护隐私，你自己对着监测器说即可；等你说完，按红色按钮，我再进来。"这一次是陆医生亲自进来和我交流。

我梦到了什么？我努力回忆：是我和一个女孩，我并没有在现实世界里见过那女孩，我们去海边乘坐一个游艇，游艇突然变成潜水艇。潜水艇里除了我们，还有其他的客人，好像有一对老外夫妇正在用餐。这时候广播里突然说要沉船了，大家都惊慌失措。我到处找，找到一件大红色的、很薄的救生衣，像皮肤衣一样，我对它不抱希望。我突然意识到我快死了，于是用不知道从哪里找到的纸写遗书。我开头写"华华"，后来写了什么我记不清楚了，好像没有时间了。然后，那个女孩让我念一句什么咒语，我念了几句，眼前突然有了光亮，那个光似乎来自一个洞口，我们俩就朝着光拼命往外面爬，然后我们就从洞里出来了，好像在一个村庄，旁边的人都看着我们。我们俩抱在一起，为死里逃生痛哭流涕。

这个梦如此真切，我被愉悦叫醒时真的在哭，复述的时候，依然能感觉到那种惊惧。

诉说完毕，我躺了一会儿，想让自己冷静一下。过了10分钟，我才叫陆医生和愉悦进来。他们只是说了句："今天的测试到这里结束了。"

"就这么结束了吗？"我有点蒙，"难道没有解析？"

"如果你想聊一会儿，我们可以喝杯茶聊聊，但不是解析梦。梦不能被准确解析。"陆医生笑笑，拉开了窗帘。

阳光直射进来的那一刻，梦突然就像被风吹淡了那般。我都在恍惚，我真的做过那个梦吗？

"好的，我们喝杯茶吧，谢谢。"我的声音里竟有疲惫。

我们坐在露台喝茶，陆医生边沏茶边说："泡茶的水用的是五云山的井水，有没有觉得口感很清甜？"

我回了回神："有一些。你们在这里工作真幸福。"

虽然已经过了喝龙井的最佳季节，井水沏的龙井还是很好地还原了早春龙井特有的香。

几杯茶后，头脑清醒许多。

"现在都有点怀疑那个梦究竟是不是我梦过的，梦真的是一件奇怪的事情。"面对陆医生这样顶级的心理学医生，我不想有任何掩饰。

"太真实而强烈往往有假的感觉，真作假时真亦假。你什么时候开始对梦感兴趣？"

"我确实曾经为一些梦困扰，但那些毕竟是梦，可以忽略。主要觉得如果能让机身做梦，赋予机身真正意义上的自主意识就好了。"话题转到工作，我立即恢复了理性。

陆医生凝视着我，说："这也是实验室存在的意义，了解人类

111

的梦境只是一个副产品。"

"现在进度条怎么样了？有机身做梦这个可能吗？"

"拥有神经元的机身可能会有梦境。然而，梦是很私密的事，有的机身会说一些稀奇古怪如同人类梦境一样的东西，也不能确定那真的就是他的梦。总之，这是一条漫长的路。当然，也许突然有奇点出现。"

"你所指的奇点是什么？"

"有些人的梦境有感应、预测的功能，这些可以被现实生活所验证。机身做梦如果有朝一日有清晰的指向性，那么就有迹可循。"

"所以，机身还不可能有梦境，对吗？"

"对于有有机组织的机身来说，不能说完全不可能。"这次是愉悦回复我，"你如果对梦境测试有兴趣，可以加入我们的'梦境'俱乐部，我们会给每个人发一个家用脑电波检测头套。"

"我考虑一下。对了，我知道有一种理论说意识不能简单地被认为是量子活动层次，应该是脑神经组织神经元集群的产物。实验室里的高级智能机身现在有足够的脑神经元集群吗？"我问道。

陆医生指了指后山："后山还有一幢楼，那里侧重于脑神经元集群机身研究……"

停顿了一会儿，陆医生继续说："有一种观点认为，从宇宙大爆炸开始，精神与物质相互纠缠。物质运动变化创造万物，然后有了智慧生命，生理活动支持神经活动，神经活动涌现意识，意识再感觉生理活动并且反作用于意识。我现在并不这样认为，也可能是先有了意识，再有了由意识而化现的生理活动。如果是这样，神经元集群就没有那么大的作用了。神经元集群从本质上来说，有点像石头扔进水里泛起的波纹，一旦触发，百万级神经元在亚秒级时间水平上产生一串活动……问题是引发那些涟漪难道完全是偶然的吗？"

我听得有点晕晕乎乎，想表达些什么，脑子里突然冒出来一个疑问："你说的是不是心生万物？"类似格里芬的理论，心的经验可以影响细胞的生命的活动，细胞的生命活动又可以影响其分子活动，而分子活动又可以影响其原子活动，原子活动又可以影响其亚原子活动。

陆医生想了想："我说的是意向性能力，心之妙不可言传。难就难在，对于科学研究来说，还要依靠实践来印证。现在能确定的是机身的意识神经基础和人类一样依赖丘脑与皮层的连接，他们的意识也是基于某种记忆式的回响，只是和人类相比，他们的记忆回响显然要少且明显有人工干预性。"

然后，她转移了话题："你的性格很开朗，一入睡就能做梦的人比那些入睡时没有梦的人更少会忧郁。"

"谢谢。梦境测试的过程对所有的人都通用吗？"

愉悦摆了摆手："你今天只是体验。对于真正的测试人群，要根据年龄、身体状况、职业、既往经历和病史来区分。有严重基础病或心脏病的患者，以及有精神病既往史的人，梦境显著不同。每个人都会经过一个周期的测试，睡梦的每个阶段都要被唤醒、记录。"

"我是不是可以跟你一起参观机身梦境测试？"

"可以，我带你去其中一个实验室看看。"陆医生飒爽地一笑。

"谢谢，和你说话真开心。"

从后院门出去，走一条隐蔽的小路绕到后山，眼前出现了一幢白色的四层楼房，据说这里曾属于杭州一所医院。要进入这幢楼，除了眼球识别，还要通过门卫的安检。不过，看到陆医生带队，门卫没有多问，就让我们进去了。

楼内一通到顶，除了梁柱和四周的监控室，里面只有密密麻麻的"神经元集"，房顶是透明的玻璃。陆医生介绍道："这是我们机身智能大脑实验室之一，这个实验室的先进性主要体现在材料的选用上，目前用一种线性材料和非线性材料混合玻璃来完成建造。在规模上，我们这个实验室比2012年多伦多大学的超大型卷积神经网络规模还要大，它当初有65万个神经元，6000万个参数，我们现在的规模是它的10倍都不止。"

"这种材料我好像听说过，是我们公司专利，对吗？"

"是的，为了实验的多元性，我们其他的实验室有的用电脑芯片来制作机身智能大脑，也有的从古生物中提取细胞，复活后培育模拟智能大脑……这里只是实验室之一，这种特殊的玻璃材料不需要电力，只需要有光照即可，也算是利用了光对神经元集群特殊的触发作用。你知道，神经元细胞的结构非常简单，喏，中间一个小球状细胞体，一头有很多树突，就是很细很密集的神经纤维分支，它们负责接收其他神经元的信号，另一头则伸出一根长长的轴突，其实也是纤维。它们长短不一，最长有1米多，也是用来传输信号，轴突的末端又会分出许多树杈，连接到其他树突或轴突上。看上去简单，实际运行起来却有无尽的奥秘。比如，细胞膜上的受体可以把钾转运到神经元中，将钠转运出神经元外，这一过程蕴含了细胞膜电位差。我们现在的材料可以很好地模拟这种电位差。"陆医生的语气里满满的骄傲，"这个大脑，基本可以实现模拟人类大脑突触的功能。你知道，人类大脑的单个神经元可以通过突触传递指令给其他神经元，大约100万亿的突触有时候会加强一些信号，有时候会减弱信号，这使得大脑可以有自己特有的识别模式。以前，实验难度在于人脑中的神经元信号不仅有强弱，还有时间上的缓急之分，现在的人造突触已经可以控制这种电流强度。实验室用光子刺激，使树突接受脉冲，当脉冲叠加到一定的强度时，神经元就会沿着轴突发送信号。轴突将刺激送到神经元末端突触上，电磁触发突触上的蛋白，并且把一个突触小体推到突触膜上，这个小体是模拟人类神经递质的，然后相互释放小体中的神经递质，不断激发其他神经元树突和轴突，最后某一个神经元上的钠离子通道被打开，传递到二级神经元上。不同层次的神经元有不同的识别功能，有的识别物质的质感、手感之类的，有的负责对光线的认知，还有的负责识别颜色和纹理，等等。"

"那你们现在只是模拟人类脑中的神经元集群吗？还是一边做机身梦境测试一边模拟？"

"哦，这个工作有几十个团队分别进行，还没有完全模拟人脑中的神经元集群，那还是不现实，追踪一个念头的路径都费事。难以想象，神经元的直径只有0.000 01米，大脑里约有860亿个（接近一个银河系的恒星数量）神经元，一念的成因都很复杂。人类的大脑和已知的宇宙十分相似，还有很多奥秘是人类未知的。有的神经元接受刺激或者传递兴奋后，沿着轴突以电冲动的形式传播，到达突触前膜的时候，却突然没有激发神经递质。有的和下一级的神经元突触后膜上的受体和神经递质结合后，却没能打开离子通道，如果没有电离子，下一级神经元的电位就不会改变，信号也不能传递。在神经元正常的情况下，为什么有的电离子可以顺利在两个神经元之间流动，有的突然中断，这还是未知。所以，我们实验分很多个构造进行，还有的实验室是从人类脑组织和其他生物中提取细胞，共建'大脑'，最后移植到机身上。"

"人类脑组织已经可以移植了吗？不是说很容易腐烂吗？"

"你知道庞贝古城吗？"陆医生看到我点头，继续说，"这个科技是从维苏威火山爆发吞灭附近村子这场惨剧里得到的启发。当时火山碎屑流的温度为500摄氏度，一般来说，极端高温下，大脑物质会'皂化'，变成甘油和脂肪酸。但是庞贝古城遗留下来的遇难者的大脑却罕见地玻璃化。这说明热诱导下，人脑组织可以得到玻璃化的留存。这种留存的玻璃化组织经过特殊处理，可以少量复原。于是，大量刚刚死亡的人的脑组织用高热的方式被保留了下来。为了增强活性，还加入了远古生物中的细胞。"

"这样的大脑还是原来那个人的大脑吗？如果是的话，配上机身，岂不是另一种形式的人类复活？"

"不是，行为准则相较于死者生前，发生很大的变化。毕竟死者生前的几百亿个神经元只能复原极少量，被用于我们实验的是很多人的大脑遗体和其他生物的细胞组合。"

"我可以看看那个'大脑'吗？"虽然知道可能性不大，不过我太好奇了。

"不行，连我也需要权限才能看到。"陆医生摇摇头，"他很神奇，我感觉他至少具有了类人类意识，所有量子力学作用意识的元素他都有——分子组织、膜和离子通道、突触、神经递质、神经元，和人类相似的丘脑与皮层区域，甚至供给了肽和胺类物质以刺激意识的产生，复制了爱因斯坦的脑回路……"

"啊，"我惊叹道，"太神了，好期待！"

我们刚走出实验室，突然楼上有机身的声音传出来："陆医生，中午好，您吃了吗？"

我被吓了一跳，实验室里只有一排排计算机和各种电线之类的东西，类似人的声音是从哪里传出来的？见我四下寻找，陆医生扑哧笑了："每一个走进来的人都会被吓到。说话的就是这些神经元，只是我们还没有给他配制大脑模型外壳。"

"他会做梦吗？"

"他现在有慢波睡眠，就是人类的浅层次睡眠。我们已经能够确定他大脑里的神经递质的分布、定位方式和人类一样，不仅能够环绕着大脑回路的一个突触，还能够组织聚集在脑干附近，枢纽细胞会将长程信号发送到其他脑区，建立广泛的连接。而且，他入睡和清醒的时间也完全根据太阳光而变化。"

"根据太阳光？那是怎样一个神奇的存在？"

"就是早上太阳出来，让太阳光自然进入他的'眼睛'，也就是模拟视网膜神经元的部位。我们人的视网膜神经元虽然不会分辨日出、日落，但它们知道分辨阳光低的位置的光子和光能，然后通知身体生物钟。你知道，视交叉上核与全身有联系，所以可以校准皮质醇和褪黑激素的释放时间。人工视网膜神经元还没有这个功能，只是可以感受到光，唤醒机身。我们是想尽可能让这个大脑和人类神经运行机制相像……"

"可是机身没有松果体、褪黑激素、皮质醇，难道你们还给了他人造松果体？"我很惊讶。

"确实，这个机身具有人造的松果体、褪黑激素、皮质醇等，也就是说人类的神经递质，诸如多巴胺、去甲肾上腺素、组胺和5-羟色胺他都具备，只是还没有乙酰胆碱。所以，当他接触到早上的低位太阳光时，和人类身体一样会由这些化学反应来调校生物钟。"

"所以，他真的会和人类一样做梦？"

"也许，人类的慢波睡眠期，大脑新陈代谢活跃，没有乙酰胆碱，会释放去甲肾上腺素。这也是确认人类睡眠阶段的重要指标。但机器目前不具备这些，只是会有'梦语'，细节学习能力和运动学习能力非常强。这也是人类慢波睡眠期的特征。"

"运动能力是怎么体现的？这里现在不是只有这些神经元吗？"

"有机身实体，只是不断在重组测试。"陆医生指了指旁边一个如同小人儿国里的小人儿一样的身体，"那就是其中之一。"

那个没有脑袋的小人儿身体竟然噔噔噔地朝我走来："你好，美丽的客人。"然后，他还居然用小小的手和脚跳起了街舞。他的身体很柔软，只是因为没有"大脑"，让我觉得有点视觉上的不习惯。

"我们交谈，神经元都在倾听，并且实时做出自己的反应。他们的身体组成不仅仅是石墨烯，还有一种水凝胶，可以响应红外光。这种材料更接近人体，所以应该是下一代机身的外形材料。"

作为一个机身设计师，我对每一种新材料的出现都很敏感，立即就对这个小人儿充满了好感："嘿，谢谢你为我们跳舞，你跳得太棒了。"

实验室里传来"咯咯咯"的笑声。"谢谢，我会跳100多种舞蹈，而他们只给我看了一次视频教学而已。"小人儿自我表扬。

我们都笑了，我说："如果他有脑袋，倒是比七个小矮人还要可爱些呢。"

"我不是矮人，黄教授说了，以后会给我高大威武的身体。"小人儿不甘示弱。

陆医生朝我看看："黄教授是这个实验室的老板、主要负责人，也是他的'父亲'。"

不早了，到了午饭时间，虽然还有很多问题想请教陆医生，但毕竟是初次见面，不便多扰。我依依不舍地告辞，当然也要谢谢愉悦。送我离去前，陆医生问我："你是不是心脏不太好？"

我一惊："你怎么知道的呢？有一点早搏。"

"一般这种反复性的噩梦会使人在睡眠中血压升高，脉搏加速，对心脏造成一定程度的影响。这也是很多心脏病患者容易夜间犯心绞痛的一个诱因。不过，你生活中是个比较理性的人，应该

OK的。"陆医生最后给我吃了一颗"定心丸"。

"谢谢。"有时候千言万语都不及一句谢谢。

两人走了一段路,庭院小桥流水,画廊如诗,还有大片的绿地,我忍不住问:"机身实验室环境这么好,机身能欣赏吗?"

"当然可以。他们每天有出来散步的时间,甚至我们会带他们去旅游。在动物实验中得到确认,环境的多样性会令脑细胞不断生长,就和锻炼肌肉一样。经常去不同环境的动物,脑细胞会长出更多的树突,机身也一样。"

"哦,抱歉,我有点无知了,竟然刚刚知道呢。"我尴尬地笑笑。

"公司实验项目很多不公开,这确实已经超出你的专业范围啦。"陆医生颇为善解人意。

走出梦境实验室,黄蓉和周郡已等在大门口。周郡说:"你怎么那么能睡啊,我们早就出来了。"

"你没有睡着吗?我和陆医生聊了很久。"

"我睡着了。他们给我听了一种催眠音乐,真的有用,我听了一会儿就睡着了。机身叫醒我的时候,我什么梦也记不起来,还觉得很烦躁,气他为什么要叫醒我。"周郡口气稍有不满。

"那你基本上进入了快速眼动睡眠期,这时候医生才会叫醒你。"我现学现卖。

回去的路上,大约因为淋了雨,我好像感冒了,昏昏沉沉睡了一会儿。黄蓉问我梦境测试的事,我也没有力气和她解释。

智脑例会令人脑洞大开

公司有例会的日子，我和华华一般会提前半小时到公司，今天提早了1个小时，想和华华核对一下我不在公司期间的工作进展。

刚到公司，老菠萝的机身就来找我们："明天上午有个重要接待，旧城改造办主任一行来访，主要为以后机身在老城区的适应性做一个先期调查。你好好准备一下。"老菠萝的机身今天没有穿汉服，而是穿着一身银灰色西装，超炫小白鞋。一周一次的例会，大家都会穿得稍微正式一点，机身也不例外。

今天的例会，公司特邀天文馆研究员阿晋老师参加，他带来了新的科研信息。最新研究发现，宇宙中的暗物质里面有一种类似量子的成分和人类的神经元有关联，具体是怎么关联的还很模糊。不过，单是这一信息便足以令人沸腾了。

"这个概念也不算新鲜，和超弦理论有相似之处。粒子是以弦在空间中的不同振动模式真实存在，自然界所有物体都能以弦的分裂和结合相互作用。物理界大咖罗杰·彭罗斯的量子灵魂理论和这个类似。彭罗斯早在1989年出版的《皇帝的新脑》里就提出过灵魂的存在，而且认为量子就是灵魂。此后，相信灵魂的人一直都在做实验，有人在濒临死亡的人身上做实验，发现他们在死去的几个小时里，身体不断减轻分量，大约有21克，这被称为灵魂的重量。还有一种理论，认为看不见摸不着的灵魂就在脑细胞的'微管'结构中，人类意识活动正是微管内量子引力效应的结果。这种理论称为'调谐客观还原理论'，细胞微管中的电子在宇宙和大脑中同时存在，这就是所谓量子叠加状态。甚至有人认为，我们每个人的灵魂一半在大脑里，一半在宇宙中，间隔百亿光年也可以通过量子纠缠发生作用。量子不灭，灵魂不灭。"会上，另外一名意识研究专家积极发言。

"一直都有人在质疑怎么确定量子纠缠。最近我们有一个突破口，2010年英国牛津大学的科学家，发现知更鸟的眼睛很不寻常，能用量子纠缠态感知地球磁场极微弱的变化，所以它们飞行定位很准确。现在我们有的实验机身也有这样的感应了……"

"感应暗物质吗？了不起！不知道机身是否可以回答银河系'手臂'的断裂、重组会不会和暗物质有关？"

"照你说的'量子不灭，灵魂不灭'，如果人真有前世，会不会前世的记忆都储存在量子中，因缘和合时自动关联？"书画家蔡潇潇开始发散性思维。

"难说，目前还不能实证的东西也不好说就没有。"

植物学家老王趁着悬疑气氛升温，又分享了一个植物学之谜："在亚马孙森林里发现，某种树被一种昆虫咬噬后，在森林中相隔很远的地方，同一种类型的树的叶子里居然开始生产不能被这种昆虫所接受的毒素，然后这种树自救成功。最有趣的是，最近研究发现，这种树周围的植物也会受到影响。植物之间具体是怎么交流的，我们到现在还没有明确的研究结果。"

大家啧啧称奇，要知道老王的植物学知识对于机身的开发有过不小的贡献，比如机身的"吃饭和上厕所"功能，就是根据老王提供的大王花的案例得到启发而开发的。大王花乃寄生植物，寄生于藤本植物的根、茎、叶，它没法进行光合作用，所需的养分来自寄主。花期前，大王花的生命活动都在寄主体内进行，其原球茎是由单列细胞分裂后产生的多列结构。根据这个原理，公司给机身移植了人工肠道，里面有特定的菌种，可以帮助消化，不过他们饮食后需要清肠。这不是机身必有的功能，属于选择性功能，因为不是所有的客户都需要机身会像人类一样吃喝拉撒，但是有的客户需要，他们喜欢机身更加像人类。

"暗物质会不会和植物也有某种关联？"阿晋老师发问。

"难说啊，你们知道捕蝇草吗？捕蝇草的捕虫夹内有很多很小很小的细绒毛，有点像人类的输卵管里的绒毛。在一定的条件下，捕虫夹里会产生微弱的电流，这种电流让叶片内侧水分消失，然后闭合。而且，必须在几十秒内触动，或者两次触动同一根毛，这才会闭合。植物聪明吧，它这样是为了防止其他叶子之类的东西掉入夹子，浪费自己的时间。这说明，这种草有自己的记忆组织，它是怎么记忆的，电信号具体运作方式和人类或和动物有什么不一样，还搞不清楚。"说到起劲的地方，老王吸了一口电子烟。

生物学家王梅教授也插话了："大家都知道章鱼的神奇吧？它可以自由组合遗传密码。人类的大脑只有少量的RNA可以被编辑，可是章鱼脑子里的大部分RNA都可以被编辑，最近的基因编辑技术显示它们可以编辑90%的RNA。章鱼脑中的神经元多达10亿，而不是以前研究的数据5亿，它们虽然主要分布在章鱼的腕足中，却是由大脑来发送信号，发送信号的方式比人类还神秘。章鱼神经元运行中的钾离子通道的蛋白，不仅可以合成，还会暂时储存在细胞核中，每次碱基序列都会不同。章鱼的原钙粘蛋白的基因组，会检查神经元连接的正确或错误，虽然其他动物也有原钙粘蛋白，但它的体内含有168种。章鱼比人类强大的地方，还在于它有一组名为'锌指'的基因，这种基因人类有764种，而章鱼有1790种。最最神奇的是，在新近和外星球生命体的量子关联中，章鱼作为测试生物样本，居然有了反应，虽然不稳定，但是人类还没有啊……"

"章鱼一直很神秘，2010年，一只叫保罗的章鱼不是还预测了世界杯比赛的结果吗？我想说，干脆机身研究里面加入章鱼算了。"

"章鱼不能寄生在机身体内吧。章鱼不一定就比老鼠聪明，只是意识不同，这又牵扯出一个难题：从意识层面上看，物种和物种之间最重要的量变界限还没有找到。"

"反正自从我了解了章鱼后，家里就再也没有吃过章鱼，害怕啊。"书画家蔡潇潇调侃道。

"最近天文学新闻真多，哈勃望远镜最近证实N44星云里的空洞有250光年宽，确定是超新星爆发导致空洞产生。这说明什么？星际战争不是没有可能发生过……"

"2021年左右，澳大利亚天文学界接收到神秘信号，信号是从距离地球最近的恒星系发出的，大约是4.22光年外的比邻星。这个电磁波信号具备智慧文明特征……"

"那不是2021年才有的事情，这种信号1977年就首次探测到了，是俄亥俄州立大学接收到的，一个强烈的窄频带无线信号，所谓的太空来信。后来也有专家说那些WOW！讯号可能只是脉冲星或者快速射电暴……我们的宇宙至少有138亿年历史，已知人类文明只有1万年左右，某个外星文明比人类早诞生哪怕1万年，智慧水平也是我们无法想象的。如果机身和他们联系上，不晓得会有什么样的火花，毕竟机身具有完全的意识后，其智慧在一定的条件下可以呈几何级增长。"

"很有可能啊。现在杭州总部有一个重量级的智慧机身名叫'睡狮'，同时拥有人类脑细胞组织、古生物细胞、各种动植物细胞，已经确认有自我学习能力，而且他如同人类一样可以在睡眠中进行新陈代谢，从而不断进化。"

"机身有睡眠功能？太了不起了，有一种理论就是睡眠有助于万物的进化，比如水螅，它没有大脑，都是神经网络，不过它有睡眠，在睡眠中调节和进化。"

"我插一句啊，睡狮的有机组织有用到日本'温内透瀑布'里的元古宙时期的蓝藻，它们在27亿年前开始释放氧气，原核生物自身被大量氧气氧化时，采取了共生方式，从原核生物变成了单细胞生物，而且其中部分的真核生物还裂化成动物细胞和植物细胞，过程中还用到了极其罕见的一种细胞组织。这种细胞组织在日本海域1240米的热泉中，单细胞，既不是真核生物也不是原核生物，DNA非游离态……"老菠萝也来了劲儿，透露秘密般道，"还有珍贵的鞭毛虫，它可以通过共生改变身体的单细胞真核生物，鞭毛虫有一个类似嘴巴的捕食器官，可以吸入绿藻在体内共生，身体变绿时，它的'嘴巴'会消失，分裂成绿色和无色两个细胞……"

"听上去很神秘，睡狮的神经元估计很强大，不可思议！"

"你说得不错，睡狮的神经元系统其实已经超越了人类。你们知道'axolotl'吗？墨西哥钝口螈，这种两栖动物最神奇的是可以永远保持年少时的形态，它有强大的再生能力，甚至连脊髓和心脏都能再生。脑组织受损之后的再生，需要仰赖许多不同的细胞和分子。每个细胞携带的基因组几乎一样，但内含的基因未必一样。睡狮的细胞有从钝口螈借鉴的一种特殊细胞群，它们既有reaEGC细胞的基因，也有另外一些不成熟的神经元的基因，也就是说这种细胞群既可以如同神经干细胞，又可以担当神经元。所以，睡狮的脑损伤是可以自我恢复的！这种制造新的神经元的能力虽然还不成熟，但未来如果人类可以借鉴，价值无限。"

这条信息又像一个小炸弹，会议室里七嘴八舌了一阵。这种务虚会虽然基本都是空谈，几年才可能出一个真正能用于机身开发的金点子，但只要有一个点子成功，就能给公司带来可观的利益。

欢快的例会结束后，我回到现实，想到明天要接待负责老城厢改造的客户，心里七上八下，盘算着下午不如到黄蓉的茶馆去坐坐，听听她有什么好的想法，明天接待客户可以备用。

我和华华刚走进黄蓉茶馆的天井，就听到里面黄蓉和她的后妈陆嬢嬢肆无忌惮的说笑声。

"我来找你是有要紧事情问你。明天我要接待老城厢旧改办的人，现在什么思路也没有，来你这里求灵感了。"我如此和黄蓉说。

黄蓉给我沏了一杯十二窨茉莉花茶，慢悠悠地说："我只是个没用的闲人，哪里能给你灵感？你明天先看看人家的思路，那么大一个市政工程，轮得到你开口吗？前期各方面专家肯定论证了无数次，开口不慎，自讨没趣。一定要说，就说点他们不擅长的，比如机身的需要……我瞎讲讲。"

"这个角度我考虑过了，机身居住空间主要从房屋高度，还有充电装置等硬件上来说，你有什么想法吗？"

"你这么问，我倒是想起来了。自从想给我爸搞一个机身，我就在想，社区里面应该有一个空间专门给机身，让机身有自己的社交场合。人类不需要机身时，他们会'孤独'，人也觉得他们还是个机器，而非伴侣。我这样想会不会有点疯？"黄蓉笑道。

机身也需要社交，需要社群？听上去荒诞，却如一束模模糊糊的光把哪里照亮了。我还在沉思，华华激动地说："是呀，我们也需要和朋友一起社交呢。"

"一群机身在一起能干什么呢？"我诧异地问华华。

"和你们一样，聊天、玩儿、比脑容量。我们除了不能真的品尝美食，不能喝茶，其他都可以啊。"华华口气有点不满。

想法有点太烧脑，我需要理清思路，当下转了话题，和黄蓉说起那天在汾阳路体验八维地图的事："我看到地图里一幢房子的二楼，居然有一个男人在房间的暗室里冲洗、印制照片，还朝我笑笑，那感觉好逼真，有点诡异，像见鬼一样，蛮有意思的。"

"这种地图除了拼技术，拼的就是人文历史资料的厚度，比如1970年，我这个房子都住过谁，有过什么故事；2000年住过谁，发生过什么事……"黄蓉饶有兴致。

"这需要大数据支持了，蛮好我今天把眼镜带过来，一起试一下。"

"我有老版的地图，听上去新版更刺激了。以后地图里会出现我的茶馆和我的影像，那岂不是千古留名？大家还拍照干什么？不对啊，街上的店面有的隔几个月就换老板，难道都要被地图记录下来？好像太乱了。"

"还不知道具体怎么运营呢。我的直觉告诉我，以后这种八维地图会采用'付费，信息排名靠前'的商业模式，这不是最好的广告方式吗？"

"很有可能，否则这种免费的地图怎么活下去？"

心里还装着回家整理明天接待任务所需资料的事，随便聊了几句，我约黄蓉改天一起去老城厢体验八维地图，便告辞了。

回家后，我枯坐了半天，也没有更好的思路。虽然有在老城厢甚至全市范围给机身们建立自己的社群这个想法，我却还没有把握，聊胜于无。我让华华把机身社交需求和老城厢开发结合起来，整理了一份《机身社交需要——老城商业开发亮点挖掘》发给老菠萝。不管私下对老菠萝有什么想法，做事还是要紧跟领导。这归功于我妈从小和我念叨做人要识相：要和老师搞好关系，做人做事要成功，需要得到别人的赏识。王立群先生说过"人生四行"：一、自己要行；二、别人要觉得你行；三、说你行的人要行；四、自己身体要行。

晚餐时，老妈告诉我，老爸定在下周一动手术。这几天，不能登录元宇宙，他整个人失魂落魄，好像老了许多。

"这样下去也不行，得给你老爸寻个新方向。"

"唉，医生早就说过了，电子游戏刺激了大脑中的多巴胺释放，这种神经学特征与毒瘾类似，会导致前额叶皮层异常。"一边抱怨，我一边朝爸爸看去。他躺在躺椅上，一副人生了无生趣的样子，连平时最爱吃的梅香鱼红烧肉也不感兴趣了。我突然觉得他有点可怜。退休了，孩子也大了，社会和家庭似乎都不需要你了，而你只有一种爱好，本来靠这种爱好兴致盎然地活着，现在连这唯一的爱好也被剥夺了。

我心一软："爸，做好手术，我陪你去旅游，你不是一直想去雪山吗？我们去雨崩村，旁边就是梅里雪山。"

老爸身体动了动，那是心动了："不晓得手术以后吃得消伐，你请假方便伐，'饭碗头'要紧，我没事体个。"

"我今年的休假还没有用呢，我们全家一起去。对了，黄蓉父母也要旅游，干脆我们一起去，反正大家都想去云南。本来为了这个旅行，黄蓉还定制了一个机身陪老人。"

"要机器陪着干什么？浪费元币。"老爸在元宇宙里混久了，总把钱说成元币。我心里窃喜，当老爸开始评论别人时，代表活力值恢复了。

把老爸哄上了餐桌，整个家好像重新团圆了，老爸对老妈做的蛋饺大加赞赏，而我和小时候一样还是更喜欢蛋饺粉丝汤里的粉丝。三个人其实也没有聊什么特别的话题，却也温馨。那一刻，我觉得寒窗十年，努力在职场打拼，不过就是为了这样的画面能更长久。

饭后，我回到自己的房间，无意中看到对面的房间里华华孤独的背影，心抽了一下。在我和家人欢声笑语的时候，华华一直都这样一个人在房间，而我从来没有想过她的感受，潜意识里我依然把她当成机器。我这样太自私了吗？我不愿意多想下去，转身走进华华的房间："华华，如果你需要，以后你和我们一起吃饭吧，我可以帮你增加'肠道消化'的功能。"

　　"唉，"华华幽幽长叹，"麻姑垂两鬓，一半已成霜。谢谢你终于想起了我。"

　　华华的反应是我没有想到的。

　　"喔呦，侬啥意思啦？我心里一直有侬好伐。衣裳、包包从来不少拨侬，侬又勿需要吃饭，戆伐？"我故意大大咧咧用上海话回应。

　　华华冷笑："我果然就是送个包包就可以打发了的。你们人类不是整天为不需要的事情在忙吗？你需要天天化妆吗？日日操心哪套衣服穿了更好看，其实都一样。还有那些花大钱买的钻石，请问你需要一块石头干什么？如果仅仅因为需要，除了干活儿种地，填饱肚子，交配繁衍，人类不用做任何事。"

　　我张嘴，本来想说"机身不是人类"，又咽了回去，我感觉到了华华的愤怒。这也许是好事，这是她的自我意识。也许她还没有人类的意识，但不代表她没有更像人类的渴望。

　　"唉，对不起，我忽略了你的感受。明天我就和白秋白说，给你在肠道里培植菌种。对了，我准备陪老爸老妈去雨崩村，黄蓉一家也去，你也去，看看城里没有的雪山和满天繁星。"

"太好了，"华华的表情马上变高兴了，"我的脑子中有很多的雪山图片，特别想亲眼看看。"

上海：江南水乡旧曾谙

晚上10点多，收到老菠萝云的回复："机身社交基地的概念不错，请明早8点半到公司，细化思路。接待客户时先不要提此项内容，待思路完善后再和对方交流。"

第二天早会，我和老菠萝以及公司企划部同事反复讨论，给"机身社交"定了一个基调：拟在老城厢开辟一个特定的区域，用于机身用品一站式购物（如服装、皮肤、头发等机身生活用品购物商店）、机身美容（机身皮肤护理、美甲、定制假睫毛等专项机身美容项目）以及图书馆、娱乐中心和机身社交中心。在上海传统老城厢开设机身购物区和社交区，融入现代科技感，增强经济属性，提高市场化程度。从文化传播的角度来说，传统和现代共融，在彼此互鉴的过程中提升了老城厢恢复千年水乡的时代价值属性。我还参考麦肯锡企业战略分析SWOT，洋洋洒洒写了一份分析报告——机身社交中心的优势、劣势、机会和威胁。对于威胁这一块，我绞尽脑汁写：机身的社交过热，会在一定程度上弱化老城厢水乡概念。

接待会上，老城厢旧改办的工作人员详细介绍了老城厢改造规划的整体思路——中心城区共改造二级旧里以下房屋约581万平方米；区域内楼龄高于50年的高层建筑都将"改拆"，切实践行"改拆城市中心高建、恢复江南水乡风貌"的工作精神。对于社会上的一些质疑，例如"为什么要拆掉高楼大厦"，老城厢旧改办的同志也做出解答："这种流行于20世纪的高层建筑，已经不符合时代的需求。光污染严重，多处经常发生玻璃炸裂，造成高空坠物。电梯因老化伤人事件在高层小区中频频发生，造成一些高层小区的居民有家不敢归，有的大楼甚至只有一到六楼尚有居民留居。随着城市飞行交通的发展，大多数居民已经逐步放弃在市中心高层建筑居住，空置楼盘增多。高层建筑制约了飞行交通的发展以及城市停机坪的建设进度。

"上海市政府将通过各种措施进行城市更新，优化城市空间布局结构，促进土地高效利用，改造城市人居环境，实现公共服务设施更加均衡化布局，让水成为宜居和历史文化的纽带，打造高品质'水乡老城、人文上海'。"

老城厢改造办的工作人员总结道："这次大约要拆掉5万到8万幢高层建筑，恢复老城厢的河道密布景观，中心城区以石库门和江南民居为居住主体建筑，参考了苏州古城区内建筑的层高和保护规划，建筑最高不能超过24米。上海将以千年水乡古城的风情，重新成为全国旅游热点城市，这也是符合历史发展进程的选择。"

末了，刘同志话锋一转："在这次全面恢复上海传统历史风貌的规划中，有市民建议说，现在上海的街头机身过多，缺乏人文气息，希望老城里不要出现机身……"说到这里，刘同志停下来，喝了一口茶。

我们听得心惊，本以为是一笔大订单，哪知道还有这样一个伏笔等着。老菠萝清清嗓子，正想开口，刘同志又说话了："不过，类似的建议已经被我们否决了，我们不能忽视时代的背景。所以，我们也来听听你们的意见，商议一个可以圆融保存老城厢历史人文气息和机身发展双赢的方案。"

对方的话说到这一步，老菠萝就不能藏着掖着想法，万一不让机身进老城厢，对公司不利。于是，老菠萝汇报了设想：拟在老城厢开辟一个特定区域，用于机身购物、美容以及机身社交。这在全国是独一无二的概念，不仅可以吸引游客，还能引发机身消费热浪，进一步推动旅游业发展。

为了进一步说明机身对于就业和经济发展的重要性，老菠萝用数据说话："去年一年，已出现机身换肤师、算法优化师、机身发型设计师、机身爱情程序配对师等20多种新职业。目前，已有多达50种专门为机身服务的职业，行业交易规模每年高达千亿。随着机身发展，以后还会陆续出现新的职业，有力推动地方经济发展……我们公司对机身的开发，一直建立在要能促进人类传统的美好生活的基础上。"老菠萝顺利将局势转向有利于机身的一面。

大家连声附和。老城厢改造办的刘同志也表态，他回去后会专项研究老城厢开辟"机身特定社交区域"的可能性，精确计算所需要的面积，初步确定合适的区域等。老菠萝连忙表示感谢，盛情邀请大家会后享用一下食堂"便饭"。

大家开心受邀，鱼贯而出。老菠萝拉住了我："你就别去食堂了，马上去老城厢做一下市场调查，看看哪些区域更适合作为机身社交区域，记得参考一下老城厢发展规划图。"我应诺，刚想转身离去，老菠萝又叫住了我："我给你介绍一个人，八维地图的沪生，他对老城厢很熟，请他和你一起去古城会有更多的发现。联系方式马上发给你。"

我马上联系到沪生，告诉他我的诉求，麻烦他抽时间一起去古城。

沪生回复简单却亲切："好个，勿搭界，有事体侬开口。"我又约了黄蓉和白秋白，中饭后一起在大东门的茶馆"春风得意楼"碰头，先研究一下老城厢行走的路线。

"春风得意楼"的名字照搬了清光绪年间上海生意最兴隆的茶楼，也叫"得意楼"。这个时代的生意人喜欢玩古，连楼前的楹联也是抄从前得意楼的："上可坐下可坐坐足，你也闲我也闲闲来。"

沪生人高马大，一看就是工作中能扛能干型，果然，他落座后茶也没有喝一口，就从包里拿出一摞看上去很古老的地图。

"辣些是上海各个时期的古城地图，我特地带来了。"沪生打开的第一张地图为1594年王泮绘制的《天下舆地图》复制品，原图由法国国家图书馆收藏。地图上绘有灰蓝色的海面，虽然是复制品，我和黄蓉还是如获珍宝，端详良久。

除此之外，沪生还带来了1855年、1884年、1898年以及民国时期的上海老地图："现在根据市规划局的研究，还原老城厢古貌主要参考《上海旧县城水道示意图》和《上海城市地图集成》。除了老城厢的一些寺庙和道观、厂房没有恢复计划，河道和桥基本要复原古貌，建筑以明清时期围合式民居为主，石库门为辅。"

"那岂不是要拆掉很多房子？现在这里基本都是高楼。"黄蓉问道。

"这是定下来的规划。这个市政工程本来就很浩大，如果不是因为这个工程，我们的八维地图暂时不会去碰这块内容，比起一般的街区，这个制作太复杂了。"沪生告诉我们，老城厢地图制作，公司有3个专职工作人员连同3个机身工作人员一起搜集资料。他们的工作分成五部分：第一部分，收集和整理上海各个时期的老地图，核对后扫描入库；第二部分，查阅地方志和上海老城厢相关历史书籍，细化到街道里弄分门别类扫描入库；第三部分，整理上海老城厢不同时代的民居以及商业建筑的图片和文字记录；第四部分，对老城厢的民俗，先查阅各种资料，再制作动画演绎民俗；第五部分，搜罗网络上关于老城厢生活的文章和口述历史，根据不同时代归纳、整理，这部分对于还原老城厢的生活细节不可缺少。

"你们的工作量太大了，才3个专职人员来做。"有考古癖的黄蓉惊叹道。

"有机身帮忙也不算太难，机身负责搜索资料，大多数时候，人只需要核实就可以了。没有机身帮忙，这个工作靠几个人没有办法开展，太耗费人力。难度最大的其实是定义，基调定了，后面的事情对于技术部来说都好操作。"

"定义？"

"举例来说，上海建镇前后的历史资料比较稀缺，很多说法都有争议，比如上海建镇的时间、得名，以及老城厢的范围，一直没有明确……"

"我记得大家对于老城厢的范围，主要依据清朝光绪二十五年春，上海道台的批文，里面说道'案查光绪二十五年春间，蔡前升道以上海租界及城厢、南市保险之家，每以赔款有著，漫不经心，转致火灾迭见，殃及邻居'。从这个批文里看，租界、城厢和南市当时是并列的，城厢的地域就不包括南市。"对于老城厢的历史，黄蓉也是如数家珍。

沪生赞许地看了黄蓉一眼："你说得对。中国历史上的城市一般都有城墙，城外为廓，城墙以内为城，只有城外人口稠密，并且有一定经济活动才称为厢。在清朝咸丰末年，官方文书中开始使用'城厢'，当时应该包括城内和十六铺，那时候十六铺到董家渡一带的商业区就是南市。开埠以后，城厢的概念就比较混乱，包括了租界和闸北区。我们在一位出生于1870年的老太太口述的历史资料里发现，她说她小时候是没有南市这个叫法的，都是叫'城里'，后来人们把租界叫作'北市'，'城里'就叫'南市'。所以，1880年，有南市外滩一说，指的是上海县城以东，十六铺及其以南区域。1896年出现沪南外滩，指的是南市和县城以南的地方。1918年，还出现了南市高昌庙外滩，就是江南制造局、陆家浜西南区……而现在人所说的老城厢的范围，其实是包括了上海古城墙之内以及十六铺、董家渡一带，这已经约定俗成。如果按照你所说的定义，老城厢不包括南市，那很容易混淆。"

沪生喝了口茶，又道："还有很多这样的争议呢，从明清到民国的《上海县志》，几乎都说到过上海这个名称的来历，却都很模糊。对此，上世纪60年代学术界还有过一次大规模讨论，最后也没有定论。"一边说，沪生一边打开云里的《上海史研究》，最早说到上海这个名称的来历，是上海现存最早的县志，1504年编纂的明朝弘治年间的《上海志》："'上海县，称上洋、海上。旧名华亭海……其名上海者，地居海上之洋故也。'这里的上海县指的是上海老城厢一带。"

白秋白听了，还是有点云里雾里："华亭海是什么海？没有听到过啊。"

沪生展开云屏，上面出现了一个古代上海地域的海湾："这就是华亭海，华亭海东西长近百里，西起青龙镇，东与大海相衔接；海口宽有数十里，正好穿越老城厢地区。准确地说，我们刚刚从古华亭海海域走出来，就在巡道街一带。"

沪生补充道："北宋中叶王存主编的地理总志《元丰九域志》中云，'华亭，秀州东北一百二十里'。有学者认为，华亭海是个独立海湾。这个大海湾，有三个名称——沪渎、华亭海和苏州洋。随着华亭海的海面缩小，老城厢逐步成为陆地，但是人们依然习惯称之为华亭海，也就成了上海的古称。"

还没听沪生说完，我忍不住说："我以前看到《城市之根》里说上海得名于'上海浦'。著名历史地理学教授谭其骧先生就不赞成'上海旧名华亭海'之说。他认为上海最初兴起于上海浦岸，聚落形成后，以浦作为聚落名字，上海得名于'上海浦'。"

"是呀，历来有这样的争议，这对我们做地图有一些麻烦。

《嘉庆上海县志》中云：'宋熙宁七年，即于华亭海设市舶提举司及榷货场，为上海镇，上海之名由此开始。'这时候的华亭海已经成为陆地，有学者认为上海有可能是'上华亭海'省略了'华亭'两字。"

"这种说法靠得住吗？如果说'上南京'，就演变为'上京'地名？"

"《万历上海县志》中说：'宋初诸番直达青龙江镇，后江流渐隘，市舶在今县治处登岸，故称上海。'这里'今县治处'就是陆地华亭海，登岸就是'登上华亭海'，所以叫作'上海'。"

白秋白恍然大悟："哦，就是登上了原来叫华亭海的陆地，所以叫'上海'。似乎有点道理。"

我还是有点不能确定："那上海古称还有'上洋'呢，'华亭海'里没有洋这个字啊。我还是倾向于上海得名于'上海浦'。"

"哈哈，华亭海古代也叫苏州洋，所以上海有'上洋'的别称，就是'上苏州洋'。这下你理解了吧？不过，众说纷纭，我们也不能确定哪种说法才是对的，所以我们现在的地图上'上海'的名称来历既写'旧华亭海'，也写'上海浦'。"沪生耸耸肩道。

"那最早'上海浦'这个说法是什么出处呢？"

"北宋《水利书》，其中提到'上海浦、下海浦'，这里的上海浦指的是吴淞江南岸的支流，后为黄浦江吞没。"沪生说，"还有，上海是熙宁七年建镇的说法也一直有争议。主张熙宁七年上海建镇的论述大多引用《嘉庆上海县志》的记载：'熙宁七年，改秀州为平江军。缘通海，海艘辐辏，即于华亭海设市舶提举司及榷货场，为上海镇。'不过，早有学者对《嘉庆上海县志》这一说法进行了批驳。比如黄文据元丰七年刊刻的《吴郡图经续记》无上海镇的记载，认为熙宁七年只有青龙镇而无上海镇……"

"等下，"我打断沪生，"不仅仅是《上海县志》，《上海地方志》撰写的《上海建镇年代考证辨》一文中，浦东高行镇发现的《平阳曹氏族谱》卷首的《范溪旧序》，也记载了'熙宁七年置上海镇于华亭'。"

"你先别急着下判断。这个族谱来自《范溪旧序》，复旦大学傅林祥教授提出，不能确定里面'熙宁七年'这一句是《范溪旧序》一开始就有，还是咸淳八年谢国光或'范溪'所作，当时已距熙宁七年198年，'镇'的观念可能和初始不一样。就像曾经的老浦东人，说浦东是乡下，到浦西才是到上海。但是，这不是行政区域的概念。"

见我们都默然，沪生又接着说："稳妥一点，我们采用了宋史专家王曾瑜在《宋代的上海》一文中的说法。上海在北宋时，仅设酒务，直到南宋后期，大约增设了市舶分司、巡检司和商税务……元初，很快在上海设市舶司，作为海运粮站，并且破格升县。"

"还是先别讨论这些了，也许哪一天又发现新的古籍资料能明确历史也不一定，还是先给机身找找社交聚集点吧。"我看大家越说越起劲，赶紧转移话题。

按照沪生的建议，我们尽量在老南市区地域寻找合适的区域。沪生说："接到你的任务，我简单做了些功课，我觉得：小南门附近不合适，乔家路本来就是明清风貌保护区，巡道街也经常有人来怀古。豫园街道也不适合，毕竟城隍庙在那里。蓬莱路小西门那一片有文庙、龙门村等，和机身聚集地的风格也不相符。露香园路附近现在都是石库门别墅，拆迁有难度……我推荐关注小北门街道区域，毕竟靠近淮海路，当代气息浓郁一点。或者露香园街道所属，原孔家弄附近，孔家弄离即将开挖的肇嘉浜河道比较近，有一定的发展空间。"

"小北门离老城厢的核心区域有点远，都已经靠近城墙了。人家专门跑过去参观机身社交也不方便。要不我们先看看孔家弄那一带，虽不算老城厢核心区域，但离得不远。"

从"春风得意楼"走到孔家弄并不远，从巡道街穿过复兴路再走一段路就可以到达。在巡道街，白秋白发问："这里以前是官府所在的路吗？'巡道'听上去很威风。"

"这里可谓上海老城厢里最有腔调的路之一，我太爷爷就曾经住这里。"沪生不无得意道，"老城厢有很多以道署机构命名的路，如道前街、药局弄、旧校场街等。清雍正八年，首任上海道王澄慧到任，新建巡道署，巡道署门前马路叫作'巡道前街'，西侧马路叫'巡道街'。巡道街是每年城隍出巡的必经之路。"

黄蓉岔开话题，问沪生："城市的历史那么厚重，怎么具体化呈现在八维地图里呢？"

"追本溯源，层层化现。比如最早出现道前街，也就是巡道街前身的地图是光绪戊戌年的《新绘上海城厢租界全图》。1730年，首任上海道王澄慧到任，在大东门新建'苏松太道署'，有150间房。门前马路叫巡道前街，西面叫'巡道右街'。在民国初的地图中，'巡道前街'改为'警察厅路'，也就是现在的金坛路。

"对光绪时期的道前街，我们制作了8D影像，可以看见官府轿子在这条路上进进出出。到了明清时期，明确有历史记载，城隍每年清明节、七月半和十月初一巡游城厢内外，赈济孤魂野鬼，而且成为整个城市的节日。我们按《申报》记载，复制了城隍巡游的狂欢场面。1853年9月上海小刀会在嘉定起义，小刀会一路杀向巡道衙门，我们也制作了一个动画。当时上海知县顽抗，当场毙命，道台吴健彰被俘。1911年，辛亥革命，巡道衙门遭到了革命军的攻击，我们在这个时期的地图里加入枪声，以及县衙里部分建筑被毁的动画……上世纪，影像资料增多，AI还原了当时的真实历史影像。比如本世纪初20年代，巡道街拆迁前居民的生活场景，有的老爷叔在家门口摆开八仙桌，三三两两喝茶，甚至还养了几只鸡，他们喝茶，鸡就围着他们转，一幅老城厢笃悠悠的生活画面。"

"你们从哪里弄来那么多民间资料和影像？"白秋白问道。

"云收集，有一些是当年上海的城市考古爱好者们遗留的文字和视频资料，那时候有一些做得很不错的'行走上海'的兴趣小组。还有些内容是从以前的社交媒体资料库里购买的，当时流行短视频，人们热爱拍摄身边的风土人情，这些影像都是历史的一部分，现在可派上用场了。也幸亏本世纪20年代初，上海的领导人提出'像对待老人一样尊重和善待城市中的老建筑'，这才使上海的一些老建筑被保护起来。"

"对的，我从我外婆的记载中看到2022年上海还建立了一个

'城考图书馆'。"我转身问华华，"你查查，当时的上海市文化旅游局局长方世忠怎么说的来着，那段话很精彩。"

华华迅速翻阅云资料，说："方局长说，每一片瓦都有它的历史，每一块砖都有它的故事，每一棵树也都有它的记忆，海派城市考古是推动上海文旅融合高质量发展的一次卓越实践。城市考古不是专业考古人士的专属，每个市民、每位游客都可以在阅读城市、行走城市的过程中，发现不曾被发现的都市文化资源，挖掘不曾被挖掘的都市人文价值，整合不曾被整合的都市旅游攻略，让人们从简单的网红地打卡这一同质化城市探索，进入到一个文化旅游体验的更新更深更高的阶段。"

"没有人文历史的建筑就是一堆砖头和水泥。你看，这里以前是蔓笠桥。"黄蓉指着复兴东路、抚安街口对白秋白说，"老城厢河道密布，据《同治上海县志》中原版的上海县地图显示，两平方公里不到的上海县城，有方浜、肇嘉浜、薛家浜、侯家浜（侯家路）、福佑浜等主要水道。蓬莱路是当时的半段泾的一部分，另外还有一条穿心河连接方浜水道和肇嘉浜水道，中心河将肇嘉浜和薛家浜水道连在一起，另外有大小支流不计其数，河多桥也多，当时约有40座桥。一些路以河浜为名，比如方浜路、陆家浜路、薛家浜路。还有一些以桥命名，安澜路、青龙桥街、外郎家桥街、小石桥街等。噢，说到桥，我想起来了，上海曾经有'沪上八景'，其中之一就和桥有关——石梁夜月，中秋赏月在古代上海被称为'走月亮'，他们喜欢到小东门外的陆家桥，观赏拱形桥下水中的月亮倒影。可惜，这个陆家桥早就没有了。"

"这个我们地图有做，我来给你们看看。"沪生打开八维地图。

"陆家桥是明代翰林学士陆深出钱所造，也叫'学士桥'。填方浜筑路的时候，学士桥被拆。"

不需要戴AR眼镜，空中出现用XR技术显现的石梁夜月的景致——石桥呈拱形，桥洞呈半月形，与水中的倒影合成满月，石桥旁边有飞檐凉亭，桥上还三三两两站着赏月的人……充满了江南的雅致。

我们啧啧赞叹。

"这还是魔都吗？还是古人懂生活。如果老城厢能恢复成这样，全中国的人都要再次来上海品味。"

"魔都，这个词并不讨喜。上海第一次被叫成魔都是在1924年，日本作家村松梢风第一次来上海，他记录了当时上海许多光怪陆离的现象。1924年，他第一次把上海称为'魔都'。你们也知道，那个时代的上海本来就一片混乱。现在的上海即使回到明清江南风，人也未必适应。就拿赏月来说，我们小时候就没有这样的风俗，机身也未必喜欢。"黄蓉的话多少有点煞风景。

"也不是，我们机身喜欢看月色。"华华直截了当。

"以前方浜路上还有很多桥，益庆桥、长生桥、馆驿桥、陈士安桥、广福寺桥……以河和桥命名比较雅致。老城厢的路名也有生活化的一面，一条路生产什么就叫什么，花衣街、糖坊弄、豆市街、面筋弄、火腿弄、篾竹路，猪作弄上曾有杀猪的作坊，因此得名……"

没等沪生说完，黄蓉插嘴道："萨珠弄，也是以前杀猪的地方，所以叫'杀猪弄'，后来觉得不好听，谐音改名'萨珠弄'。除此之外，'钩玉弄'是以前杀狗的地方，难听不过，上海话'狗肉'和'钩玉'发音很像，也就改了名。"

"还有的路以园林或者人名命名，比如露香园路，也是园弄，半淞园路、豫园路、乔家路、光启路……"

白秋白插话："乔家路是得名于乔家大院的那个家族吗？"

"当然不是，乔家路与川沙的乔氏家族有关。元末明初，乔家路这块地方只是一条河浜，叫乔家浜，没有路名。川沙乔氏家族中的一支，三世乔彦衡与他的两个儿子四世乔镇、乔钧迁居至此。乔家先祖在乔家路凝和路转角处修建了'修仁堂'。应该这么说，乔家浜这一带都是乔家聚居地。现永泰街俞家弄口曾是乔氏家族的'祖茔墓地'；乔镗的曾孙乔炜在乔家路凝和路口修筑了'也是园'，又在凝和路乔家栅路口与光启南路乔家栅路口的水道处设立了水道界碑，人称乔家栅。到了明代中后期，乔氏后人又在现乔家路中段处建了'最乐堂'，曾经的'同仁辅元堂'与'药王庙'的地皮也都是乔家的。乔家浜当年在这里的显赫也可见一斑。"

"那是真有势力的家族了。"白秋白做了一个怪表情。

沪生笑笑："不过，我最喜欢的是老城厢那些有吉祥寓意的路名，比如永宁路、永寿路、如意街、吉祥弄等。居住其间，感觉蛮有彩头的。其实老城厢里最多的还是以寺、庙、庵为名的路，一粟街附近原有一粟庵，海潮路以海潮寺得名，紫霞路因蓬莱道院的紫霞阁得名，净土街以附近的净土庵得名……"

"上海老城厢一共没有多大的地方，怎么有那么多寺庙、道观？"白秋白不解道。

"不好说。老上海有句话：南市区是建立在香火灰上的，此话有几分真。老城厢的寺庙和道观多到记不全，让华华查一下告诉我们吧。"

黄蓉话音刚落，华华已开始播报："直至民国时期，上海旧县城厢内外，在今方浜中路有广福寺、城隍庙，在大东门有地藏庵、观音阁庙、公输子庙、龙王庙，在丹凤路有雷祖殿、真武庙、灵山寺，在半淞园路有老高昌庙、高昌庙、花神庙、老君庙……"

"别播了，都听晕了。"大家忍不住笑了起来。

华华也笑了："我没明白为啥需要三步一个庙。"

"别说你没有明白，我们也不明白。不过，听上去很多，但很多都和现在的寺庙不太一样。和顺街上的火神庙，还有海神庙之类，都是专供一种神。有些则是有钱人家自己家的庵堂，最有名的就是青莲庵。"我说道。

"如果研究古上海地图就会发现，上海开镇以来最古老的两座寺庙——广福寺和积善寺，都早已消失。正如李鸿章所说，一代人有一代人的使命，寺庙也是各有因缘。"黄蓉对于古庙的消失倒也没有遗憾。

说话间，已经到了昔日的"红庄"——红栏杆街附近。红栏杆街东起松雪街，西与孔家弄、红庄相交，转弯北面与金家坊连接。这条长64米、宽2.9～3.6米的路曾经也颇有风情。我和黄蓉还特地来这里看过，里面曾经有个很黄、很暴力的弄堂——"摸奶弄"。

摸奶弄现在已经没有了。在古地图上,和摸奶弄垂直的路即红栏杆路,也就是后来的红栏杆街。1814年,肇嘉浜两岸聚集了一些妓院,附近还有一条连接方浜和肇嘉浜的穿心河,上面有座穿心河桥。除了妓院,明、清时期苏州和扬州的妓院花船也会停泊在此做生意。妓院为了招揽生意,把门口用木栅栏围成的庭院都漆成大红色,花船旁的桥栏杆也被漆上了红色,红栏杆桥由此得名。妓院的房顶也是粉红色,因此称为"红庄"。清末,穿心河被填,穿心桥下的河道则是日后的红栏杆街,周围仍是妓院。古人很直白地把其中一处比较窄的弄堂叫作摸奶弄。上海开埠后,集中在老城厢地区的妓院朝租界转移,红栏杆街也逐渐变成民居。

"我怎么听说老城厢里以前有一个鸳鸯厅弄,那才是最早的红灯区呢?"黄蓉追问。

"确实是这样。算起来,红栏杆桥地区属于上海县第二代红灯区,四马路那就是更加后面的事情了。"沪生也意味深长地看了我们一眼,"机身社交点设在这附近有卖点吧。"

"靠这个吸引眼球太低级了吧,孔家弄好歹也和孔子后裔有关,还有陆小曼的旧居在。"黄蓉抢白道。

孔家弄不长,未拆迁前孔家弄有133个门牌号,北孔家弄有73个门牌号,南孔家弄有44个门牌号。孔家弄的名字应该和孔家这个大姓有关系,墙角曾经有"孔润德堂"的界石,具体孔家第几代在此居住过并没有定论。最为人所津津乐道的反而是上世纪的名媛陆小曼出生在孔家弄31弄承德里2号,它的二楼左前卧室就是陆小曼的出生地。陆小曼出身虽然富贵,孔家弄的物业却是租借别人的房

146

子，并非陆小曼家的物业。

我则对孔家弄灿庐更感兴趣，它外面的过街楼很普通，进入"文孝坊"门洞后发现里面是一条曲折的巷子，其中一间就是灿庐。

"你别老盯着灿庐，对面的金家坊99号也很有看点。那里原来是金家大院，沪剧《庵堂相会》的女主人公金秀英就曾住在那里。"沪生打开八维地图，上面出现金家坊99号昔日样子——从石库门大门进去，里面有一条小路通到不同的天井和楼房，当中还有门洞，后天井四周楼房有几十间之多，最后还有一个很大的庭院，里面有几株老树。

"这种石库门从来没有见过啊，居然还有那么大的后院。"

"据说1941年日军在这里设立了'尚公馆'特务机构，大约也因为里面地形复杂。"

"孔家弄里弯弯曲曲，藏着很多意料之外的豪宅。再给你们看看金家坊99号对面的这幢房子，看上去二层过街楼普普通通，可后院二楼的厢房全部是彩色玻璃，在明清时期，那要超级大户人家才用得起这种玻璃。"八维地图上出现了上世纪20年代的一组相片。当时的人拍摄这些相片时，老屋已经破落，主人也已搬迁，房间的中央还有遗留下来的鞋子、玻璃杯等物，这一切并不影响房子里的彩色玻璃在夕阳光照下的美，有一种没落的辉煌感。

"你们有没有觉得，老房子自己有情感，主人都走了，一切都破败了，只有它还坚守着最后的尊严。"

"挺可惜的，这种房子如果好好打理，难道不比高层小区舒服？光晒台就有20平方米，下面还有一个大院子。"沪生惋惜地说道。

"一家人住当然舒服。你知道当时这个房子里住了多少人家吗？大约20户。也就是人均居住面积只有10平方米左右。我听说，老南市区的房子最拥挤的时候，人均居住面积才2平方米，再好的房子也经不住那么多人。那个年代，拆迁是福音。"黄蓉感慨道。

无论如何，曾经是上海弄堂活化石的孔家弄现在已经没有任何特色可言，用来做机身社交基地倒也合适，毕竟有红栏杆街的历史和陆小曼的背景，利于日后宣传。我心里默默盘算着。

"这里都是高楼，全部拆除建立玻璃房，工程庞大，动迁也不晓得是不是能够实施，我看难……"白秋白突然说道。

沪生点点头："那要看政府的决心，有决心什么事情都好办。每一次市政改造都会引发纠纷。1933年的地图上，南市区一些河道填浜成路，比如火腿街，东南方向弯折3次，明显以前就是自然河道……"

"为啥填河浜？"白秋白插话。

"人口增长，很多难民就住在船上，大量生活垃圾被扔进河浜，河道阻塞，河水变质。当时，方浜填路由东向西分为5段进行，第一段益生桥至长生桥，然后是长生桥至如意桥，如意桥至馆驿桥，馆驿桥至陈士安桥，最后一段是陈士安桥至侯家路口。受影响最大的是花草浜的居民，他们反对声音最激烈，尤其是朝北的房屋的住户，为了几厘米的房屋退让要搏命。在《沪南工巡捐局档案》里，竟然有50 000多封信件反映这个时期的官民争执。每一次变革中，总有利益既得者和利益损失方，争执也是难免的。"

沪生的这一番话，让老城厢水乡美好的画面显出另外一种味道。污水纵流，对水乡来说，简直是灾难。

"老城厢居民居然朝水里扔生活垃圾，他们是怎么想的？难道不知道保护生态？"白秋白质问。

华华翻了翻"云"，说："上海老城区人口激增后，生活空间紧凑，很多人就侵占河浜。自从租界引进自来水系统，住户就更加希望填浜。一个外国人曾经写回忆录：凡不洁之处，未有如上海城内之甚者，作为城市精华的豫园，溺桶粪坑，列诸路侧，九曲池里都有人扔瓜皮，到处是垃圾堆积如山，尤其是鱼行桥到虹桥（老城厢内一处地名）一带，原来是城内垃圾外运的码头，臭味难闻；城内河水污浊不堪，城内染坊随意倒颜料入河道，住户在河道洗刷马桶，河水已经'深作紫色'。"

"勿要讲了，太恶心了……侬是吃饱落苏了，讨论辣远的事体，还是想想有啥备选方案。我看豆市街那一块可以，靠近外滩，地理位置优越，到巡道街也不远。"我把大家拉回现实。

"辣一块基本都是本世纪初的老牌高档小区。曾经的猪作弄和篾竹弄就在那里，据说有段时间附近的住户还能听到杀猪的惨叫，哈哈哈。"沪生笑起来很有魔性。

"辣我就先报这两个地方，今朝老吃力个，改天请大家吃饭。"我预订了飞的，分头送大家回家。

当晚，我就让华华把机身社交地的分析报告云发送给老菠萝，心里一块石头落地，并向老菠萝请假，陪老爸动手术。

病中的我多亏了华华

陪爸爸去医院动手术后，我一直待在家。大约去医院陪护时感染了什么病菌，重感冒，每天鼻子堵塞严重，喷嚏不断，胃口全无，我躺在床上烦恼不堪。我妈怕交叉感染，也不太愿意进我的房间，我爸自己也是病号，自顾不暇。只有华华不怕传染，日日帮我煮生姜水、备药、倒茶、收拾满地的擤鼻涕纸巾。看着华华勤勉呵护的样子，我有点感慨："华华，做机身挺好的，你看你至少不会生病，没有痛苦。"

华华不置可否地笑笑："子非鱼，焉知鱼之乐？也许我宁愿苦，也要活成人类有血有肉的样子。"没有等我回答，她径直去厨房煮了一些白粥给我，还拿来了七八样就粥吃的小菜——乳腐、咸蛋、榨菜、肉松、皮蛋、黄泥螺……倒也让人有了食欲。华华懂我，不舒服的时候就喜欢喝点白粥。

"我刚刚好像蒙蒙眬眬做了一个噩梦，醒来却什么都不记得了。"梦做多了，有点意识变更似的。

"你又做什么吓人的梦了？"

"想不起来了。"犹豫了一会儿，我把以前做过和两个女孩、两条蛇的梦告诉了她。

"人类的梦境可真奇怪。我在网上看到他们还经常谈到'鬼压床'。对了，你梦里杀掉的蛇难道是'鬼'吗？"

我吓了一跳，我从来没有从这个角度想过。

"应该不是。对于'鬼压床'，有一种理论认为，那是人类睡着时，前额叶脑区使运动系统失灵造成的。还有一种解释是，丘脑作为感觉传入的主要中转站，在睡眠中像神经元闸门一样关上了，感觉信号不发生作用了。这些解释都没有被完全证实。"

华华"扑哧"一声笑了："鬼？如果按照粒子物理学家的描述，鬼无非是一种暗物质，人类身体上每秒钟就有几十亿的暗物质粒子穿过，有什么好怕的呢？"

被一口白粥噎住，我没有想到华华居然用科学来解释"鬼"的存在。

"华华，如果这样理解这个世界的存在，那么其实你和我，也不过是一堆原子，两个不断运动着的原子群而已。从这个角度来看，一切都是原子的化现。你知道吗，原子内部是空的，基本的粒子只是一种能量。粒子里面也是一种'空'，空里面却有一种叫作希格斯场的东西，粒子正是从它们中间获得质量，也因此演化成不同的物质。从这个角度，我臆测过很多次，'鬼'的粒子说不定也有这种叫作希格斯场的东西，我们虽然看不见他们，他们却可以影响人类。"

"怎么影响呢？"华华提问。

我擤了一把鼻涕，接着说："我也不明白。有一次我做过一个梦，梦里有神秘莫测的暗晕，试图改变我的思维，后来有一束光，一束光把它打掉了……"

这样天方夜谭般却真实出现过的梦境，我只有说给华华听，不怕被嘲笑，不怕会难堪。

"被光打掉了？光是怎么打掉那堆模模糊糊的暗物质呢？"

"你说得很准确，那个暗晕就是模模糊糊一坨的暗物质。光就猛烈照向它，然后，它就消失了。"

"哪里来的光呢？"华华认真地问。

"不知道。华华，你但凡看过一些天体物理学的资料，哪怕是再浅显的，也应该知道光一直都是神秘的，否则地球万物为何都靠光活着。当然，除了墨西哥深海那种能利用硫黄制造能量的细菌。"

做过那个梦之后，有段时间，我很痴迷于研究光。光并非简单如一句"万物生长离不开阳光"，也不是诗意如一句"阳春布德泽，万物生光辉"，或者是神经学专家告诉你的"一早，你必须让阳光进入眼睛，我们的神经元本身不知道日出、日落，但是它们能感知到光子和光能的变化。当人类视网膜神经元中的视网膜神经节细胞群感知到光，就会通知身体生物钟，视交叉上核与我们全身有联系，会校准皮质醇和褪黑激素的释放时间。如果这部分出了问题，比如皮质醇和褪黑激素释放时间没得到很好的校准，那么心血管会出问题，会无法学习，会抑郁等。总之，人类要健康地活着，离不开阳光"。

光的神秘是宇宙级别的。光作为一种纯粹的能量，被封闭在一个个光子里，光子是没有质量的粒子。就是这样的粒子，从月球到地球需要1秒钟，从太阳到地球需要8分钟，从遥远的海王星到地球只需要4小时。

21世纪最伟大的图像之一是由欧洲普朗克卫星发回来的"宇宙微波背景辐射图"。就是这么一张普通人谁也不会多去注意的、看上去并没有什么奇特的图，在科学家眼中却是宇宙的诞生。各种色点代表着130多亿年前宇宙大爆炸后释放的光线，那是宇宙最初的光。它们充斥着整个宇宙，慢慢变成热辐射。这些背景辐射需要花费138亿年才能来到我们的地球。

万物的因缘，可能都和光子有关。1982年，法国物理学家阿兰·阿斯派克特在实验室内研究了多对光子，他发现，两个光子只要由同一个原子发出，就是命运共同体，它们以后无论相隔多远，都会用某种神秘方式相联系。这种联结也一度被称为量子纠缠，而量子纠缠是在整个宇宙空间中进行的。本世纪20年代朱清时教授曾经举例，量子信号的传输利用量子纠缠态。假设一位女士与一位男士离得很远，一个在火星上，一个在地球上，他们可以用量子纠缠来传输信息。如果女士在点M，她有光子A；男士在点N，他有光子B。光子A和B处于纠缠态，对光子A施加的任何作用或给它的任何信息，光子B都马上得到。如果把这本书的全部信息作用于光子A，那么光子B也会马上得到。这就是量子隐形传输，最后的点N得到的是和原来完全一样的信息。量子隐形传输是从"实体"得到完整的信息，从而复制出了实体本身。

"对于这个问题，我碰到了我知识的瓶颈，光其实也是一种电磁波，但是暗物质不会对电磁力有任何反应，在我的梦里，光却打掉了那团暗晕。如果说鬼是一种暗物质或者说是量子的存在形式，那我梦里那束光应该是有超能力的光，否则不会作用于暗物质。"脑中再次撸了一遍关于光的知识点，我对华华说了自己的猜测。

持续的涕泪交加，甚至心脏也有点早搏，感冒太难受了，我又开始抱怨人不如机身。华华不以为然："你的细胞在为你奋斗呢。"她一边说，一边找出《病毒战争》的纪录片，我有一搭没一搭地瞄几眼，华华起劲极了，一边看一边不停地复述细胞的伟大。

"你看，你们人类身体有120万亿个细胞，每一个细胞都堪称一个独立的小世界。有超过200种不同的细胞，它们构成了大脑、肌肉和器官。喔唷，它们那么小，小到4万个细胞只有一个针头那样大！所有细胞听从细胞核内的DNA的指令，精确指导细胞不断造出新的细胞，负责身体的一切，包括眼睛的颜色、身高，以及性格。

"人体细胞内，每一天都发生着战争。某天，在路上，偶然碰到一个人，那个人打了个喷嚏，喷嚏中的一滴液珠，携带着数百个入侵者，通过人的鼻腔进入身体。这是腺病毒，可以破坏细胞防御机制，进入细胞核，把细胞中原来的DNA变成具有破坏性的DNA。人类第一轮反击战开始——人类细胞外面有无数个巡逻抗体，它们一旦识别病毒，会紧紧钳住病毒的外壳，让身体中正在巡逻的白细胞更容易发现它们，并及时吃掉病毒。

"我想起来了，上周我们去太古商场，进门时，旁边有一个老太太打了一个喷嚏，你是不是那时中招了？"

还没等我回答，华华继续自说自话："你看，还是有一些病毒逃脱了，它们来到了目标细胞的细胞膜表面，这个细胞膜是第二层保护防线。除了水分子和氧分子可以自由出入，任何外来物质都被阻挡在外，除非病毒能让细胞膜误认为自己是无害的，是人体需要的营养物质和蛋白质，并且要有和细胞膜表面锁匹配的特殊钥匙才能进入。经过数亿年的战争，腺病毒进化出这种钥匙的拷贝。现在，病毒成功欺骗了细胞膜，长驱直入。所以，希腊军队是跟病毒学习的特洛伊木马战略吗？

"细胞膜下面的膜蛋白上当了，误会病毒是一种营养素，形成了一个囊泡，将病毒包裹其中，这就是'胞吞'。一个分离膜蛋白挤出囊泡，将病毒送入细胞内部，而一旦进入细胞核，病毒会不断克隆。到这一步，人类细胞还有第三层防御机制。正常情况下，进入细胞的物质会迅速被细胞内分拣站捕获，这些核内体会释放出带电的氢原子，使核内体内部充满了酸性物质。这种酸可以把营养物质分解成更小的分子，以便细胞的运输和消化。酸当然可以侵蚀病毒的外壁，使其瓦解。本来是大好事，可惜，病毒分解的同时会释放出一种特殊的蛋白质，它们会对分拣站外壁发起攻击，将外壁撕裂，病毒就自由了。这是一场博弈，在分拣站附近，抗体也会不断抓住病毒，大多数病毒会死在这里。

"少数逃脱的病毒在细胞内漂浮，虽然它们离细胞核只有五千分之一毫米的距离，对它们来说，却是100万英里之遥。因为病毒的移动是靠内部电流的支撑，要进入细胞核，它们需要利用别人的力量。这时候，狡猾的病毒看上了动力蛋白。动力蛋白有两对腿，负责在微管中运输核内体中的营养物质，它也不是傻瓜，符合它配对接口的分子才能允许进入。病毒已经进化出了欺骗动力蛋白的精准接口，成功欺骗动力蛋白帮助自己进入细胞核。

"动力蛋白太厉害了，以每分钟6000步的速度行走，简直是马拉松运动员呀！通往细胞核相当于跑了两个马拉松赛程。动力蛋白积极地帮助病毒，它还需要1个小时就能进入细胞核。这1个小时中，病毒还会遇到人体的第四层防御机制。有一种散布在细胞内的蛋白质叫泛素，它不断寻找携带抗体的物质，看到病毒，会吸附在病毒上面，吸引蛋白酶体来摧毁病毒。

"到了这一步，还是会有病毒逃脱，成功抵达细胞核附近。细胞核唯一入口核孔附近有一些会飘动的'触手'，比细胞核小很多的病毒遇到了难题，没有'许可证'进不去。唉！高智商的病毒在进化中又一次利用了人类自身的机制，一方面让触手以为病毒是蛋白质，拼命往核孔内拉，另一方面动力蛋白以为遇到了障碍，后面的两条腿拼命往反方向走，病毒在撕扯间变成了碎片，阴错阳差地进入了细胞核……"

看到这里，我和华华忍不住叹息——病毒不愧是人类的共同祖先，懂得以其人之道还治其人之身。

"现在，病毒控制了细胞内部的DNA并且发出指令制作更多的病毒。在它忙碌的时候，受损的健康细胞碎片用残躯做最后的搏击，警告周围的细胞，引起白细胞的重视。24小时后，病毒已经完全控制了细胞，健康的细胞逐渐腐烂。病毒利用DNA命令细胞外层的细胞膜瓦解，并且制造出腺病毒死亡蛋白将细胞核击碎，感染其他的细胞……人体第五次反击战开始了，收到健康细胞碎片的警告，大型白细胞T细胞登场，开始大规模地吞噬病毒，其他的健康细胞为了协助T细胞也做出最高牺牲——心甘情愿被T细胞吞噬，唯有这样才能真正毁灭病毒。这时候人类的体感如何？才刚刚开始感觉鼻塞，却不知道体内已经爆发过如此惊心动魄的战争……"

纪录片终于结束了。我感觉自己和身体里百亿个细胞共同在战斗，突然有了力量："谢谢你，华华。我竟然感觉好多了，我不孤独，有那么多细胞陪着我战斗！"

　　"我也陪着你啊，不过，我就是想让你有这种感觉，才陪着你看纪录片呢。"华华很擅长鼓励别人。

　　"那是自然，你比老妈还贴心。"这话倒也不是讨好华华。从小到大，只要我感冒发烧，我妈就躲得远远的，生怕传染给她。由此，我总是有点怀疑我妈妈对我的爱到底有多纯粹，甚至以为她爱的只是一个健康、成功、干净的形象。我这样怀疑不是没有道理，几年前，我家曾经养过一条萨摩耶——旺财宝宝，她对旺财的热情只限于狗狗洗完澡的头三天，第一天她会抱着旺财，一口一个"乖囡"，还会给它喂西瓜水喝，甚至在狗狗洗澡后，怕它太热，给它扇扇子。到了第四天开始就不会再抱狗，还要嫌弃"狗身上有味道""狗毛不清爽""客厅里到处是狗毛，腻心个"。后来，我有点不耐烦，不想让旺财受这种喜怒无常的待遇，把它送给了同学。我妈也没有表现出不舍，我想到她曾经给狗狗喂西瓜水的画面，就很恍惚是不是同一个人所为。在送狗时，同学问我原因，我如实相告，并和同学讨论我妈的怪癖。同学听后，哈哈大笑："你妈妈就是人间清醒。"我想想也是，老妈从来不浪费感情，对于小说和电视剧，以及所有虚构的东西都不感兴趣，更别提沉迷其间，为主人公掉一滴眼泪了。她关心的都是和自己相关的现实问题。唯一能让她浪费时间的就是每天晚上在云上和她的观众圈互动，聊的都是家长里短。换作邻居，她都不太愿意多搭讪，总和我说："人家个事体跟阿拉有啥搭界，管好自己就好。邻居还是保持距离，走得太近，他们更喜欢听壁角跟阿拉传闲话。"

黄蓉曾对我妈的市井气高度赞扬，她肉麻地对我妈说："阿姨，这叫既往不恋，情商高的体现。"我和老爸听了，差点肉麻到吐。

吃过感冒药后的我总是昏昏沉沉，好像什么梦也没有做，总之，那一夜睡得很沉。

机身出色的试毒能力

鼻子还在堵塞中，老菠萝已催促我尽快开工，他解释："事情比较急，江太太的机身需要进行闭环测试。"测试当天，除了白秋白，还有总部的两名程序员一起参加测试。

江太太的机身从提交需求清单到定制机身不过几个月时间，对于一个定制难度较高的机身来说，研发速度惊人。从中也可以看出公司对这笔业务的重视程度，我自然不敢怠慢，接到老菠萝指令的当天就赶回办公室，戴着医用口罩和同事们一起参加闭环测试的准备工作。

机身闭环测试空间安排在公司的小剧场。小剧场虽然地方不大，软件倒也不比上海交响乐专业演奏厅差。200平方米大厅的舞台地板采用厚达50毫米的日本北海道扁柏木，使舞台上的演奏家能够享受到最好的返听效果。天花板和室内墙体选用的是德国材料，硬而沉，可加强音色。除了交响乐，专业的舞台剧和话剧演员也喜欢借用我们公司的小剧场演出。

小剧场内部模拟了3个江太太最常用到的空间：办公室、家庭客厅、社交场合。其余一些不常用到的空间将通过4D展现。除了为江太太定制的机身，公司还准备了一位机身扮演江太太，另外，公司邀请了话剧团的两名演员配合演绎，以便监测机身在应用中是否能无缝对接。一般来说，类似的闭环测试，客户只需要到现场观摩，提出修改意见即可。这次，江太太要求亲自和机身进行测试。试验中，所需要的菜肴、机身的台词以及可能出现的状况都由江太太设计，这对机身是否能完美应对，提高了难度系数。一切都是未知的。

第二天的闭环测试现场，江太太打扮得很隆重，一身黑色香云纱旗袍，戴着贵气逼人的玻璃种帝王绿翡翠项链和手镯。她带了好几位随从，还带来了她的宠物狗"欢欢"。那是一条智商等同人类幼崽的纯种边牧，据说只有它可以指挥江太太做事，比如欢欢喜欢看电视，还喜欢不断地换频道，会指挥江太太帮它调电视频道，看到喜欢的内容，就用爪子按住遥控器，不喜欢的就用脚顶江太太。江太太对欢欢可谓有求必应，据说，欢欢不仅拥有自己的卧室，甚至拥有专门帮它洗澡、伺候它饮食的用人。莫非我们定制的机身也要能通过欢欢的测试？我和白秋白交换了一个眼神，搞不清楚这算是什么路数。我灵机一动，叫来我们公司的电子机身狗来现场。果然，欢欢一看到机身狗，开始智商不够用，一直围着机身狗叫唤，机身狗去哪儿，它也跟着去哪儿，不再理睬江太太。好在，江太太似乎也没有用欢欢来测试机身的意思，没有打扰欢欢的兴致。

　　现场的气氛莫名有点严肃。我们公司由老菠萝带队，若干位程序员、律师、产品经理、公关部同事以及特邀嘉宾周警官陪同。老菠萝告诉我们，为了满足江太太的试毒需要，试剂盒和色谱都是花天价从德国科研所购买的。传统的鲎试剂由海洋生物鲎的血液变形细胞溶解物制成无菌冷冻干燥品，含有能被微量细菌内毒素和真菌葡聚糖激活的凝固酶原、凝固蛋白原，从而能准确、快速地定性或定量检测样品中是否含有细菌内毒素和（1，3）-β-葡聚糖。现在最新科技的试剂盒由多种生物血液变形细胞提炼，不仅可以用于细菌内毒素和真菌葡聚糖检测，与大约100种毒素均可以发生酶促颜色反应，时间也由45分钟左右缩短到了1分钟。机身本身也装有监测毒素的程序，可以通过对被检测物化学反应后的热度变化的比较，做出辅助判断。为了防止有些菜因为金属超标造成误判，如果发现数值异常，机身还可以和电脑中的资料库做比对，将数据直接上传到对口的生物化合物科研所，由人工进一步审核。

　　测试正式开始。机身是特制款，不需要做类似扫地、洗菜、烧菜等杂役，只需将厨房的菜品亲自送到餐桌上，并测试菜品和饮品里是否有毒。菜由江太太准备，据说这些菜里面有几道菜被刻意下过毒，就看机身是否有水平可以检测出来。第一道菜是八珍汤，由正宗野生海参及深海鱼胶等熬制而成。机身拿出一小瓶色剂，取出一勺汤，滴入体内比对卡，约1分钟后，宣布"内含茄类毒素"，并自动开启自身报警系统。

开场就镇住了江太太。她事后告诉我们，汤里有她从东南亚找来的一种"曼陀罗粉"，这种粉含有致幻剂，人服用后，会变得听话，被其他人所控制。为了精准测试，在汤里她放的"曼陀罗粉"剂量非常小，有一种谋害方式是不断给小剂量曼陀罗粉，让被害人长期被控制，一直处在一种哆哆嗦嗦、昏昏沉沉的状态中。用量大，人会变得疯癫，裸体跑步，甚至在自己的粪尿里打滚儿。在东南亚一带，这是一种流行已久的毒素。

后面的3道菜都正常通过测试。测试辣子炒鸡时，机身又发出了警报。舞台下一阵哗然，窃窃私语的声音从各个角落响了起来。这次被检测到的毒物是毛果芸香碱。周警官看上去很兴奋："毛果芸香碱通常用来治疗青光眼，它是一种植物碱，一般从毛果芸香叶片中提取，属于一种激动剂，能激活受体，引起汗液和唾液的增加，心跳速度放慢。"周警官一激动，说话声音就会大，坐在前排的老菠萝转身看了他一眼。他抱歉地笑笑，又按捺不住想和我说些什么，压低声音补充道："它的味道比较苦，所以放在辣子炒鸡这种重口味的菜里就不易察觉。国外在1985年的时候，真实发生过毛果芸香碱投毒案，至今没有破案。这属于很小众的投毒物，没有想到江太太居然用它做测试。"

最后是一道甜品提拉米苏，机身又发出了警报，并且清晰地指出，甜品里有砒霜。砒霜是著名的毒药。古埃及女王决定自杀前，曾经用砒霜在奴隶身上做实验，因为她想死的时候保持某种美好的姿态，显然砒霜令她失望了。17世纪左右，法国宫廷流行砒霜下毒，他们在靴子和衣服上加砒霜，通过与裸露皮肤接触置人于死地。这种毒药至少流行了3个世纪，有人对拿破仑的头发样本做检测，也发现了砒霜的成分。

"21世纪末期，居然还有人会用砒霜下毒？"我小声问周警官。

他用手撸了撸头发，肯定地回答道："大剂量的砒霜下毒几乎不太被应用，受害者会有急性肠胃炎，从而有剧烈呕吐、重度腹泻的症状，医院马上就会检测出砷化物。但是它可以用来长期施毒，小剂量使用，会导致心律不齐、神经轴突受损以及肝肾衰竭。"

周警官沉吟了片刻，神秘兮兮地说道："如果不放心身边人，就会关注这种施毒方式，有点意思啊！"

最后这一句"有点意思啊"，让我突然警觉起来。显然，江太太对毒品很了解，她肯定知道砒霜很适合放在甜品里，它本身没有味道，微量的白粉和提拉米苏本身的粉末混合不易被察觉。如此清晰地知道毒药特点，以及有可能被施毒的方式，说明什么？江太太到底在担心什么？我被这种可怕的假设吓了一跳，以至于对江太太走上去拥抱机身，也没有及时报以掌声。

除了检测毒物，能明显感觉到，江太太对机身和保镖近距离格斗表现出了兴趣，当她看到机身只用了一只手在几秒钟之内就把她带来的一位太极高手推倒在地，"咯咯"地笑出了声。机身的能力超出想象，他的手指可以化出特制的钢刀，锋利无比，不要说血肉之躯，就是同样的机身也经不住钢刀的旋扭。除此之外，特制的机身可以自动检测周围的摄像头、录音器材，防止有人偷拍和窃听。他的躯干用材也和普通机身不同，防水、防火、防爆，堪称现代版"钢铁侠"。

对于机身协助处理日常事务的测试，江太太没有什么反应，甚至有点不耐烦："这些小事情也不打算让他来做。对了，我想给他起名为'吉力'，力气的力。你们觉得如何？"众人连忙附和："好名字。"江太太满意地笑了。我却笑不出来，心里竟有一阵寒意，江太太到底怕什么，需要如此功能强大的机身来保护她？超级富豪的世界难以想象，我庆幸自己不需要活得那么步步惊心。

闭环检测结束后，江太太当即支付了余款，并预付钱为吉力定制服装。临走，她还提出要定制一个我们机身宠物狗的同款给她的欢欢做玩伴。

看着她和吉力的背影，老菠萝对取得这笔大订单向大家表示祝贺，尤其向我。我却不知道为什么说了句："还是中国古人有智慧，小富即安。"老菠萝拍了拍我的肩："有钱人的快乐你不懂。"看着一脸油腻的老菠萝，我目光飘忽地假装认同，点了点头。趁着他高兴，我提出要休假陪老爸去旅游。老菠萝点点头，慷慨地给了我半个月的带薪假期。

"啊，不用，不用，反正要过一段时间才去旅游。"我第一反应竟然不是感谢。

老菠萝和其他同事递来诧异的目光。

然而，第一反应才正是我内心深处的独白。

大约骨子里，我是一个工作狂，如果离开自己熟悉的工作圈，总会不自在。除了去杭州，我并不喜欢旅游，也许是受到阿兰德·波顿的影响，我很怀疑那种一到过节就要出游的人，只是因为帕斯卡尔在《思想录》中的一句话："人类不快乐的唯一原因是他不知道如何安静地待在他的房间里。"

大多数人耗费金钱和时间，不过是过滤掉颠簸的旅途、拥挤的景点、糟糕又昂贵的餐饮，在人挤人的景点里拍一张相片证明自己近距离占有过美好而已。这种拥有过"美好"的体验必须广而告之，极大地满足虚荣心，才能使这场代价高昂的旅行有意义。

黄蓉和我的想法截然相反，她毫不掩饰嘲意："看他在书中写过斯曼小说中的一个角色德埃桑迪斯，买一个水缸，里面养了水草和小帆船，以及小的海员模型，这就算体验远航的乐趣，还得意可以免去航海的不适……他自己也可能没有从这个角色的干扰中走出来，认为待在舒适的家里，在想象中翱翔要胜过真实的旅行，因为想象让平凡的现实变得远比其本身丰富。在任何地方，实际的经历往往是我们想见到的总是在我们能见到的现实场景中变得平庸和黯淡。他给出的理由是——人常常焦虑将来，对美的欣赏受制于复杂的物质需要和心理欲求。这也是我不能理解的地方，我觉得旅行是未知的，奇妙在于所见所感往往超出平凡的想象，大自然和不期而遇的人事能治愈一切。"

"有几个人旅行是想去感受和发现这个世界的美好？尤其是那些去地中海晒太阳的人。请问：如果剔除炫耀的成分，在金山海边晒太阳和在地中海有什么不同？"

"当然不同，地中海的阳光更炽烈，风情万种。我要怎么说你才好……难道你就没有过某天凝视夕阳，无法遏制要去远方的冲动？"

"没有。我只佩服徐霞客式的旅行，冒险是为了能给世界一个正

164

确的认知。在他的时代，黄山是一座人迹罕至的荒山，他第一个发现'光明顶'和'僧坐石'，用脚丈量出莲花峰才是黄山第一高峰，这个结果与现代科技手段得出的结果一致……我觉得自己没有这样的体力和胆略，缩在家里看看8D风光纪录片也就算认识世界了。"

"好吧，理性如你，永远也不会有一场说走就走的旅行，不会有一次奋不顾身的爱。"

"那不一定，说不定老天就会让我有。"我做了一个鬼脸。

当时不知一语成谶：昔日戏言身后事，明朝都到眼前来。

青山首秀，霞客做导游

一个人如果动了心，突然就能变得面目一新。一向比较懒、不肯加班的白秋白以最快的速度帮黄蓉定制好机身，献宝一样，催促着叫黄蓉来审看样品。黄蓉觉得，我们公司的护理型机身已经很出名，不需要检测，不如带机身去郊游，看看途中的表现。

我感冒多日，正好强烈需要太阳的安慰。大家一拍即合，约定周中去人比较少的新桥游玩。

周四，我和黄蓉相约一起坐飞的去新桥。刚下飞的，看到旁边航道的飞的上下来3个人，其中一个居然是沪生。原来，今天他和上海市测绘院的两位伙伴一起来给这个地区的八维地图做前期调研。

"介巧，侬哪能来了？"沪生满脸欣喜，上次大家聊得很开心。

"喏，陪朋友试试帮伊定个机身。"我喜欢所有不期而遇的美好，如果途中大家能聊老底子的浦江，也是一件快事。

和江太太定制的机身相比，黄蓉的机身用材简单，因为是临时测试，还没有给机身定制衣服，只给他穿着公司机身初始统一的白色运动装。机身个头不高，远远看上去，倒像个中学生。

"你给机身取名了吗？"沪生打着哈哈问。

"没呢，平时满脑子都是词，真要取名，反而犯难了，横竖不满意。"黄蓉笑着拉拉机身的手，"小家伙，我叫你什么好呢？"

"我见青山多妩媚，料青山见我应如是。你叫小主什么，我都开心。"黄蓉的机身因为控制成本关系，用的是比较廉价的声卡，出来的声音特别单薄，但是这不妨碍他的这番奶声奶气的回答逗得大家失声大笑。

正好白秋白也到了，大家拿他打趣："行呀，白秋白，你什么时候想到把这句诗输到机身里去了？"

白秋白嘿嘿一笑，这家伙其实很有心呀。

"那我叫你'青山'吧，还有什么名字比这个名字更可爱？"黄蓉莞尔。

我们总算目睹八维地图前期成形的过程。沪生说，他们要制作黄浦全景，要先定位几个点，新桥地区也是其中之一。沪生带来了工作机身，他叫他"霞客"——这是为了纪念他的偶像，中国第一位地理学家，同时也是文学家、旅行家的徐霞客。据说这个机身的知识储备已经超过了一名普通的地理学博士，霞客还真去参加过一位博士生导师的招生考试，名列第一，只是国家现在不允许机身参加高考以及正规学历的考试罢了。机身参加考试不是新鲜事，21世纪20年代，科大讯飞的副总裁杜兰在接受著名财经记者秦朔采访时就说，他们研发的机器人和人一起参加考试，成绩名列前茅。

新桥春申路那一带离黄浦还有点距离，怎么会作为浦江八维地图的定位点之一？见我们一脸疑惑，霞客替沪生告诉我们，之所以把这里作为浦江八维地图展示点之一，是因为这里和春申君时期的黄浦有些渊源。这段历史我似乎在哪里看到过，经霞客梳理，变得清晰起来。霞客讲述缓慢，口气也颇为老成，像一位博学多才的老教授——

"黄浦的发源是太湖。中国的地形西高东低，太湖在历史上曾经有三条支流帮助泄水。（《尚书·禹贡》载有'三江既入，震泽底定'。震泽是太湖的古称，三江即当时太湖流域的三条大江——松江、娄江、东江。）第一条是吴淞江，也就是今天的苏州河。很多人会误认为苏州河是上海的外婆河，其实不是，黄浦江的母亲，上海人的外婆河是东江。因为历史上，黄歇浦是东江的支流。

"东江，贵为黄浦的母亲，上海人的外婆河，却由于当时泄太湖的三条支流中的吴淞江比较强大，所以关于东江的历史记载不多，甚至连确定的河道走势也比较模糊。故道大致是这样的，从今天的江苏角直以西、澄湖以北分松江东南流，经淀山湖一带，多线路至杭州湾北部王盘山入海。不过，虽然能确定东江从东南入海，但是东江比较有个性，历史上多次改道，因此，还有学者怀疑'黄歇筑浦',这是后话。郏侨曾经说过一句'昔禹治水,凡以三江决此一湖之水,今则二江已绝,惟吴淞一江存焉'。由此推断东江和娄江在很早的时候,就不再有泄太湖水的作用。北魏郦道元在所著的《水经注》里,说东江经淀山湖和泖湖群,经南由金山和平湖入海。《金山志》里也说,上海历史上最大的河流之一东江就在金山,连接泖湖与柘湖,东江规模不亚于黄浦江。曾经的泖桥村与现在的水库村有柘湖的缩影。《古代上海述略》基本认定,东江源头在黄桥的横潦泾,今天的金山治洙泾北面,东流则是瓜泾塘。凡南北两水皆入焉,北折为黄浦。"

黄蓉打断霞客:"对不起,我有个困惑,博士,请教一下,既然东江的河道在金山,为何我们现在在松江新桥呢?"

霞客优雅地扶扶眼镜:"别忘记东江是调皮的,她经常改道。在《上海史研究》里,作者指出,战国时期,当时位于上海西南方向的东江经常淤积,泛滥成灾,黄歇带着大家及时疏通。东江呢,一开始从杭州湾向南入海,后来经浦东新场镇向东入海,后来又向北流入吴淞江,改道成为今天的黄浦。"

"原来如此,不同历史时期的东江其实走道也不一样,对吧?只不过,战国时期,春申君治水时,东江走道有一段时间在松江,对吗?"

霞客似乎笑了笑:"描述历史的时候请注意措辞的严谨,在中国近3000年的历史里,战国时期的历史记载是最少的。根据复旦大学胡家骥博士解读,秦始皇焚书,对于六国史书的破坏是不可复原的,以至于司马迁也很感慨,自己掌握的战国史料太简单了,只有

《秦记》。秦国文化落后，历史记录极其简略。他还可以参考的是古本《战国策》，里面错误百出，真实史料不多。《左传》记录的年代之后，再到战国中期的100多年几乎没有历史记载。人们甚至连战国时期何时为始都还搞不清楚。古上海也一样，确切的历史资料很少。战国时期，这一块很荒凉，没有办法和繁华的苏州比。这里是春申君，也就是黄歇的封地，我个人理解，就算不从人们口口相传的传说，而从逻辑上说，遇到水灾，他为了自己的封地也是要治理的。"

"那为什么现在的母亲河不是东江而是黄浦呢？"

"唐代时候，这一带地体持续下降，上游下沉快，下游下沉慢，水流不出去是一个原因。这时，东江的一条支流出现在众人视线里，它是一条小河道，初期'阔仅一矢之力'，即宽度只有一箭的射程，约70米。"霞客停了停，"也有学者说元蒙古人射箭的射程是300米到500米，反正也很难考证形容黄浦'一矢之力'在当时究竟是指汉人射程还是蒙古人射程。总之，成功上位的主要原因是地理位置非常好，位于吴淞江和东江转弯处，名字叫'黄歇浦'，也叫作'黄浦''大黄浦'。黄浦之名，始见于乾道七年，丘寀的水利条奏。淳祐十年，高子凤为西林南积善教寺撰写的碑记称：'西林去邑不十里，东越黄浦，又东而汇北，所谓江浦之聚也。'元末明初著名学者陶宗仪的《南村辍耕录》，卷二十三讲到'滔滔黄浦如沟渠'，而且，它出现在一位老农的口中，说明黄浦当时不是无名河道。

"历史选择了黄歇浦，还有一个原因。唐宋两代因为兴筑海塘，沿着黄浦一带形成了盆地，众流所聚，遂使黄浦变得壮阔。它的水流非常急，不容易堵塞。东江堵塞后，浙西许多河港'皆屈流入黄浦'。《云间志》记载，南宋绍兴十四年发大水，'吴门以东，沃壤之区悉为巨浸，直到开禧三年，海患初除。前后灾情达到62年，水退之后，许多河流不能恢复故道，瓜泾塘和黄浦也因此兼并'。宋朝以后，黄浦水势渐增，称'大黄浦'，河流西连泖河通薛淀湖，向北连接上海浦通往吴淞江。到了元代，黄浦愈益宽阔，吞并了上海浦，在当时的黄浦口入吴淞江。元代文人张之瀚曾经写诗：'黄浦春风正怒号，扁舟一叶渡惊涛'。"

说话间，我们已经到了春申祠堂。祠堂环竹而居，入口处还有一个牌坊，古朴、幽静。黄蓉小心翼翼地问："在这里说这个问题好像有点不合时宜，关于春申君是否治理过东江，黄浦命名是否和他有关，一直有争议。有人说，根据地质考证，当时海岸线在南桥、莘庄、嘉定一线，城区和黄浦江主干水道尚未成陆，被称为'海之上海'，黄歇绝不可能在海底挖掘一条河。这人还推测，黄歇筑浦只是反映了百姓对他的怀念之情。到底怎么回事，霞客有什么见解吗？"

没有等霞客回答，沪生抢先回答："写这段话的人认为战国时期上海城区还没有成为陆地，还在一片汪洋大海里，所以'黄歇筑浦'是个不靠谱的传说，刚刚已经解释过了，这是因为不了解东江水道的历史所致。当时东江走向在松江，这和上海市区成陆不是一个维度的事情。除了这种质疑，还有学者认为《水经注》《元和郡图县志》中都没有春申君开凿黄浦的记载，黄歇治水只是牵强附会，忽略了战国初期的历史资料几乎没有留存……何况也不是完全没有历史资料辅证，康熙《松江府志》谓：'古之东江乃禹贡三江之一也，战国时，楚黄歇凿其傍支流，后与江（吴淞江）合，土人相传，称为黄浦。'"

"就算没有文字记载，不代表不存在那段历史。世界上的事情只要发生过都会留有痕迹，先听我说。"霞客说话不疾不徐，"历史学的方法之一就是口述史学方法，也称口碑史学、口头史学等，是一门通过人们口述的历史资料，用来研究历史的学科。战国时期文字资料稀少，你们说口述历史有没有价值？答案一定是有。苏州相城区有一个古镇，叫黄埭，那里至今保留着黄歇当年筑堤围堰的遗迹：春申湖。沿堤筑堰，时称'春申堰'，或称'春申埭'。埭是指堵水的水坝。因为春申君姓黄，所以此处地名慢慢就叫黄埭了。重点来了，那里民间至今流传着一首童谣：'啷啷啷，啷啷啷，爷娘去开黄浦江，而后再开春申塘，领头的大爷叫春申君，住在伲村黄泥浜。'"

"问题又来了，这个歌谣怎么会在苏州传唱呢？"沪生大约是故意考霞客才问这个。

"这我知道一些，我外婆研究古建，她留下来的视频曾说去考察过春申祠堂，顺便说起这段历史，当然也是一家之言。"我忙不迭地说，"黄歇的春申君封地开始主要是淮北地区，后来由于齐楚争霸，又移到江东地区，而江东地区一般被视为古吴地，这片地区包括现在的上海。当时松江这块地方属于苏州，而苏州黄埭春申村曾是黄歇开浚浦江时的'指挥所'。我外婆曾经听春申村村民说，战国末年，春申君巡察封地民情，来到松江东部，见封地内的老百姓备受水涝灾害，聚众开掘了一条5公里的河道。事后，当地人为纪念春申君，就将此河称作春申浦，也叫黄浦。"

霞客摇摇头："事实上你外婆听说的当地人传说很可能来自《吴中水利书》，里面提到春申君开凿了一条春申浦。至于这条春申浦是否就是黄浦，一直有争议。先不说这个，回望历史，需要一些想象力，不能以现在上海和苏州的行政区域概念及繁荣程度来对标古上海。战国时期，上海现在的城区还在一片大海中，这个我们在地图上做过演示。冈身以西已经成陆，包括外冈、方泰、马桥、邬桥、胡桥、漕泾一线、松江、青浦的汤村庙、姚家圈、广富林等地方。春秋战国时期的上海属于3个国家，海岸线差不多是现在的嘉定—莘庄—南桥一线。春秋时候属于吴国，战国前中期属于越国，战国末期属于楚国。"

"说了那么多，我还不知道黄浦现在的源流到底在哪里，还是太湖吗？"白秋白做了一个听得头晕的手势。

"不仅仅是太湖，黄浦现在有三大源流。主流是拦路港源，从淀山湖口淀峰，从西北到东南，汇入泖河，承泄淀山湖和太湖的水。还有一支从浙江红旗塘，东西流向，到圆泄泾，除承泄太湖，还承泄杭嘉湖平原的水。这两支水称为横潦泾，在东面和大泖港相汇。大泖港的上源是秀州塘，承泄杭嘉湖平原和金山区的部分水流，三源汇合朝北走，为竖潦泾。在米市渡，90度转弯，朝东流，从那里就开始叫现在的黄浦了。"

"现在的黄浦？怎么理解？"

霞客眨眨眼："不同历史时期的黄浦所指的范围不同，宋代的黄浦指今天的闸港至龙华一带……"

"你们为了一条江，费这么大劲儿了解历史，服。"白秋白表情却有些不以为意。

霞客看了一眼白秋白，慢悠悠地补充道："要了解上海，还是应该有点耐心去了解黄浦。江河之间也是有对话、有故事的。上海人以前都叫苏州河为外婆河，后来发现它只是叔公河，吴淞江是东江的兄弟嘛。它们之间故事也很多，一开始吴淞江是占绝对优势的，太湖之骄子，吴淞江之名始见于《陈书·侯传》。在北宋时郏亶和郏侨父子的《吴门水利书》中，松江与吴淞江两名并用，元至元十五年改华亭府为松江府后，始称吴淞江。此前吴淞江通用的名称叫松江，和现在上海行政区域松江并无关联。松江，又称松陵江、笠泽江，曾经是一条横贯东西的通海大河。早在秦始皇称帝的时候，这条通海的水道就已是长江三角洲地区连接湖海的航运要道。大约到了东汉时期，这条水道出现了两个名称，西段叫松江，下游河口段称沪渎。南北朝《吴郡石像碑记》有云：'吴郡娄县界，松江之下，号曰沪渎。'

"三条支流中，吴淞江确实是势力最大的，最为民众所依赖。吴淞江沿江南岸有96条支流，北岸有82条支流，如此多的支流，使松江水势深广可敌千浦。在唐朝时期，江面最宽阔处达20里，浩荡之气魄，非现在小小婉约的苏州河可以比拟。虽然因为泥沙淤积，吴淞江到北宋时只宽9里，却还是太湖最重要的支流，因为从东北入海的娄江在唐代已湮塞。

"吴淞江，上海人的叔公河，虽然气势逼人，但有天然的短板，它的河道过于弯曲，自古即有'五汇四十二弯'之说。弯曲多，就容易淤塞。所以，自北宋起，历代朝廷均以疏浚吴淞江为要政。当时的朝廷也想过很多办法，包括三次截弯取直。这确实极大改善了吴淞江的境遇，到元至元十四年，海舟巨轮仍然可以从吴淞江入海口向西行驶至苏州的东蟹门停泊。

"但是，要注意的是，截弯取直治标不治本。历史终究没有选择吴淞江，因为截弯取直只是改善了排水泄洪能力，并不能解决下游潮汐涨沙的壅积。而黄浦已经从一开始只有70米的小河道崛起，通过明朝3次重大的吴淞江和黄浦的治理，黄浦替代了叔公河吴淞江，登上了上海母亲河的宝座。"

怕我们不耐烦，霞客特别加快了语速："还要说说治理吴淞江和黄浦的功臣，除了春申君，还有夏原吉、叶宗行、李充嗣和海瑞。明永乐元年，太湖水患，户部尚书夏原吉被委任治理之职，他是非常有智慧的人，广泛听取民意，最后采纳了叶宗行'以浦代淞'的建议。叶宗行是上海召稼楼的秀才，他提出的方案非常有创意，开挖一条人工运河'范家浜'，将黄浦与吴淞江和范家浜沟通。黄浦的水量大于吴淞江，因此吴淞江成为黄浦支流，最终汇入东海。夏原吉慧眼识才，采纳建议后，发动了20万民工疏浚了当时的范家浜，和大黄浦、达泖湖融为一线，以浦夺淞。这条由大黄浦、范家浜、达泖湖、南跄浦口组成的新河道，史称'江浦合流'。清代有《竹枝词》描述：'陆家嘴北范家浜，明夏尚书浚阔长。今日试寻浜旧迹，中央一片浦汪洋。'应该说，叶宗行功不可没，大家也不会忘记他，至今浦江镇还设有他的纪念馆。

"明正德十六年，巡抚都御史李充嗣奉命疏浚吴淞江，他'改入浦之道'，另拓浚宋家港70余里，引吴淞江水在潭子湾附近折东改道至宋家浜，经范家浜入海。吴淞江原河道成为与改道后的吴淞江并行的支流，改称旧江。明隆庆三年，巡抚都御史海瑞'按江故道，兴工挑浚'，疏浚黄渡至宋家浜河道，拓宽延伸吴淞江故道约10里，也就是说苏州河能流到外白渡桥附近，和海瑞息息相关。吴淞江从此入黄浦。"

很久没有说话的华华补充道："还有一个点，程锦熙等所编之《黄埭志》，民国十一年出版，张一麐序云，'出望齐门，迤北稍西卅余里，有镇曰黄埭'，相传为楚相春申君筑堤堰水，故冠以姓。按《史记》，春申君初相楚，后请封于江东，考烈王许之，因城故吴墟以为都邑。春申君相楚二十五年，其客朱英有言，'名为相国，实楚王也'。西汉太史公及见春申君故城宫室之盛，则二十五年中凡有大兴作皆以春申君名义行之，民安其业而去后思之。又奚足怪矣。吴淞之浦曰'黄浦'，故苏郡守之堂曰'黄堂'，皆此类也。黄埭之北界蠡河，蠡河者，《吴地记》谓范蠡伐吴而造此渎。吴中古迹若蠡河、若蠡市、若蠡口、若蠡塘，皆以范蠡得名。正与黄歇之名埭相似。

"还有，春申君在苏州治水造福万代，苏州百姓奉他为城隍，在苏州城西王洗马巷内还有春申君庙，以前苏州市民每年都要在庙里演戏给春申君看，叫酬神。也有人说在唐朝时期，苏州信奉春申君的习俗影响了上海，上海也逐渐崇拜起春申君。宋代的春申庙在沪闵路以西，春申塘以北。明代的春申庙在河南路、延安路。2002年9月，在上海申博成功的欢庆晚会上，演出的第一首歌就是《告慰春申君》。"

我很欣喜华华找到了有用的资料："华华，不错啊。我想起来了，江阴也曾是黄歇的封地，黄歇精于治水，疏浚芙蓉湖，开挖申浦河，所以江阴很多地名都和他有关，如黄田港、申港、黄山等，不管《吴中水利书》中春申浦是否就是黄浦，至少从江阴黄歇治水的遗迹可以看出，以黄浦命名似乎有一脉相承的内在逻辑。"

大家你一言我一语，说得口干舌燥。

青山第一次接触这些，一脸新鲜的表情，却也不多话。我打趣道："青山，你今天感觉还好吗？"

青山扭捏地笑笑："黄浦长啥样？"

沪生拍拍青山的肩膀："给你看看我们地图里明清时期的黄浦。"XR眼镜化现出"黄浦秋涛"——滚滚黄浦犹如钱塘江海潮，还配了诗："十八潮头最壮观，观潮第一浦江滩。银涛万叠如山涌，两岸花飞卷雪湍。"

"这是黄浦吗？"白秋白看呆了。

"是呀，和现在温柔的黄浦江完全不同吧？这就是八维地图的价值所在，我们给大家一个多维空间去看待历史和现在。"沪生无比自豪。

春申路踩点结束后，白秋白听说张泽羊肉宴出名，提议要去吃一顿。我和黄蓉虽然对羊肉无感，不过，松江张泽的羊肉自元代就有名，也就同意去看看。

张泽老街上，饭店几乎家家做羊肉生意。我们随便找了一家饭店坐下，饭店里挂着张泽羊肉的来历，推元代松江府首任达鲁花赤沙全为品牌先祖。达鲁花赤是蒙古语，原意为"掌印者"。沙全和张泽结缘是在南宋末年，元军当时在这里冲锋杀戮，沙全带领军队进军华亭，但他下令保护当地的乡民，不允许手下杀掠，因此被授达鲁花赤。他上任第二年，华亭府改称松江府，沙全任松江万户府达鲁花赤。元代时期，松江是濒海战略要地也是粮盐重地，史有"松江赋税甲天下"之说。元朝的首都在北方，南粮北运，且松江有盐场，至今车墩至叶榭境内还有名为"盐铁塘"的河道。因此，元军驻扎在松江的人数越来越多，他们的口味保留了北方草原的爱好，沙全为了让部下吃得满意，在张泽地区开始养殖山羊。这个传说应该可信，但是地方不一定局限于张泽，事实上金山庄行、奉贤胡桥等地区都有吃羊肉的传统，不同区域风俗略有不同，比如叶榭的居民喜欢吃早茶，老街上茶馆店最多时有20多家。但是张泽的居民喜欢一大早喝烧酒，吃"老三样"——白切羊肉、烂糊羊肉、羊杂汤，配一碟酱油。这种农家的酱油和超市买的不同，是土酱油，味极鲜。张泽羊肉的做法也和其他地区不同，半米高的大木桶坐在农家大灶上，灶肚里用小的柴火焰熬桶里的羊肉，熬煮到没膛飘鲜。

羊肉汤喝了足足三碗后，白秋白突然发问："春申君的名声又不是很好，你们没有看过那个关于他和李园兄妹的电视剧吗？感觉这个男人人品有点问题啊。"

霞客挑了挑眉头，有点不满地说："最大的问题就是天真呗，居然上了李园兄妹的当，祸端还在李园妹妹身上。据《越绝书》上说，她先对她哥哥说，楚考烈王没有后裔，不妨借助春申君接近楚王。李园还傻乎乎地推托，认为春申君贵为辅佐大臣，没有理由和他说这个事情。李环就教他，你就说家里来了远客，要请假回家。他一定会问是哪里的客人，你告诉他，来的人是我妹妹，鲁国的丞相觉得她很美丽，派使者向我提亲，所以要回家。如此挑逗，春申君的好奇心被吊起，要求约见李环。"

"不仅仅是好奇心，也是好色心吧。"沪生插话打趣。

"听重点，听重点。主要是李环有心计。第二天见面后，两人纵情畅饮，李环当夜就留宿驿馆。事毕，李环还不忘嘱咐李园要管好下人的嘴，千万不要说春申君和自己有过交往。一个月后，李环怀孕，马上就和春申君说，楚王年老没有接班人，我已经怀孕，如果你把我介绍给楚王，你就是未来楚王的父亲，还做什么相。书里原文中，李环还假惺惺地补充了一句'君戒念之'。翻译成大白话就是你谨慎地考虑一下。春申君想了5天，还是起了祸心。他找到楚王说'国中有个年轻貌美女子，有宜男之相，可以为您生个儿子'。楚王求子心切，立即就接见了李环。10个月后李环生下了一个男孩，就是日后的楚幽王。

"春申君的三千门客里也有头脑清醒如朱英的人，早早劝告他：'李园是楚王的妻舅，已经暗中收养刺客很久了，楚王一死，他必定先进宫，按计划，假借王命，杀你灭口。你何不任命我做郎中卫士，李园进宫后，我来先将他杀死。'春申君这个老实人，居然说'先生别提此事了,李园为人老实,我与他相善,不能如此'。朱英看他那么傻,赶快逃离了楚国。"黄蓉惋惜道。

"真相真不一定。和《越绝书》不同,在《战国策》里,这个计谋一开始就是李园想出来的。他是赵国人,早早准备把妹妹献给楚王,但听说楚王不能生孩子,恐怕自己的妹妹不能怀孕成为炮灰,所以接近春申君,借刀杀人。李环怀了春申君的孩子后,两人一起谋划怎么劝说春申君,话说得可谓句句惊心:'楚王重用你,超过了自己的亲兄弟,如今你作为丞相辅佐楚王已经超20年。楚王没有儿子,他去世后,会立他的兄弟为国君,新君继位后,你怎么还会得宠?不仅如此,你以前得罪过楚王兄弟,很快会大祸临头,哪里保得住相印和江东的封邑?'听了这种话,谁受得了压力,所以,春申君的祸心也应该是受人挑拨,为求自保。"霞客说得头头是道,声情并茂。

"不同历史书的记载都有自己的角度和立场。《越绝书》和《战国策》对春申君的记载,明显后者对春申君的敌意更多,而且具体记载与事实也有出入。《越绝书》里,李园并没有楚王一死就刺杀春申君。李环让李园去辅佐春申君,3年后,又和李园说:'把吴地分给春申君,让他去镇守东边。'李园答应了,把春申君分到吴地。"未等霞客说完,黄蓉放下筷子,诧异道:"还有这种事?这和《战国策》《史记》中的记录有很大不同啊。"

"《战国策》的作者到现在也不确定。西汉末年,刘向校录群书时,在皇家藏书里发现了6种记录纵横家的写本,内容混乱,文字残缺,于是,刘向按照国别编订了《战国策》。这也不是一时一人所作。《史记》的一些内容和《战国策》也不同，《越绝书》的作者也同样不能确定。毕竟战国时期多用竹简，贵族人家用帛书，前者流传不多，后者经不起岁月的磨蚀，还经历了秦始皇焚书，能流传下来的确定的历史记载少之又少。若要说事实有几分，只能说老天爷才知道。"霞客缓缓说道。

"《史记》的记录应该可信度高一点吧？"

"《史记》记载的'庄蹻王滇'就一直有争议啊。司马迁在《西南夷列传》记载，楚威王在位时，曾派庄蹻为将军，率兵溯长江西上，舍舟登陆，定巴、蜀，又征服贵州西部的且兰、夜郎部落，然后沿着今天的滇黔路进入云南，来到滇池地区。庄蹻者，故楚庄王苗裔也。《史记》记载的是楚威王时期派庄蹻入滇，而《后汉书》记载的是楚顷襄王时期。《史记》记载的是庄蹻，《后汉书》记载的是庄豪。《史记》记载的是'循江上'，《后汉书》记载的是'从沅水'。《史记》记载的是'占领滇池地区及其旁数千里'，《后汉书》记载的是'既灭夜郎，因留王滇池'。专家们为这两本书的记载争得面红耳赤，结果，考古专家用高科技研究古滇国的青铜器时，发现很可能是氐羌人三骑士入侵古滇国，并非庄蹻。古滇国也并非古越人的后代。历史，永远在不断地印证与更迭中。"

霞客的话令大家刮目相看，他又说："根据现有的历史记载，春申君这个人耳根子比较软估计是事实。《战国策》里《客说春申君》，他一会儿听门客的建议，拒迎荀子；一会儿又听另一人说荀子是贤人，又去请荀子。确实有点没有主见，不过也说明他没有心机。而且，就在《战国策》里，唐雎见春申君时，是把春申君夸为有高尚的品德、有功业的君子。可见，春申君即使喜欢听人闲话，却也是负有盛名。退一万步说，即使春申君爱听小人谗言，给自己和家族带来灾祸，也不能抹杀他治水的功劳。在《越绝书》里，明确记载了黄歇在无锡湖南岸修建了一条大堤，开掘了语昭渠，一直向东延伸到大田……"

大家聊得很开心，尤其是霞客的表现，令人印象深刻。分开前，沪生想约我们下次同游松江、青浦："我们寻宋上海，一边溯史一边玩儿。"

黄蓉兴趣不大："上海的宋迹太少啦，都去过啦，吕巷'寿带桥'、青龙寺、宁国禅寺、云间第一楼和方塔里面的望仙桥、金泽古桥，还有嘉定孔庙。市区的宋代遗迹只有瑞金宾馆的淡井寺，永泰街的南门神树和龙华寺石刻。"

"南门神树是什么？"白秋白兴趣颇浓。

"永泰街口的银杏树，树龄有800余年。"沪生代为回答，又接着黄蓉的话，"你去的时候没有用新版八维地图，这次有XR技术，看起来不一样。"

"听上去很不错，我有兴趣，你就陪陪我吧。"白秋白居然对黄蓉撒娇。

"白秋白，你是家里最小的儿子吧，你还会撒娇？"我忍住笑，揭穿白秋白。

"上面3个姐姐，人称姐宝。"他做了V的手势。

我们被逗得笑出了声，不得不说，白秋白是个小可爱。

"最多也就挑一两个点吧。"向来只会对别人撒娇的黄蓉也是碰着对手了。

"就这个周末吧。"姐宝步步紧逼。

"好吧，看在你用心定制青山的分儿上。"

在八维地图中寻宋上海

周末，我们如约行走上海。

宋朝的上海，如果地域范围指现在的市区，至宋末，也只是一个镇，元初才升为县。可圈可点的宋迹大多在郊区，有学者不认可那里和日后的上海有根脉关系，八维地图以历史上和上海的行政隶属关系为据，寻宋上海。

第一站自然是青浦白鹤镇青龙村。青龙镇，相传因三国东吴孙权置青龙战舰于此而得名，在唐代也是海防重地，在北宋熙宁至南宋绍兴近百年间被称为"小杭州"。

沪生展开八维地图，XR虚拟现实技术在空中栩栩如生现出了当年三亭、七塔、十三寺、二十二桥、三十六坊的繁荣景象，在影像的边缘处，皆用青龙寺出土的瓷器做点缀，增强色彩感。还制作了白鹤镇隆平寺塔地宫所出土的文物。地宫宫室下铺满各时代钱币万余枚，钱币年代较早的为五铢，最晚则为天禧通宝。

地图里，隆平寺的佛塔尤其雄伟——始建于北宋天圣年间，为七级佛塔。它有航标作用，旧时，吴淞江浩瀚，船只经常因不能辨别方向而触礁，佛塔则兼具灯塔的功能。

我和黄蓉上次来青龙寺，青龙寺和青龙塔隐在一片麦田深处，青龙塔深锁寂庭，远远看去，并没有什么触动。这次有了八维地图，看历史的经纬度不同，感受果然不同。

在八维地图上，展示了和青龙镇兴盛密不可分的青龙江。弯弯绕绕的吴淞江多次堵塞，于是裁弯取直。嘉祐年间，白鹤汇于宝元元年后再一次裁弯，形成排洪新道，原吴淞江旧道变成岔道，借青龙镇之名，将其命名为青龙江。北宋，青龙镇的海外贸易达到了鼎盛，设水陆巡检司，政和年间，设立市舶司。熙宁七年，税收为15 879贯400文，几乎占华亭县商业收入的一半。后来，太湖流域人口密度增加，大规模地围滩垦田，加上吴淞江淤塞，宋末，大的船只已经不能驶入青龙江，没有了航运的优势，青龙镇盛极而衰。

八维地图里青龙镇十三寺"重楹复殿，观雉相望，鼓钟梵呗声不绝"。青龙寺在十三寺中，规模最大，如果不是八维地图，今人仅凭残留的青龙塔无法想象当时寺庙有大小房屋5048间，只为一藏之数，占地60余亩，寺田450亩。为了增加趣味，添加了妙普、法华讲经的音频——建炎年间青龙寺高僧妙普、法华曾住寺讲《法华经》三十年，人称"畅法华"。甚至还原了康熙五十四年，康熙南巡，途经青龙，赐青龙寺亲笔书写的"精严寿相"匾额，赐名"吉云禅寺"。看了这些，再来欣赏七级八面、砖木结构的青龙塔，遥想古人曾登塔俯瞰青龙镇瓦市繁华，远处海潮汹涌，风帆来往，如今物是人非，怆然之感也成了怀古之趣。

"走到这里，我想起来了，米芾就是青龙镇的人。"沪生突然想起来了什么，转身告诉黄蓉。

"他是湖北襄阳人，只是曾在这里做过镇长。不过，我不欣赏这个人。他用手拿过东西，马上就要洗手，无论走到哪里，仆人都带着一壶水，而且人家洗手不用盆，嫌盆里的水不干净。给女儿定亲的时候，就因为有个小伙子，名叫段拂，字去尘。他觉得这个名字'拂尘再去尘'，就把女儿嫁给这个人。因为这种洁癖，他还丢了官。他主持朝廷祭祀，按照规定要穿祭服，他嫌祭服被人穿过，拿回去反复洗，洗到祭服变色，被皇帝嫌弃了，罢了他的官。"

"这总比倪瓒好，他招妓，又怀疑歌姬不干净，让人家去洗澡，洗完了，他仔细检查，觉得还是不够干净，姑娘只能再洗一遍，洗完了倪先生说还得洗……再洗澡——检查——再洗——再查，重复中，姑娘感冒了，开始咳嗽流鼻涕，倪瓒立马走人，据说分文未付。你看看这种人，这要在现在，姑娘可以报警。"

"更可乐的是，据说他还要帮梧桐树洗澡呢，做他们家树也不容易。"我们笑得前俯后仰。

一路说笑中，沪生带我们到"寻宋"的第二站——乌泥泾镇的宁国禅寺。

徐汇华泾地区历史上叫乌泥泾镇。地图里，宋朝时，乌泥泾是一条水路，北接长桥港，南通华泾，由西向东流入黄浦。该镇还有个很文气的名字，叫"宾贤里"。

"乌泥泾镇大家都已经忘了，不过，黄道婆你们肯定知道。有一种说法，黄道婆是乌泥泾人。"沪生介绍道。

"哎，这也是千古之谜。还有一种说法，黄道婆是海南人。"

"这种千古之谜就是一说。元代黄道婆从海南带回来纺织工具，使这里的纺织业兴旺起来。你看我们八维地图里有展示，这里周边的土地多为海水退却后泥沙冲积而成，硗瘠。自从从南方引进木棉种子种植，木棉产量不断增长，才逐渐繁荣……"沪生道。

"一方水养一方人，这种土壤成就了木棉，这和吴淞江让青龙镇繁盛是一样道理。"

宁国禅寺建于宋隆兴元年，由乌泥泾首富张百五发起，昌月堂和尚主持兴建。据民国年间宁国禅寺的住持常德和尚说，该寺在明代约有房5048间，这个规模在历史记载中，明清之际，只有龙华寺能与之并称上海两大佛教寺院。

可惜，清道光年间，该寺曾遭火灾，清末只剩下一座观音殿。2010年，政府帮助宁国禅寺重建。新修的宁国禅寺古色古香，建筑配色优雅精致，遗憾的是，毕竟不是北宋原建。

离开华泾，我们来到嘉定孔庙。孔庙始建于南宋嘉定十二年，历经800余年，从门前的弹格路开始就满满的沧桑感。孔庙可看的古建很多，除了街旁的三座牌坊——宋代的"兴贤坊"、元代的"育才坊"、明代的"仰高坊"，另有孔庙门前的"七十二石狮"，据说代表了孔子的72门生，"狮"谐音"万世师表"的"师"，还有200多个石碑以及800余年的古木等。嘉定孔庙为人熟知，八维地图也就略化，反而浓墨重彩制作了嘉定城墙。

嘉定城墙始建于南宋嘉定十二年，由首任知县高衍孙主持，时为土城。原版的宋朝城墙只剩下很小一段，已和居民小区融为一体，现场看不出历史感。地图里有一段护城小英雄"石童子"的影像。嘉靖三十三年一日，倭寇夜里偷袭，守城童子及时发现，守兵捍卫，县城才得以保全，童子不幸被杀。后来，人们还安置了童子的石像在西城门上，作为纪念。

"我累了，关节吱吱作响。"一路没有说话的青山突然道。

"没事，你今天走路有点多，关节在磨合。"白秋白怕黄蓉误会，赶忙解释。

"吓了我一跳。一天去三个地方实在太仓促，明天我们还要在市区寻宋，还是早点回去休息吧。"黄蓉看了看青山的膝盖，有点心疼。

"我来帮你打飞的。别担心，青山的关节做了加强处理，需要时间磨合，正常现象。要不，明天青山先休息一下，我保证，去云南时他的关节肯定没有问题。"白秋白再次解释。

第二天，我们相约徒步到瑞金宾馆看宋代淡井庙遗址。

民间流传着一句话：先有淡井庙，后有上海城。瑞金宾馆里的淡井庙曾是上海第一个城隍庙，确切地说，是华亭县城隍老爷的行宫。

淡井庙，始建于南宋，在现在的永嘉路12弄内，地图影像中，清晰可见庙门前曾有一块"宋建淡井庙"石横匾，还复刻了宋末的淡井村。

上海初设镇后，淡井庙为华亭县城隍神在镇内的行宫。1278年前后，华亭县升为松江府，华亭县城隍晋升为松江府城隍，淡井庙改为松江府城隍行宫。1292年，淡井庙成为上海县城隍庙，称"权奉县城隍神于此"，那时官员要走很长一段路去淡井庙祭祀城隍神。淡井庙香火旺盛，县志记载，庙内有一口井，井水"味甘能祛病"，故广受欢迎。

1397年，上海县知县张守约把坐落在县中心方浜北岸的金山神庙（霍光行祠）改建成上海县城隍庙。淡井庙便成为上海城隍的行宫，人称老城隍庙，香火逐渐冷淡。后来，淡井庙由道观改为佛寺。

在瑞金宾馆，还有一些淡井寺的遗址：狮身象面雕像、古亭、淡水井以及刻有"奉宪勘立张尚书墓界淡井庙立"字样的界碑石。

从瑞金宾馆到宋朝遗迹——永泰街口的银杏树不算远。这个银杏树有个别号：南门神树，原隶属于永泰街（古名永兴街）的宁海禅寺（三官堂）。至于宁海禅寺，周围的居民所知甚少，只能在《同治上海县志》卷三十一找到记载："宁海禅院在永兴桥南，本名五府庙，康熙年间改三官堂，乾隆三十六年易今名，并建内殿，咸丰四年寇毁，七年重建。寺门外有古银杏一株，相传阖邑攸关，康熙年间，有议伐者，张锡怿捐资保留，遂世为张氏物。"古树树龄700余年，属于一级保护对象。除此之外，在小刀会起义中破坏的建筑名录里也记录了宁海禅院。据此推测，乔家路口永泰街1号的这棵古银杏树应该是上海古城建城的同龄人。

有趣的是，我们在八维地图里看到，2003年之前，每逢农历初一和十五，竟有很多香客来朝拜此树。2002年9月9日的《青年报》还曾报道过此事。后来，为防火患，这里禁止烧香，但一直也不乏默默来礼拜的人。

到了老城厢，沪生顺路带白秋白去看上海县第一任县衙遗址，在老太平弄的北面，外咸瓜街东面的"金外滩国际广场"处。当白秋白听沪生说"上海第一任县衙选址原为上海浦旁的榷货场，资金不够，草草用榷货场做县衙。元大德五年，台风竟然将县署吹毁"时，大感惊讶。

"上海建县时竟然那么寒酸吗？"

"当时，青龙镇和松江府是经济领头羊，青龙镇衰败，上海港刚刚开始作为船运要道，1267年，元大都在北京始建，上海这个小镇在忽必烈心里估计没有排位。"

上海县第一处县衙离开城隍庙不远，恰逢午饭时间，我们便去了城隍庙湖心亭绿波廊吃了些点心。下午，去了龙华古寺。龙华寺旧称空相寺，始建于三国吴赤乌十年，唐末毁于战火。北宋太平兴国二年，吴越王钱俶重建，先有塔后有寺。八维地图里穿越到唐宋年间，龙华寺所在的古村落龙华村，当时人迹罕至，这个村全因龙华寺而逐渐兴旺。

为寻宋而来，自然要看龙华寺内保存的空相寺界石、宋代开元铜钟和北宋般若波罗蜜多心经石刻。坐在龙华寺茶室外的石凳上小歇，黄蓉凝视着古塔，悠悠发问："你们不觉得很奇怪吗？大唐盛世，却没有几个人觅唐，都喜欢寻宋？华华，你说说为什么。"

华华开始翻资料，而后道："《三联生活周刊》的答案说，宋朝人的生活才是人们想要过的生活。宋朝人，琴棋书画花香茶样样精通。宋朝人的心能静下来，画偏水墨，画中山水一石一流都有纹理，淡雅可人；宋词更是如烟如云，'三秋桂子十里荷花'，哪个朝代的人不喜欢这样的意境？"

"我就不喜欢，"白秋白转了转脖子道，"过犹不及。我们老师曾经说过，拿唐三彩来说，大唐的浑厚气象造就了唐三彩的粗犷和瑰丽，大气和质朴。初唐的人气质昂扬、饱满，'宁为百夫长，胜作一书生'，宋朝人过于细腻、孱弱、忧郁，勉有程朱理学……"

黄蓉打断白秋白："哎，宋人说的心法本原还是佛学，也只浅浅借鉴了去，一念三千的门都没入呢。印光大师说过，宋儒想让后世之人认为这些心法都是出自他们自己的智慧，故破斥佛教，否定因果，以为这样可以护持儒教。据说朱熹晚年患有眼疾快失明了，颇有悔意……"

白秋白撸了撸头，说："佛学还说心法？我以为就是烧香婆。"说罢，自己也不好意思地笑了。迎面走来几位老太，白秋白瞄了瞄她们，意思是她们就是他眼中无知的烧香婆。

"自然不是。不了解佛学那是糊涂的信奉，不过，烧香求福报也没有错，就怕有的人以为烧炷高香捐几个金，自己犯下的罪就能解化掉，那就不太好，自己迷信还连累了佛门。因果不虚，那《野狐禅》里，佛门僧人把'大修行人不昧因果解成不落因果'，就错了一个字也落得果报。正信佛理学问就大了，也不是魏晋文人那样喜欢取佛法中的智慧空谈玄理。我欣赏1985年及1991年两度获瑞典皇家科学院邀请，被提名为诺贝尔化学奖候选人的潘宗光教授，不仅研究佛学，还身体力行去实践，以其本身具有的科学知识的高度理解佛学的奥义……"

"你说的东西我有点不懂。"白秋白有点不好意思，"我还是说唐朝，唐朝完备科举制度，给了多少寒门学子机会，单这一点就很伟大……"

"唐朝何止文学、艺术、建筑丰盛，就连女性的身材和妆容都体现出了大气，初唐女子头上贴花钿，太阳穴的位置涂抹了斜红。盛唐的妆容那更是充满自信，光眉形和唇形就数不过来。宋朝的妆容呢，说起来薄施粉黛是秀雅了些，也慢慢变成薄苦相……"

我和沪生对这种话题没兴趣。我盘算着明天的工作还要梳理一下，想要先回去。沪生送我回家，白秋白和黄蓉则乘兴去龙华茶室喝茶论道。

听机身唱滑稽戏

一早，还没有来得及把华华和老妈做的粢饭糕吃完，我就接到黄教授的电话。有点不习惯，这个时代，人和人之间基本用云联系，反倒日益疏离，很少有人会直接打电话。

电话那头，黄教授的声音疲惫不堪："机身上课效果不错，比我想象中聪明，我想试着让他加入保密级别不高的实验，不知道需要什么手续？"

我脑子里的神经元迅速运作，闪电一样联想到黄教授曾说自已有睡眠障碍，估计他又是一夜未眠。我突然对科研人员产生了同情，尤其那些自己所在的科研领域已经很久如同被封锁一般没有突破，光阴一点点流逝。

"好，您把对机身的要求，写一份需求清单发给华华，还需要和律师签署一份协议。"

"需求清单我已经准备好，马上发给华华。还需要修改一些BUG，机身似乎没有幽默感，不能理解课堂上学生的玩笑。年轻人都会说一些时代感很强的专用语，机身不懂，他们觉得机身有点戆吼吼。"黄教授试图表现得轻松，嘶哑的喉咙却让这种幽默变得有点滑稽。

"哦，serendipity之类？只要告诉机身，他的理解没问题。"我故意揶揄道。

过了一会儿，华华收到黄教授的需求清单，清单里都是密密麻麻的专业术语，估计白秋白要送到总部去找人解读才能编程。从清单上看，黄教授的研究领域应该是细胞生物学。以我浅薄的对生物学的了解，近代细胞生物学和物理学研究几乎停滞，除了基因组编辑技术以及颜宁成功解析转运蛋白在原子分辨率水平上的晶体结构，再也没有划时代的成就。

黄教授所处的科研时代，细胞研究要求系统化，数据成型和理论模型要保持一致，需要没有瑕疵的系统生物学模型来解释数据，并给出下一轮实验设计指导。问题是，黄教授算传统的科研工作者，他们如同21世纪20年代老记者、编辑不能熟练使用各种新媒体，尽管有优秀的写稿能力和社会关系网络，却因为不擅长新媒体制作，而产生对于时代的无力感。换言之，黄教授终于明白，他的科研只有利用机身来做系统化数据挖掘才可能有突破。

科研智能机身非普通程序员和生物学家可以定制，需要数学家的参与。要在生物学上有所建树，都要有数学或化学甚至植物学的学术背景。20世纪50年代加拿大研究团队就是在长春花叶子中发现了长春花碱，一种抗癌药物。很多科研团队会招募不同学科背景的人才一起研究一个科研项目。机身如果可以在交叉学科上和人类精深合作，也许能在试验目的、试验方向、试验模式与数据类型等方面为人们提供帮助，并更好更快地完成数据分析。

"华华，看上去很难哦。不过，越难的事情越有价值。"我故意这样说，我知道这并非难事。

华华挑挑眉，傻傻地安慰道："对人类很难，对机身未必。对人类很简单，我们却觉得很难。"

"怎么说？"

"黄蓉的机身青山主动加了我好友，他告诉我他不明白黄蓉在和他说什么，绿色就绿色，硬说是欧碧，黄色叫库金、松花色，还有什么黄不老，紫色嘛，叫齐紫、凝夜紫，他完全被弄晕了。"华华一边说一边朝我眨眼睛。不得不说，眨眼并不适合她那双迷人的丹凤眼。

"哈哈，若是青山把自己认识的颜色命名，肯定反过来能让黄蓉发疯。"

人类可以识别一万多种颜色，机身可以识别一亿种色谱，甚至可以看见紫外线。高级机身的视网膜上拥有第四种锥体细胞，这种特殊细胞仅为蜂鸟拥有。黄蓉教青山的颜色，青山实际上都能识别，他只是不懂典故。凝夜紫出自唐代诗人的《雁门太守行》："黑云压城城欲摧，甲光向日金鳞开。角声满天秋色里，塞上燕脂凝夜紫。"这种紫色有一点黑中带紫。欧碧出自洛阳牡丹花色。北宋文人张邦基在《墨庄漫录》里云："洛中花工，宣和中，以药壅培于白牡丹，如玉千叶、一百五、玉楼春等根下。次年，花作浅碧色，号欧家碧，岁贡禁府，价在姚黄上。赏赐近臣，外廷所未识也。"这种牡丹花的颜色是浅绿色，欧姓家族培育的，所以叫欧碧。如此丰富的人文典故造就的色名，机身如果不学习，如何能分辨？

我把黄教授的需求清单交给老菠萝后，老菠萝很重视，他似乎有信心。我趁他开心，提出用员工价给黄蓉的机身升级皮肤。老菠萝蹙了蹙眉头："好吧。"倒也在意料之中，员工价升级皮肤并不算贵，又能安抚一个刚刚得到江太太大订单的老员工，这个人情，恰到好处。

晚上，我开心地请老爸和老妈去城隍庙老饭店吃饭。我妈听到有人请她吃饭就开心，她就是传说中那种从来不会替女儿节约钱的老妈。眼睛开过刀后，老爸的视力大不如前，甚至有时候还会有重影，现在他的新爱好是在喜马拉雅听各种有声战争剧，泡一壶茶可以听一个上午，中午去小区散步，下午睡个午觉，接着听，还加入了一个战争剧粉丝群，天天和人讨论得不亦乐乎，倒也有滋有味。人的五官里面，耳朵最皮实，听几个小时，也很少会觉得累。

我由衷地为我爸找到人生新乐趣开心，有声剧万岁！

三个人到老饭店，点了店里的名菜——红烧狮子头、草头圈子、糟钵头、八宝鸭、红烧鲫鱼，一桌全是油腻大菜。老饭店二楼依然挂着"荣顺堂"的匾额，暗示着老饭店的前身是荣顺馆。荣顺馆创立于清朝光绪元年，老板是川沙人，擅长烹饪菜肴，最早甚至都不是开饭馆的，而是乡亲们有红白喜事，都要请他帮助烧桌菜，远近闻名后才下定决心闯荡上海滩。他们很有眼光，选择在游客颇多的城隍庙附近的旧校场路开店，一开始只有3张八仙桌，11条板凳，可供22个人同时就餐。旧上海，旧校场路附近居住的多为劳苦大众，老板张焕英就选用比较普通的食材，比如红烧鱼块、纤柔豆腐、走油蹄髈等。本邦菜浓油赤酱颇受喜爱，夫妇二人对人热情，逢人开口笑，生意越来越兴旺，竟然成就了上海百年老店。

饭后，我又拉着爸妈去不远处的相爷府茶楼听相声，这是从2010年就流传下来的节目。现在的相声不是传统意义上的相声，融合了上海滑稽戏和脱口秀，每次都是观众点一个主题词，相声演员和机身进行群演，还有开放麦，请观众上台和他一起说。

今晚上台的脱口秀演员是一个机身，名字叫逗逗乐。这倒是我不知道的，于是我更加有兴致。机身说脱口秀真有优势，他熟知所有相声和滑稽戏以及脱口秀的经典桥段，还能模仿不同演员的声音，甚至还会唱评弹。按照一位观众给出的主题词"骂山门"，逗逗乐和滑稽戏演员小毛、钢丝球等现场演了一段情景剧：

地点　东台路某弄某号，"和气致祥"门头。

人物　大块头老婆

　　　小娘姬

　　　黑皮

　　　二支笔

　　　搪瓷七厂

　　　大块头

　　　阿二头

逗逗乐先用上海话介绍了一些背景：

大块头老婆和小娘姬一个住了东厢房，一个住了西厢房。按道理，远亲不如近邻，关系应该蛮好个。不过呢，一幢石库门里要蹲至少七八家人家，对门讲啥闲话，夜里厢上了几趟厕所，吃了几顿大闸蟹，才逃勿脱邻居个眼睛，苗头别来别去，心量小点，总归要吵一吵。

小娘姬个阿婆活勒海辰光，大块头老婆就经常忒伊阿婆老宁波吵相骂。老宁波这个老太太厉害，一双三角眼，声音不但乒乓响，还贼骨挺硬。大块头老婆呢，声音是低了点，但语速比唱金陵塔还快，人家骂三句，伊已经骂好十句。全弄堂，两个人"骂山门"水平半斤八两。

现在老宁波走了，小娘姬刚刚进门还满斯文，看到雌老虎哇啦哇啦，头也不敢抬。不过，养好小囡就开始路子野了，想继承阿婆老宁波，忒大块头老婆别苗头。

195

每天早上厢，只要有太阳，弄堂里第一个要抢个就是晒台的竹竿，起来晚了，就只好拿衣裳晾在角落里。大块头老婆每天7点多就起来了，总归把牢两根位置最好个竹竿。难般有辰光搓麻将晚了，第二天早上大家也会自觉拿这两根竹竿留拨伊。这天哪，小娘姬有点不识相，居然不买账，拿两根竹竿占特了。

（逗逗乐和小毛等演员开始群演……）

大块头老婆面色铁青回到天井，开始乌里马里（滑稽戏演员小毛开始模仿大块头老婆骂山门）："半夜三更不困觉，声音响了不得了，拿人家吵了早上厢爬不起来，还要抢晾衣裳位置，真是触霉头。"

一开始嘛，小娘姬装戆，也不回嘴。大块头老婆继续喉咙乓乓响："野猫投胎啊……"小娘姬面孔挂不牢了："侬嘴巴清爽点，侬意思竹竿侬买下来了？弄堂里就你最落桥。"

就是等伊屏勿牢。只看到大块头老婆面孔上浮起一丝冷笑，一只手拔晾衣裳竹头往地上一戳，另外一只腰一叉："册那娘个烂污逼，从㑚阿婆老宁波开始，这两根竹竿就是我专用，伊也不敢发声音，侬跳了介高做啥啊？侬以为侬只飞机场，靠了海绵垫，晃起两只奶勾引㨤屋里没开过荤个戆老公，就好狠三狠四啊，4号里轮不到侬做主。侬这只骚货，夜里骚，日里还不落停，帮3号里厢个'架梁'（戴眼镜的人统称）搭了蛮牢个么？骗得过㨤屋里厢近亲结婚额戆度儿子，骗不了阿拉……"

小娘姬被戳到点子上，缩发缩发，总也要回几句："我帮'架梁'做翻译，做外国人个生意，侬不要造谣。"

196

"做侬死特个翻译啊，一只大兴花瓶，最多10块洋钿，卖把老外100块，做啥死人翻译。俩就是连档模子，骗人家钞票。畜生才做得出这种事体，还来摆标劲，算侬会几句洋泾浜了……做人不要介老魁！"

4号门口很快就来了交关看闹猛个人。小娘姬老公本来一直缩在房间里不敢出来，伊从小看大块头老婆搭自己亲娘吵相骂，已经习惯了。现在骂了介难听，总要来替自己老婆趟一趟："好了，大家少啰唆两句。'架梁'帮阿拉一道做生意，侬不要瞎三话四。"

大块头老婆再次冷笑："侬这只缩头乌龟。俩老宁波看到侬这样缩，倒没活过来请侬吃生活。"

……声音实在太响，楼上"二支笔"下来了，伊看了一眼大块头老婆，拿大门"乓"一记关特。

大块头老婆虽然意犹未尽，但马上收兵。大块头老婆只有看到二支笔服帖，二支笔一出面，伊马上关特。啥叫二支笔？上世纪七八十年代，胸口别一支笔是高中生，二支笔是大学生。埃个辰光，大学生老少个，伊算4号里最有出息个人。人就是贱骨头，没啥就想要啥，大块头老婆一家门初中也没有毕业，就欢喜有知识个男人，更何况，二支笔卖相老像伊心中的男神——费玉清。

小娘姬当然也不甘心这样拔大块头老婆欺负，回娘家搬来阿弟，准备刮大块头老婆耳光。啥人晓得人家根本无所谓，冷笑两声："大块头侬忒我死出来，人家要请侬老婆吃生活了。"再拿大门一拉，对牢弄堂口喊麻将搭子："搪瓷七厂，侬死到阿里去了？"

一分钟不到，浑身才是奶脯肉的"搪瓷七厂"（形容荡荡、住住，吃吃白相相的弄堂无业游民）来了，两只胖子往大块头老婆身边一立，小娘姬个阿弟马上识相："阿姐，我先回去了，有啥事体慢慢再讲。"

这弄堂里，只有二支笔和居委会主任是大块头老婆不敢得罪的。不光不得罪，还经常要烧红烧肉去拜码头。所以后来居委会主任拿电话亭喊电话个生活发拨了大块头老婆，乃末好了，整个弄堂额人不会有啥隐私了。

还有一个人大块头老婆看到也慌个，就是阿东。阿东娘毛豆早年经常也拨大块头老婆欺负，有一天，两个人正"垃三，戆逼样子……"骂了正欢，长大了个阿东不声不响拎起屋里厢个马桶朝大块头老婆身上刹捆过去。大块头老婆一身污水，不敢叫大块头和搪瓷七厂帮忙。为啥？伊后来讲："这小鬼头是猪猡脾气，逼伊会动刀个。"

辂就是大块头老婆额本事，识人头，拎得清，还晓得拉拢一切可以拉拢的群众。一边骂山门，一边眼观八方，看到隔壁小姑娘回来，马上面孔别过去，笑眯眯："肚皮饿伐，拨侬拿点萨其马吃，不要吃介西多冰砖，宫寒了，以后养小人困难。"

（逗逗乐又开始旁白。）

弄堂拆迁以后，大块头老婆一家门搬到植物园附近小区。过了十几年，大块头走了。儿子也要结婚，屋里没米，儿子结婚只好卖特老房子凑首付，买套小三房，三个人一道住。老邻居听说了，手里替伊拉屋里捏把汗，以为肯定要鸡飞狗跳。啥人晓得，大块头老婆现在脾气好得不得了，媳妇讲啥是啥，还一直到小区居委会去做志愿者，用夹生普通话教小区外地邻居包春卷。不过，新邻居要以为伊是优雅个上海老阿姨，个么，侬够个资格还太嫩。

一天，老邻居们相约在建国东路上"砂锅饭店"聚会，难得联系，大家一开始感觉生疏，客气起来。"搪瓷七厂"老爷叔屏勿牢了："大块头老婆，侬现在倒是会放软档了嘛。"

大块头老婆眼乌子一瞪："侬这只老甲鱼，侬现在也硬不起来了，还讲我做啥。"

大家哄堂大笑，弄堂里的氛围组马上回来。这天聚会，二支笔也来参加了，伊现在退休了，知识分子也没花头了，倒是记得大块头老婆老早对伊个好。小娘姬看到大块头老婆也没啥了，讲到底，还是知根知底的自家人。不晓得啥人多嘴，又问大块头老婆现在哪能介听媳妇闲话，媳妇到底好伐？

大块头老婆眼眶一红，哭了："我现在是没市面了。老头子生毛病我照顾了好几年，看懂了，到了够辰光，吃口热水也要身边人肯喂侬，我以后躺了床上，不靠媳妇靠啥人。现在还勿识相，不是作死呀……"

这闲话让老邻居听了邪气不是味道，小娘姬先跳出来："不要吓，侬媳妇敢对侬不好，一只电话，阿拉去校伊路子。"

"对个，对个，大不了阿拉送侬去养老院。侬不要这样难过。"

…………

老邻居纷纷安慰大块头老婆，让大块头老婆感动得"谢谢，谢谢"个不停。这大概就是弄堂文化，弄堂情谊。

这段情景剧演得太好了，有人笑出声，也有人泪目，虽然现代人对上世纪的弄堂文化不能感同身受，通过机身演员活灵活现的表演，倒能切实感受到上海话的魅力以及石库门里的恩恩怨怨。三四十年代，石库门建筑以联排豪宅形式部分回归金陵路和老西门一带，毕竟少数人才能享受当时的石库门独户联排，邻里感情又是不同。据说这个石库门系列项目也是政府为推进日后老城厢江南民居而鼓励打造的。

雪山之行的遇见

架不住黄蓉父母的催促，我们的梅里雪山之行终于成行。

经过几天忙乱的准备工作，7个人和2个机身，拖着9个大箱子浩浩荡荡地从浦东国际机场出发。这一场旅行因为带了4个老人，而且还是很会"出花头"的老人，各种物品都要带全。我妈光衣服就带了一大箱，还带了半箱红景天之类预防高反的补品以及各种常规用药。为了给他们腾空间，我只带了几件换洗的衣服。按照我们的行程计划，先飞到丽江停留一天；第二天去香格里拉；第三天一大早包车至飞来寺看日照金山，后进雨崩村留宿，从尼农大峡谷出村；最后一日住在德钦，经香格里拉回上海。云南大，景点分布广，这条线算浓缩了精华中的精华。梅里雪山乃藏族人心中的第一神山；

雨崩村号称"上有天堂，下有雨崩"，是中国最美的村庄；尼农大峡谷吸引了很多法国人去徒步，法国有号称欧洲最美的大峡谷韦尔东峡谷，法国人去尼农大峡谷徒步，可见尼龙大峡谷有多美。

机场里，意外看见沪生。我满脸惊讶，黄蓉、华华和青山则是早就知道的表情。沪生解释，领导要他去云南考察一下制作当地八维地图的可能性，档期正好在这几天，他就让霞客偷偷问华华我们的出行时间，买同一班机票。

飞机安抵丽江。一路甚是闹猛，飞机有供应餐饮，我妈非说不好吃，从旅行包里拿出一大包寿司、番茄、黄瓜、石榴、橙子，以及鸭头、鸭舌、鸭脖，四个老人狂点飞机上的免费酒饮，啃着鸭货吃了个嗨，欢声笑语。更兼被乘客认出我妈是网红沪剧演员，这下她得意了，声音愈加嗲。我和黄蓉不堪其扰，逃到最后一排躲清静。

除了白秋白，我们都去过丽江，比较熟悉。华华已经提前预订好民宿，一幢纳西族古宅，名字也美——"三寸光阴"。

民宿的主人原是上海的一位画家，早年来丽江买下这幢古屋，一家三口都移居丽江。他和太太分别开了一辆车来机场接我们。车费事小，接机让人感觉暖心。

一出机场，看到丽江的天空湛蓝如琉璃，空山新雨后般清新。我妈向来重人不重景，开始盘问老张"为啥要住到丽江，是不是赚钱多"之类。老张倒也坦白，早年他在上海事业受挫，患了轻微的抑郁症，在云南旅行时被治愈。

"一开始也下不了决心，要到丽江定居，要拿淮海路上的100多平方米的老房子卖特，小囡读书也要转到云南，老婆要辞职，伤筋动骨到底值得伐？纠结交关辰光，开心最重要，全家搬来丽江。对我来说，应该是对的选择。现在经营民宿，年收入高于原来在上海的收入，小囡今年也考回上海交通大学，没耽误伊。"

"一个人一个活法，自己开心就好。为侬开心。"我妈给老张点赞，这点做人的道理她总算没有忘记。

老张回头笑笑："谢谢，谢谢。乡愁这么子真怪，我现在听听上海话，老亲切个。上海人来住，一律打七折。老了，想念生煎馒头了，有辰光屏勿牢，乘飞机回上海吃生煎。现在小人儿要回上海读书，我和太太也想，是不是到辰光叶落归根了。"

乡愁就像三更归梦，大家都懂，一时也不知道如何安慰才妥帖，好在很快就到了"三寸光阴"。一到这幢纳西古宅，四个老人就明白了为啥这幢房子要用上海淮海路100多平方米才能置换。

这是标准纳西族古宅，"三坊一照壁，四合五天井"。正房和它面对的照壁，加上左右下房，围成一个封闭的四合院，下房两侧增加了两个漏角小天井，故名为四合五天井。古宅占地面积300多平方米。推开木门进入宅院，当中正天井足足有100多平方米，花草繁茂，茶台雅致。抬头见蓝天下高低错落的青瓦屋顶。木房上到处都雕刻着花纹，鎏金老门窗。让我们感动的是，为了迎接我们，老张特地把仪门的对联换了——君自故乡来，应知故乡事。

"谢谢侬，有心了。"

"这是丽江风俗，根据季节和屋里厢发生个事体调仪门的对联，应应景。"

"这房子赞，上海不可能有个。"黄蓉爸爸在房地产业工作了一辈子，他说好必然是好。

"这种房子得出现在八维地图上，提升丽江格调。"沪生对工作是真上心。

老张露出得意之色："整个丽江地区，这么完整的古宅也不多见。我当时一眼爱上，才下了决心搬到这里。这个房子升值很快，可以换回上海淮海路的老房子。不过，我还不舍得卖。"

"有一种办法哦，我瞎讲讲，用XR技术在后院复制淮海路旧居。既可以怀旧，又可以享受丽江的阳光。"沪生满脸兴奋。

"还有这种技术呀，我研究研究，谢谢侬。"

老张的太太招呼大家先把行李放到房间，然后出来喝茶，吃点心。华华和青山把9个大箱子分别送到每个人的房间。我们简单梳洗了一下，迫不及待出来享受阳光和茶。

老张的太太准备的都是当地特色小吃：粑粑、米灌肠、鲜花饼，还有一大锅松茸鸡汤："这个鸡是当地人养个，养足两年了，松茸是今年新货，大家尝尝新。"都说上海人精刮，碰到如此慷慨的上海老乡，倒叫我们难为情了。黄蓉爸爸"压压叫"关照黄蓉，钞票要拔人家，勿要缩。

比起鸡汤，我更欣赏老张泡的茶。他在这里打通了几个普洱茶原产地的购买通道，每年采茶季会去各个产区收茶，云上销售，收入也颇为可观。今天，他泡的是忙麓山的昔归。得知黄蓉也开茶馆，两人投缘，热烈讨论起昔归的特点。

"昔归是女生比较欢喜吃个茶，口感偏苦，回甘快。生津强烈，尾水甜。老茶中的烟味更迷人。"

我爸妈不能领会，感觉有点苦，吃不惯。老张递过来杯盖给每个人闻香："昔归前三泡茶后，有明显的留杯香。这款昔归，花香和蜜香交织，霸气而不失甜蜜。现在正宗的昔归一斤已经要几万元了，很多人开始喝昔归附近的邦东，口感有点像，价格要低不少。"

"为啥叫昔归？"我妈心不在焉地发问，眼睛一直瞄门口。

"昔归，听上去很诗意，昔日归来，实际上在当地就是'搓麻绳的地方'，麻绳寨的意思。"黄蓉代替老张回答。

我看出了我妈的心思，主动提出先带他们去古城走走。黄蓉品茶意犹未尽，白秋白一起留下来喝茶。

宋朝就有的丽江古城，依然慢。游人不多，鲜有机身在其中。华华和青山居然成了围观对象，一个不太识相的中年男子摸了摸华华的手："这小娃不是真人哪。"

我感觉像自己被冒犯了一样，怒火中烧。沪生看出了我的情绪，一巴掌打开了那男子的手："你放尊重点！"不料，那男子是个泼皮，大骂："她不是人，不可以摸？"还好我们人多势众，我妈和黄蓉后妈异口同声地骂了回去："瘪三，人家的东西你可以随便碰吗？几百万的机器人，弄坏你赔得起？"那人悻悻作罢。

我偷瞄了一眼华华，她已经快步走到前面，大约是尴尬，想快点置身事外。我很在意华华，暗恨这里有的人多事，不打算再逛古城。我妈和黄蓉妈妈念叨云南的菌菇种类繁多，提出要逛菜场，这种老太太旅游方式搞得我更心烦。

"我不陪你们了，晚饭我已经定好吃肋排骨火锅，你们就别在外面吃东西了。"

四位老人早有单独行动之意，除了逛菜场，他们对现在流行的开麦赛歌跃跃欲试。

一别两欢。我、沪生、华华和青山回到"三寸光阴"，老张还在和黄蓉、白秋白喝茶。话匣子从刚刚华华惨遭"咸猪手"说起，老张对机身特别感兴趣，问个没完。在他眼里，机身已经很接近人类了，听到我说还不确定机身是否拥有人类思维，他不理解："你们怎么知道机身没有思维？我观察你的机身，她对我们的话都能理解，反应也基本正确。"

这个话题轮不到我回答，白秋白自有神回复。通常，我们不太和别人交流这一类问题，专业性强，说得深了，普通人也听不懂，还可能无意中泄露程序开发机密。不过，老张不仅是同乡，且为人慷慨，白秋白也就没有保留。

他先和青山做了一个对话。

"青山，到丽江旅游觉得怎么样？"

"挺好的，你觉得怎么样？"

"这里和上海有什么不同的地方？"

"这个问题挺难回答的，每个城市都有不同的地方，你说呢？"

"刚才华华被人摸了一下，你怎么看？"

"如果你去询问律师，他不会认为这是一件对的事情。"

···········

然后，白秋白问老张："我和青山这段对话，你觉得怎么样？"

老张想了一想："很好呀，无懈可击。青山很聪明。"

白秋白笑了："人类和机身大多数对话都是这样的模式。人类无法辨认机身是否真的理解自己的提问，他的回答没有明显错误，可以理解为圆滑，这恰恰是问题的所在。机身有庞大到数百亿的关键词联想脚本，一般人类的提问，他们在半秒钟之内就能通过关键词搜索出答案，这种答案多达上百种，他们也许只是随机选择。"

"你的意思是说，青山回答你的问题，都是你们设计好的？"

"也不能说青山不具备人工智能。他也许理解了我的问题，这种理解和人类大致相同。或者他虽然没有真正理解我的提问，但是可以通过'关键词'模拟出合适的回复。这被称为弱人工智能。"

老张和夫人被绕晕了。老张夫人学化工出身，逻辑能力强，她想了想："青山不是已经回答你的问题了吗？怎么叫可能理解你的问题，可能没有理解呢？那我们人和人的对话，不也是这样的吗？你其实没有办法知道对方是否真的理解自己的提问啊，很多也是根据常识来回答的啊。"

"我想想应该怎么解释。"白秋白努力让自己的解答能让大家听懂，"人工智能的难题就是因为人类世界有比较复杂的规则，就是所谓的常识吧。比如A对B说'她走了'，B回答'也好，那个世界更纯洁'，人类一听这样的对白，就明白这里的'走'是'死'的意思。但是，要让机身能清晰理解'走'是'死'，而不

206

是离开此地，并不容易。现在机身似乎可以理解大多数这样的对白，甚至可以听懂地方笑话段子，和一些根据常识可以理解的词汇。比如'Bloody Mary'，机身会明白你指的是一种鸡尾酒。因为除了知识库，我们还设计了庞大的常识库，用关键词匹配。常识库涵盖了至少一个图书馆的藏书内容，以及人类世界各个时期的电影、重大事件、方言隐喻等内容。这也是我们公司最宝贵的财富之一。我现在对华华说一句'有点想听王菲的声音'，她肯定知道我说的'王菲'不是本世纪初的著名歌手，而是我们公司的一个员工王菲，她歌声很好听，每年的员工联谊大会都会上台演唱。华华的资料库里除了通用百科，还有特制的、符合机身主人需要的资料。

"如果不是因为人类世界表达隐喻过于复杂，其实弱人工智能的问题在上世纪就可以解决。机身的智能有自己的长处，你们听说过MYCIN吗？上世纪由斯坦福大学研究小组开发，用于人类血液疾病诊断的辅助医疗系统。MYCIN的成功就是因为它有一系列推理链，而且可以对用户提供的各种信息做出自己的判断。比如用户血液检测是阳性，这里面包含着假阳性可能，MYCIN就会根据用户表现的某种症状做进一步推理和匹配，包括其他检测数据以及病史、基因检测数据。在上世纪，MYCIN诊断结果的准确率就已经和人类专家相当，高于普通医生的水平，但是谁也不能说MYCIN就和人类专家一样，毕竟它没有系统的医学专业领域知识，这就是人工智能日后新的发展分支。"

"你说的让我想起了本世纪20年代类似ChatGPT的那种大型语言模型编写，主要依赖于数据支持发展到现在，机身还停留在那个阶段吗？"张太发问。

"您连那个老古董都知道呀，厉害了。"白秋白认真地朝张太看了一眼。

"毕竟也是理工人嘛，它对搜索引擎的精准度贡献还是巨大的。"张太微笑，扯回话题，"机身应该比那个更高级吧，我记得ChatGPT虽然发展迅猛，一代产品错误很多，尤其是数学。写论文生成的正确参考文献也不高。"

"噢，我们的机身毕竟有细胞组织，比它强大多了，ChatGPT的技术壁垒不高，它的迷惑性在于它有人类输入的庞大语库，推理逻辑基于算法。有时候它也能表现得颇有智慧，比如和它讨论如果找不到工作是否可以先结婚生孩子，它明确地告诉你那样做不合适，结婚和生孩子是重要的人生决策，不应该作为失业的解决办法。不过，如果你反复给它这个话题加入不同的对象语境和个人处境，它的对话就不那么智慧了，不能有人类微妙的思考力。我们的机身思考的程度还不能被完全确认，但对话逻辑肯定更强大，机身可以即时调出谈话对象的背景资料，那些从小到大的成长经历、不同人对其的评价、爱好、阅读书单、人机关系，甚至购物偏好等，机身和人的对话不仅精准，常常还会自己布局……"

"布局，给人挖坑？"张太太好奇心更重了。

"很好玩的。机身很会套话，也算人间老油条。比如：不说自己观点，故意抛出反方向的质疑让你替它说出它想要的答案，又不承担言多必失的风险。不过，机身一般没有坏心眼，如果你愿意对机身开放你的个体信息资料库，它会引导你提升，知道你的词汇量没有到GRE水准，又喜欢英语，会递进式在对话中用不同的高阶词表达一个意义，让你慢慢熟悉GRE词汇，比如赞美你Punctilious。"

白秋白啰里啰唆说了一通，老张还是有点云里雾里，沉默良久。在我们开始聊四个老人去逛菜场的奇葩举动时，他突然严肃地发问："如果我定制一个机身，你对我定制的机身说'我想听王菲的歌声了'，我的机身的回复可能是'那我帮你去找本世纪初歌手王菲的音频'，或者类似的回复，对吧？我的机身知识库里，'王菲'和'声音'被定义为21世纪初著名歌星王菲。这还不算机身有思维吗？"

"当然不能算有人类思维。这样太小看人类的大脑了，要知道人类的大脑大概有1000亿个神经元，每个神经元有数千个连接……它们通过突触连接接收电化学信号，根据接收信号不同，产生不同的输入信号。神经元输入权重不同，有些输入反而会抑制神经元输出。为什么会有这些权重的变化，人类到现在还没有破解。所以，智能机身会自主发展自己的神经元，而非模拟人类。人类自己也没有搞清楚的运行原理，没有办法让机器去模拟。有些问题，人类自己没有办法给出一个令所有人都满意的答案，机身自然也不会有固定的答案。对于意识问题，人类自己也回答不了几个问题：为什么神经过程能够产生意识体验？为什么这种神经过程产生这种体验？"大约怕自己说得太枯燥，白秋白顿了顿，继续说道，"电车难题的实验你们应该都听说过，一辆电车失去控制，冲向前方5个无法逃离的人。这时，轨道旁边有一个操纵杆，如果拉动这个操纵杆，电车可以转向另外一个轨道，那里只有1个人，也无法躲开。显而易见，转轨，你杀1个人，救5个人。在无人驾驶汽车开发初期，这个难题就多次被提出，人们想知道机身应该如何做出正确的选择，但问题是怎么选择才是对的呢？"

白秋白停了下来。

我对这个所谓的电车难题已经麻木了，公司曾讨论过很多次，没一次有结果。

老张饶有兴致："实在没办法，总归是死1个人好过死5个人咯。"老张太太也表示赞同这个回答。

白秋白说："你们的选择被称为结果主义，就是根据这个行为的结果来考量其道德。但是，如果那5个人是罪犯，而那1个人是怀孕的母亲呢？还这样选择吗？再说，那1个人为什么要白白替另外5个人送死？你做出的道德选择，他凭什么接受？其他5个人说不定也不能接受，他们可能会说'应该死的人是我们，为什么要让别人替我们受过'，这种假设和争论无休无止，没有完美答案。所以，机身更加不可能有什么完美选择。"

"机身开车，碰到这种情况怎么处理？"老张问。

"这种事情，机身碰到，就是既定的选择，该怎样就怎样，机身没有权力决定哪个人应该死，哪个人应该活。"

"倒也是，啥人碰着啥事体就自己吃进。"老张和太太都表示接受这种不给自己选择的选择。

"现实比较复杂。2017年，德国联邦政府对汽车道德决策提出了一些建议：在危险情况下，必须始终优先考虑拯救人类的生命，而不是防止财产损失；如果发生事故不可避免，在决定如何行动时，不允许考虑任何一个人的生理特征、年龄、性别……不过，如果真的机身在一个儿童和一名年迈的且即将过世的病人之间选择让前者死，会有怎样的舆论讨伐，应该可以想到。"白秋白长叹一声。

聊得正起劲，老菠萝来云，黄教授的机身参与实验方案的要求非常高，造价高昂。合作方式可以是"研究成果互享"，也就是机身参与的所有实验结果，我们公司都有相应比例的权益。我接到指示，立即让华华和黄教授商议。

话题被老张扯到明天的香格里拉之行。老张建议我们不要住在香格里拉："自从独克宗古城被烧以后，那里有点失真。去雨崩村，普达措可以不去，雨崩村的景色超过普达措。建议去虎跳峡、松赞林寺，晚上住藏民家。"这个安排，正合我和黄蓉的心意，普达措对于要走入中国最美村庄雨崩村的我们来说，有点不上不下。虎跳峡的自然景观颇有特色，松赞林寺号称云南的小布达拉宫，单冲着这个名头也值得一看。

"我们也这样打算，不知道四位老人的想法了。普达措里面景点多，他们可以换装拍照，一会儿问问他们的意思。"

"搞不懂，这种到景点拍照发云的爱好难道不是世纪初那批老人的爱好吗？怎么现在还流行呢？"黄蓉微嗔。

"这和什么时代没有关系，年轻人都会变老，老人的品位都趋同。牙齿不好了，就喜欢吃软的食物；人老珠黄、鸡皮鹤发，喜欢用美颜拍照，留一点念想给自己；和时代脱节了，怕自己在孩子面前没有发言权，会'作天作地'，努力证明自己还有用。我们现在渐渐老了，特别能体会老人的心态。"老张太太干活儿手脚麻利，说话倒是苏州人的温婉。

茶泡淡了，老张夫妇也要午休了，我们去找四位正在"演唱家"狂嗨的老人。

"演唱家"是丽江正火的一种娱乐方式，真人和机身PK唱歌，以现场观众和网络观众给的点赞数来决定谁是本场演唱家。如果现场参与的客人赢了机身，饮料费对折，对学生和老人来说颇有吸引力。

丽江古城少有机身，能在这种地方见到机身，还能和他同台PK，很多人都有兴趣。我们到时，我妈正在唱小曲："偏偏这碎银几两，能解世间慌张，纵然六亲不认，又何妨万孔千疮，人生何其短，愿你我尽其欢……"

这首歌本来有点调侃和玩世不恭，老太太唱出来却偏偏充满了对生活的热爱，台下掌声一片。见老妈获得那么多的赞，机身也不甘示弱，唱起了北京小曲《探清水河》。机身换了一身蓝色大褂，手里拿了把扇子，吟唱——"桃叶儿尖上尖，柳叶儿就遮满了天，在其位的这个明啊公，细听我来言哪……"台下点赞数疯狂上涨。黄蓉爸爸也不甘示弱，跃跃欲试，一首《火红的萨日朗》打了回去。就这么来回声搏，我们好容易才把兴头上的老人拉回"三寸光阴"。

我们陪老人唱歌时，沪生一个人逛丽江古城，寻找制作八维地图的灵感，他似乎没什么收获。回到"三寸光阴"，他有点失望道："我对照丽江名胜古迹地图在古城里走了一圈，感觉隔靴搔痒，这样做不出有灵魂的地图。"

"就你们考古上海的那股劲儿，不是丽江当地人怎么可能做得到。"黄蓉安慰沪生。

"有啥需要我来帮侬问问当地人。"午睡后的老张，精神抖擞，巴不得能参与进来。

沪生揉揉眼睛："肯定要招聘当地人协作，我有个灵感，你们帮我想想。丽江和上海的历史不同，除了木府，建筑的故事性不强。我想在八维地图里重点突出美食，我们现在有了香味模拟技术，丽江的美食很多，比如黄油煎松茸很诱人……"

"你们地图的技术那么厉害，那我的茶在里面也可以有香味？"老张咂咂嘴。

"茶的香味过于细腻，技术还达不到，不过我们已经可以很好地模拟菌香了。普通人不会因为古建来一个城市，却会因为美食动心。成都旅游文化局曾经邀请我们制作八维地图，打开成都地图，可以闻到满城的串串香，一个成都的同事说那真是能唤醒喜悦、唤醒回忆，恨不得马上飞回成都……"沪生说着说着，自己兴奋起来了。

"居然有人对地图里的古建不感兴趣？"我不能相信。

"是，我们一百来个人费心费力用XR技术制作了咸阳宫、永宁寺、未央宫、圆明园，除了圆明园，其他地方几乎没什么人打开看……甚至不如建水火。"

"啥情况？建水？"

"大家喜欢自然，感受建水古老的火车在乡野中行驶，车厢里的乘客也许还携带了一只鸡，你甚至可以听到鸡叫。大家还喜欢陕州的地坑院、安徽黄山的碧山书局、腾冲的和顺古镇老宅等。和顺有一处古宅庭院里有两株蜡梅，梅香脱俗，每天都有上万人打开地图去看古宅、闻梅香……"

"丽江、大理毕竟宋朝就存在了，还是有东西可以挖，比如贝币。这里从商朝就开始使用贝币，需要的话，我帮侬寻资料……"丽江是第二故乡，老张义不容辞。

"谢谢爷叔。讲到历史，差点忘记了，有一个点可以挖，徐霞客最后一个旅行地就是丽江。"沪生想到了什么，两眼一亮。

"这个倒勿晓得，听侬讲讲。"老张也来了劲。

"1638年，徐霞客为探索长江的源头到了丽江。当时的丽江还不允许外人进入，木氏土司却以最高礼节接待了徐霞客，因为他爱慕中原文化，而徐霞客游历天下、饱读诗书、诗文俱佳，不仅是地理学家，还是大文学家。土司赠送给徐霞客很多黄金和白银，却拒绝让他继续西行探索长江源头。徐霞客因此止步丽江，靠着他北历三秦、南极五岭、西出石门金沙的地理学识推断出长江的源头和黄河一样在昆仑山脉。虽然之前章潢在《图书编》中也指出过岷江并非长江正源，金沙江才是长江正源。不过，毕竟没有徐霞客的论述有影响力。300多年后，1978年，中国政府派出考察队才确认长江的正源是唐古拉山的主峰格拉丹冬的沱沱河……"

"这么说来，木氏土司耽误了徐霞客。"

"他不同意徐霞客继续考察，也因为徐霞客当时的身体已经很孱弱，木氏土司还派人护送徐霞客回江阴老家。你看，丽江的木府传奇，土司和中原文人的友情，中国近代地理学先驱徐霞客梦碎丽江，这个主线不错吧。"

"赞，赞，期待。"我们鼓掌……丽江古宅里，一夜欢声笑语。

永远的香格里拉

天刚蒙蒙亮，简单吃了点豆浆和大饼，我们告别了老张夫妇。包车司机索朗已经等在古城城门。大约唱歌太消耗体力和感情，四位老人一路有点疲惫，就连路过长江第一湾时，雄伟的气势也没有唤醒我妈拍照的热情。海拔逐渐增高，老人有点高原反应，半躺着闭目养神。也好，我们年轻人有了安静的空间，静静欣赏窗外的景色。

"你还记得《消失地平线》里的细节吗？"黄蓉问。还没有等我回答，她自问自答："我最难忘的是作者形容香格里拉的蓝，铁蓝、瓷蓝、湛蓝……在这里才发现，蓝也可以有那么多层次，都那么美。"

我没有作声，时间太久了，已经记不清书的内容了。窗外的洋塘曲真是迷人。洋塘曲，藏语中的意思为"开满鲜花的河畔"，在湛蓝或者说是瓷蓝色的天空下，杜鹃花、狼毒花、格桑花和各种各样不知名的野花尽情绽放着，河水清澈蜿蜒，清新动人。有一块区域满是紫色的野花，正巧有乌云飘过，天蓝的天空变成莫兰迪色，紫色的花和优雅的莫兰迪色相遇，碰撞出油画一般的色调，我有点看呆了。

按照黄蓉的说法，进寺庙朝拜有规矩，最好在中午12点以前。我们第一站到松赞林寺。松赞林寺又称作归化寺，始建于公元1679年，被誉为"小布达拉宫"。我们到达松赞林寺的脚下，直观感受主体建筑的宏伟，石阶层层递进，主殿仿佛矗立在云间一般。

四位老人有点发怵，恰巧旁边有80多岁的藏族老人一步一磕头地沿石阶而上，我妈被感动了："喔唷，不容易，不容易，人家能这样拜上去，阿拉也没问题。"

青山和华华负责扶着我爸和黄蓉妈妈，我和黄蓉护着我妈和黄爸。沪生太胖，气喘吁吁地落在最后。约莫花了半小时，我们到了寺庙的主殿堂，空气中有一种说不上来的香味。"那是用中药制作的藏香。"黄蓉说。不同于上海的文化特质让我的心腾地肃穆起来。黄蓉告诉我们，这里叫"扎仓"，藏语的意思为僧院，是僧众学习的场所。我们鱼贯而入。大殿里没有电灯，点着蜡烛，僧人们席地而坐吟诵着藏语经文。

沪生悄悄对我说："这种诵经声，有没有让你想起仓央嘉措的诗。'那一天，闭目在经殿香雾中，蓦然听见，你诵经中的真言；那一月，我摇动所有的经筒，不为超度，只为触摸你的指尖；那一年，磕长头匍匐在山路，不为觐见，只为贴着你的温暖；那一世，转山转水转佛塔啊，不为修来生，只为途中与你相见……'"我从没有听到过如此温暖深情的诗，心重重跳了一下。不过，我没有回答他，低着头顺时针走了一圈。黄蓉一再叮嘱我们："要许愿，这里许愿很灵验。"

从松赞林寺赶往虎跳峡，要两个多小时，没有时间吃中饭，大家在车上吃了点面包和自热小火锅。去虎跳峡的路上，四位老人满血复活，话多了起来，叽叽喳喳议论起沿途藏民的村庄。

索朗告诉我们，现在藏族的村庄都由政府免费修缮，户均居住面积约400平方米，还免费配置了家电和太阳能。有三分之一的藏民开设了民宿，生活相当安逸，这让我们羡慕不已。索朗告诉我们，这里的民宿常年被外国人包租，我们这样的散客反而比较少，只有相熟的客人他们才接待。

黄蓉有点惊讶："那些老外都不上班吗？常年住在这里？"

"他们有事做。有一些老外是建筑师，在这里搞村庄艺术，每个村子都被设计成不同的样子，也不向村里收钱。有些老外给这里的孩子教外语，我家小孩的口语现在就很棒。还有的老外在县城里开汉堡包店。从茨中一直到梅里雪山界线区都有外国人常年包租村民的房子。"这里的藏族汉子，身材高大，皮肤黝黑，说话诚实爽直，很是可爱。

"什么是梅里雪山界线？"我追问。

"2065年起，政府规定梅里雪山附近的雨崩和明永村都不允许外国人常年居住。"

2065年，因为气候异常，洪水暴发，科学家在梅里雪山发现罕见的远古微生物……我正想说什么，索朗指着不远处的大峡谷："虎跳峡快到了。"

虎跳峡位于金沙江上游，地壳运动使峡谷垂直落差达3900多米，被认为是世界上最深的峡谷之一。江水从青藏高原缓缓流下，途经香格里拉，半途遇上玉龙和哈巴两座大山，江水不服，和大山搏击，瑟瑟水流变得汹涌奔腾，造就了雄浑的虎跳峡。

我们去的是上虎跳峡，两岸景色险峻高耸，江面最窄处只有几米，一块13米的大巨石，也就是虎跳石稳站江心。凶猛的江水不断扑打着虎跳石，声震八方。景色过于奇峻，两位老妈颤颤巍巍地站在石头上，匆匆拍了一张照就马上要下来。石路小且滑，两个妈妈吓得哇哇叫，只好让青山和华华先送她们回到车上。

我们和黄蓉爸爸很喜欢这里的险要和声势，站在江心，欣赏上海黄浦已没有的江怒，感慨大自然之手的神奇。水看上去利万物而不争，其实颇有个性，在峡谷里左右冲撞，奔流不息，怒吼不止，像个血气方刚的毛头小伙，山也无可奈何。我竟然想到了韩愈骂鳄鱼的气势。看来水还是占理，山无奈让出一条路，水尚且自强不息，何况人？

回到车上，两位老妈的高原反应加重了，头晕、耳鸣，直说"耳朵被震得嗡嗡嗡"，不愿意再去中虎跳峡和下虎跳峡，喃喃道："都是差不多的景色，看一个就可以了。"千大万大老妈最大，我们只能中止旅行，赶往香格里拉中甸草原上的藏民家中。

藏民扎西的家在草原中部，一面临湖，一面是自己家种植的青稞地。知道我们快到了，全家早早等在门口。扎西家里人口多，除了父母同住，还有4个孩子，400多平方米的房子也不显空旷，院子里满满当当，晒着松茸、玉米，养了藏香猪，一些羊羔和鸡。

我们被请进客厅，客厅100多平方米，墙面全部用木头做护墙板，顶上绘制了精美的壁画。黄蓉爸爸对木头有研究："全部是用楠木做的护墙板，值钱的。"

我喜欢客厅和厨房当中的纯铜火塘，上海一般人家里没有真火壁炉，见到明火倒是稀奇。让黄蓉赞不绝口的是隔壁的经堂，佛龛和佛像上都贴了纯金箔，金碧辉煌。房间非常简单，只有床，甚至没有云屏。

"我们藏民喜欢大家一起在客厅和厨房待着，只有睡觉的时候才回到各自的房间。"扎西身高一米八五，眼睛大如铜铃，说话掷地有声，普通话非常标准。

听说两位老人有点头晕，扎西的夫人卓玛给我们每个人都泡了一杯红景天，还送上糌粑、自酿酸奶以及酥油茶。怕我们吃不惯，又油炸了干松茸片给我们，那份体贴让远道而来的我们心暖暖的。

扎西说，今天村里一共有两拨临时租借民宿的客人，约好晚上一起来扎西家吃饭，点篝火，跳锅庄舞。一听有篝火晚会，还有跳舞，黄蓉爸爸比我们还兴奋，提出要先休息一下，以保证晚上跳舞时有体力。四位老人先行回到房间休息，我们帮卓玛一起准备晚上的菜肴。在藏民家做女主人很辛苦，30多人的饭菜几乎都要卓玛一个人来准备。这太出乎我们的意料了。"男人不下厨房，这里风俗就这样，50个人来吃饭，也是我来准备，最多请村里的姐妹来帮忙。"卓玛不善言辞，说话声音很轻很细。

我不会烧菜，黄蓉带着青山和华华帮衬。华华剁肉是一把好手，青山负责做杂活儿，黄蓉洗菜，卓玛忙着灌血肠，包藏式包子。所有食材几乎都是本村人种植和养殖的，做的几乎都是荤菜，牛肉、羊肉、石锅鸡、藏式血肠，素菜只有土豆和各种菌菇。华华和青山干活儿利索，卓玛一直在称赞他们。看得出，她很想定制一个这样的机身："机器人可以帮助我干农活儿，父母年纪大了，我要带孩子还要做农活儿、做家务，太忙了。如果不贵的话，可以让扎西决定一下。"白秋白按照卓玛的要求估算了一下，一个会做农活儿、做家务、带孩子、教孩子功课的机身："大约50万就可以定制了。"

"50万，也不是一笔小钱，我要问问扎西呢。"卓玛满脸希望落空似的，小声嘟囔着。

我和沪生走到湖区看夕阳。香格里拉的五彩霞光染红了层层山峦，光束时不时地从云层里跑出来，把湖水和草甸熏染成金色。我情不自禁说道："半岸青山半夕阳，沪生，你说夕阳怎么比朝阳还美呢？"

"为了完美地留在你们的记忆里。朝阳淡淡宿云轻，夕阳知道一别可能就是永远，霞光初染，血色芳华，刻在你心里……"

"哈，也许意义并非如此，只是轮回，在地球另一些地方，它是初升的太阳。"

"理智！人总是喜欢赋予事物意义，也许仅仅就是这样。"

太阳一落下，香格里拉就有点冷。卓玛让华华来叫我们回去加衣服，以免感冒。

等我加好衣服，青山和华华已经点燃篝火，摆好餐桌，牦牛火锅、石锅鸡、藏式血肠、酸奶、糌粑、奶酪、酥油茶等在色彩艳丽的藏式桌布上显得琳琅满目。不得不说，藏菜比较油，贪吃了两根血肠，就已饱了。四位老人吃得不多，围着篝火跳锅庄舞，手拉手，左踢腿，右踢腿，在火光的照耀下他们容光焕发。"感觉又年轻了一次！"黄爸好像醉了，大叫一声，不请自唱，气氛达到了高潮。跳累了，回到餐桌吃几口，吃好再去跳。几十个人围着篝火载歌载舞，繁星闪烁，月亮又大又远……跳着，跳着，我在哪里？现实在哪里？都不重要，重要的是当下这份满满的快乐。

会带来好运的日照金山

"乐极生悲"这句话总有点道理。

第二天凌晨4点，我们本该出发去梅里雪山，除了我爸，其他三位老人都说头晕，爬不起来。黄爸一米八的个头，像个小孩一样把身体弓起来，缩在床上，哼哼唧唧，沪生也嚷着"头晕、胸闷，起不来"。这几位完全没有昨天晚上草原歌手的气概了。

我和黄蓉一筹莫展。

"再过半小时就要出发了，扎西的车已经在等我们。这里的住宿我们只预订了1天。"我有点焦虑。

"我也走不了，头痛，我要回上海。"我妈，我们家的太后用一样虚弱的语气强硬地表达了意见。

卓玛听到动静，赶了过来："他们是不是高反？昨天晚上是不是洗澡了？我忘记和你们说，刚刚到高原不要洗澡。"

果然，除了我爸，其余三位老人都洗澡了。

卓玛送来了本地的一种植物熬制的汤，说可以缓解高反。青山和华华负责给三位老人整理行李。

难道旅行就这样结束了?！

看出了我的无奈，扎西安慰我："再等等，实在不行，老人留在这里，我送你们去雨崩村。"

话虽这么说，老人留在这里，总不放心。我见我妈喝了汤后，气色有所缓解，循循善诱："你们不去就让扎西先送你们回香格里拉，改签机票回上海。可惜，这辈子都见不到日照金山了，人家说见到会有好运。你那两大箱衣服算白带出来了。"

我妈沉默了半晌，像是下了很大的决心："最后试试，我们躺在车上，车子开到飞来寺，如果受不了就再拉回香格里拉。"黄爸和黄妈也同意，我爸自然无话，他永远没有话语权。

卓玛依依不舍地和我们道别，拉着青山和华华总也不放手，他们昨天包揽了洗碗、清扫院子等所有的杂活儿，才使卓玛第一次有时间可以和大家一起跳舞。她猛然想到什么，回房间拿了两套藏族衣服："你们穿着肯定好看，下次再来玩。"

华华被触动了似的，一路都有点小悲伤。"这是旅行的副产品，不得不和美好告别。"黄蓉用自己的方式安慰道。

随着路况改善，香格里拉到飞来寺只需要3个多小时，3位老人躺在后排，沪生也一脸萎靡不振。我一直在纠结，如果老人身体

222

吃不消，让他们自己回上海也不妥，是不是我们也要打道回府。

海拔越来越高，老人的高反丝毫没有减轻，他们平躺着吸氧，车里的氧气罐像救命稻草一样。为了早点赶到飞来寺，扎西车子开得飞快。约凌晨6点，我们抵达飞来寺，眼前13座雪山一字排开，初阳在瞬间把13座山峰染成金色，6740米的主峰卡瓦格博通体金黄，雪山上空还有一轮圆月没有退下，天地有大美，没有人不为日照金山和日月同辉的壮美而震撼。

扎西一直在说："你们太幸运了，有人在这里等1个月也看不到日照金山。"

日照金山大约持续了20分钟，我们就这么静静地站着，贪婪地看，生怕下一秒金色的山峰就消失了。只有沪生疯狂地从各个角度拍照、拍视频，给八维地图作素材。

老人们决定再试试："先去白转经塔，如果不行，就回香格里拉。"进雨崩村之前，按照传统，得先去白转经塔。据说，庙内有一尊从汉地飞来的水晶白塔。人们绕水晶塔转经，每转一圈就增寿一岁，转百圈，长命百岁。更神奇的说法是，水晶塔下有进入卡瓦格博宫殿的钥匙。老人就是因为这个传说才要去白转经塔，长寿永远有吸引力。

青山、华华和白秋白搀扶着老人，一点一点朝白转经塔挪步。

白转经塔在悬崖上的一块巴掌大的岩石上，传说中的水晶塔肉眼可见是由石膏水浇的"笋塔"，笋塔两侧各有一个佛殿和转经筒房，绕一圈不过几分钟。

"这石膏塔就是水晶塔吗？"我和沪生掩饰不住失望。黄蓉阻止了我们继续发表不合时宜的言论："心意到就会灵验。以前的塔被毁了，这是后来重修的。""好吧，我只有一个简单的愿望——能顺利完成这次行程。"如果能这样，已经是奇迹了，不是吗？看着颤颤巍巍的老人们，我已经做好了回上海的准备。

从白转经塔下来，四位老人突然来了精神，尤其是黄爸，走得比我还快。我有点不敢相信，一路和他们确认："你们到底行吗？头晕吗？胸闷吗？不要到了雨崩村又说不行。"

"可以，现在好多了，头不晕，胸也不闷，倒是奇怪。"

"稍微有点想吐，可以忍住。"几位老人里高反最严重的黄妈也表态。

"现在雨崩村已经通车，那我们再进一步，不行就随时返回香格里拉。"黄蓉做了定夺。

我的外公外婆曾经来过雨崩村，根据他们的VLOG，雨崩村在2018年之前还没有通车，进雨崩村必须徒步，进村徒步20公里，其中上坡12公里，下坡6公里，需要翻越3700多米的垭口，单程要6～8小时。徒步进村，如果下午还没有翻越垭口，日夜温差大，可能会冻死人。所以，进村和出村都要赶在中午翻越垭口。"云南有很多大美之地，雨崩村位于梅里雪山脚下，因为恶劣的环境和隐蔽的地理位置，较好地保持了原始生态。雨崩村的美无法用语言来形容……"我的外婆曾经如此形容雨崩村，这也使我们对雨崩村之行抱以期待。

开车进村很快，不过个把小时，我们已经到达雪山下位于峡谷间的雨崩村。纯白的雪山缅茨姆峰就在眼前，奔腾的雪水从村间穿过，草地如同一颗颗巨大的祖母绿，马儿在上面悠闲地吃草。山溪潺潺，碧蓝色湖泊干净透底，赛过世间任何一块玻璃种翡翠。山间散落着一座座蓝顶的木头房子，宛如童话中的世界……

"好看的，好看的。"几位老人兴奋地拿出云拍摄。这是唯一的一次，他们对美食失去了兴趣，即使是当地的藏香猪和松茸鸡汤也没有吸引他们，他们骑着骡子去各处不停地拍摄。我有点累，坐在当地藏民家客栈二楼的大晒台上，和黄蓉泡了一壶老张夫妇临别前给的冰岛普洱茶，望着眼前的雪山、峡谷，想这样一直安静地坐着。

客栈的主人阿那主是当地村主任，热情好客，擅长聊天。他告诉我们梅里雪山是他们藏民心中的神山。

"我们进村的路上看到一大片被砍倒的树林，这里允许砍伐树木吗？"黄蓉小心翼翼地问。

"哦，那不是人砍的，我们不允许砍树。那是很早以前，上世纪1996年，中日联合登山队登梅里雪山，登山失败，神山发了火，发生大雪崩，100多年的树都被折断了。自那以后，政府明令禁止攀登梅里雪山。"阿那主对这段历史说得很简单。

其实，来之前，我和黄蓉都看过1996年参与登山遗体搜救的小林尚礼写的《梅里雪山：寻找十七位友人》，对这段历史略知一二，没想到路上看到的那些被折断的树林居然是雪崩造成的。

"现在我们这里已经很多年没有发生过大雪崩了。"阿那主憨厚地笑着补充道。

"雪山被人攀登后'发火'，不是阿尼卡瓦格博独有。日本登山队第一次冲击海拔8000米的玛纳斯鲁，登山队开始攀登后，山下的萨玛贡村就不断有人生病和发生事故，后来登山队不得不放弃登山计划。可能天下的神山都不喜欢被攀登吧。"沪生学着当地人称梅里雪山为阿尼卡瓦格博，阿尼是爷爷的意思。

"人类的思维有时候是很可笑的，除去科学考察的必要性，有的人认为登到山顶就代表征服自然，这样的征服有什么必要？何况也不是什么征服，因为最多在上面待1个小时，否则会被冻死。这是一种征服？还有的人觉得登山是一种热爱雪山的表现，那就更不能理解了，你如果爱一个人，就要爬到他的头上？"我认真地表述自己的困惑。

阿那主笑笑。过了一会儿，他说："我听我爷爷说，村里当初因为是否要修路通车讨论了好几年，大家都知道通车可以让村里的旅游业更发达，增加收入，可村民还是不愿意。后来，考虑到年迈的村民通车后外出看病方便，小孩要出村读书，才通车。我们世世代代居住在这里，有自己的使命感，要保护好这里的生态环境。最早，我们这里很穷，日本人来登山时，他们发现睡铺上都是跳蚤，没有任何现代设备。现在村里人都富裕了，外面有的现代设备我们都有，但富裕不能改变我们的心，违背藏族人的习俗和文化的行为，我们不接受。"

"现在村民收入还是靠客栈吗？"我关心地问。

"客栈收入是一部分，村民挖山药、菌菇、虫草，做导游，收入还是不错的。神山不会亏待自己的孩子。我们现在考虑的不是赚钱，而是怎么更科学地保护生态环境。"阿那主是个年轻的村主任，看得出，他很有责任感。

"我们这里客栈不提供空调，只有电热毯，一些游客不习惯。"阿那主说，"我们坚持这一点，自从全球天气变暖，我们这一带藏民就自觉地减少用电。旅游区每天都有很多人乱扔垃圾，村民自发当志愿者去捡垃圾。这些时间如果用来做农活儿，也可以增加不少收入，但是他们自愿捡垃圾，大家心都往一处想，要保护好这里的一草一木。"

那天，我们聊了很久很久，冰岛普洱都泡到没有甜度了。傍晚，青山和华华才带回精疲力尽的老人们。因为太累，他们匆匆喝了几碗鸡汤就早早睡了。

他们错过了满天的繁星。我第一次看到深蓝色的夜空中竟然有那么多星星，在上海，难得见几颗星星。辽阔的星空深深打动了我，星星们真的会"眨眼睛"，一闪一闪，比钻石多了一份俏皮；星空下的雪山，没有那么白，比美多了一份神秘。

"星空下的雪山有点紫色，该怎么形容？"

"这是'凝夜紫'。"青山突然开口，"凝夜紫的典故出自李贺的《雁门太守行》，里面有一句'塞上燕脂凝夜紫'，似乎就是这种紫色。还有一种齐紫色，我比较过，色度要淡两号。最淡的是'三公子'，出自唐代'三品以上服紫'，也叫三公服紫，色号会更淡一号。我这样说，你赞同吗？"

说罢，青山回头看着黄蓉。

黄蓉赞许地点点头，旁边的扎西和阿那主都听呆了。一路上，青山和华华基本默默无语，此刻青山一语惊人。

扎西清了清嗓子："他们是机器人吗？怎么那么聪明啊？"

黄蓉得意地看了我一眼："因为我聪明啊，你看华华就不会这些，嘿嘿。"

大家哈哈大笑。华华一点不生气："太美了。"

"你能感受它们的美吗？"

"我和青山都觉得这才是人间天上，它们离我那么近，我想为你摘颗星星，就那颗荔枝红的星星吧。"华华极自然地说道。

我感动地抱抱华华："你太sweet了！"

白秋白扑哧笑了出来："华华，你太浪漫了。我们宇宙有138亿年的历史，只有在138亿年之内能把星光传到地球的星星，才能在我们头顶上闪烁。它们离我们很远很远，你摘不到的。"

"138亿年！"对天体学一无所知的我惊叹道。

"为什么华华说要给你摘颗红色的星星？美国天文学家哈勃在1929年观测星空时发现，遥远的星光是红色的。这说明光传播空间越大，里面的一切不但会被拉长，颜色也会变化。长波就是红色。我们看到的星星越远，星光的颜色就越像红色。因为它们正在离我们远去，以每小时70亿千米的速度离开我们。你的手伸向星星的时候，星星早就远去了，以你我无法感受到的光速。"白秋白真是一个理工科出身的典型代表。

"那我们更要多看看，多美的星光，多奇妙的缘分。"

直到凌晨2点，困得实在睁不开眼睛了，我们才依依不舍告别繁星。

第二天要去神瀑。在当地的传说中，绕神瀑转圈会得到好运。黄蓉和老人们坚持要去，这是自然，他们总是迷信这些。

我已经为雪山着迷，其余皆不放在心上，听说"从雨崩下村出发，骑着骡子沿山谷一直往上走就到了神瀑，一路都是原始森林，还有一条清泉流过"，也就答应一起去。

事实上，骡子只能骑一段路，后面还有几公里的路需要徒步，路异常陡峭，脚下都是碎石，非常难走。青山和华华轮流背四位老人，我和黄蓉也是气喘吁吁。我好几次都想放弃，黄蓉不肯。沪生则赖在路上的游客补给站，一头趴在地上，怎么也不肯动弹了。

华华见状撇撇嘴，背着他嚼舌根："虚胖，一身的力气没派上过用场。"

"妈，华华现在和你越来越像了，促掐（沪语：形容刁钻）。"不知怎么，我有点不满。

大家继续前行。路越来越难走，到我们体力极限的时候，神瀑悠然地出现了——银白色珠帘飞流直下。大家话不多说，一起冲进瀑布里，四位老人开心得像回到了童年。黄爸和我爸绕了足足9圈，全身湿透，我妈还学当地人接了满满两大桶神瀑的水。唯一遗憾的是，青山和华华不适合淋水，只能在旁边看着我们。我还有点担心浑身湿透会不会感冒，也属多余，雪山地区的阳光炽热，半小时不到，衣服已经基本干了。

回去的路上，我问扎西："整个藏区有很多的雪山，被尊为神山的不过只有几座，我一直很好奇你们藏人如何来判断一座雪山是

229

否有神性。"

扎西想了想："不知道，就是知道，有感应吧。"

我妈怪我多嘴："自己的小囡，隔门走路也晓得是自己的小囡，人有感觉的呀，多问脱个。"

按照原计划，第二天我们要徒步穿越尼龙大峡谷，出雨崩村。可惜，傍晚就变天了，天阴得像块抹布，接着就开始落瓢泼大雨。

"天气预报说明天还是大雨，看来徒步的计划泡汤了。"黄蓉有点烦躁。

一下雨，高原就变得很冷，我们困在阿那主厨房的火塘旁。

"要么在这里多住几天等天晴，要么明天坐车出村。雨太大的话，开车也有危险。尼龙大峡谷肯定不能走，每年都有冒雨徒步大峡谷摔死的游客，太危险了。"扎西和村主任都劝我们。

看来只好顺应天意了，我忍不住叹息："唉，太可惜了，好不容易来一次，只看到一晚的星空，还好今天去了神瀑。"

"以后再来。旅游就是这样，计划赶不上变化。尤其在高原雪山，有人很执着地要看日照金山，等一个月也看不到，天天下雨。有的人第一次到飞来寺就看到了，不能强求。"阿那主一边往火塘加柴火，一边宽慰道。

讨论宇宙的秘密

凌晨，我们被外面的雨声惊醒。雨越下越大，天色墨黑，风鬼哭狼嚎一般吓人。

"好冷!"不得已,我和黄蓉只能起床,到阿那主厨房里的火塘旁取暖。进去一看,四位老人和白秋白都已经围在火塘旁。"冻了一夜,冷得实在吃不消,只好老早爬起来。"黄爸摇头道。都市人已经习惯空调,受不了热也抗不了寒。

6点不到,勤劳的女主人烧好早饭,有酥油茶、糌粑和牛肉馅饼。看着这样糟糕的天气,已经完全没有徒步的想法,只担心是否能开车出村。女主人对这样的天气见怪不怪:"这里的天说不准,十里一个天,说不定你们出发的时候已经出太阳了,不急。"

黄妈感慨道:"在这里生活不容易,到了腊月,还不知道有多冷,当地人还是得过日子。"

"是呀,雪大的时候,积雪能到腰这里,不能开车,出村只能靠走。一点点把雪刨开,大人也就算了,孩子上学4点就要出门,足足要走4个小时山路。"女主人的口气听上去不像是抱怨,倒像是自豪。

"不容易,是要崇拜神山,不可控的自然因素太多,城里的人不可想象。"

扎西不怕冷,睡得香。等他起床,雨小了一些。我们欢欣雀跃,拉着行李,急不可待地上车。临上车前,我、沪生、黄蓉和白秋白不约而同朝缅茨姆峰深深鞠了一躬——在一去不回头的时光里,感谢她给了我们一段美好的记忆,虽然只有1天。那么美,1天也足够了。

路上,我们热烈追忆着雪山和星空之美。我爸说:"我半夜里爬起来看了一眼，正好有流星雨，真的是太漂亮了，就是实在太冷，披着被子还冷，只好回去继续睡觉。"

黄爸黄妈听后，表示错过看星空有些遗憾。不过，这种被浩瀚宇宙所折服的气氛马上被我妈打破了："有啥可惜，年轻时爬黄山的辰光看过，星星嘛，都差不多的。"

"怎么差不多？这里是高原，会感觉离星星很近，有手可摘星辰的感觉。再说了，黄山看星星没有雪山。"我真服我妈，她是那种气氛杀手，人家为电影里的男女主人公感动落泪，她会递来一张餐巾纸，再来句"都是假的"，活生生把你拉回现实，还让你为自己的多愁善感而惭愧。

"雪山嘛，自己想象。哪能？事体错过了就错过了，后悔有啥用场？"我妈白了我一眼，有气无力道。

车颠簸得厉害，毕竟刚刚下过大雨，扎西开得很小心，还时不时要停下来检查前方有没有泥石流。他担忧地说道："我看你们别去明永冰川了，直接送你们去茨中的民宿，这几天会一直有雨，冰川那里更冷。"

老人都赞同。我们几个年轻人掩饰不住心中的失望，交换了一个眼神，我说："可以先送老人去茨中。我们还是想去明永冰川，那里对我和白秋白来说有特别的意义，无论怎样都要去看一眼。"

"我能问下有啥意义吗？下雨天，冰川可能还不如图片上的好看。"扎西有些疑惑。

"上海有很多像青山和华华一样的智能机身，他们能代替人做很多事情。但是，你知道70多年前的机器人是什么样的吗？"

没有等到扎西回答，我自顾自又说道："那时，波士顿一款动力Altas会后空翻的机器人已经惊为天人，智能水平最多可以扫地，还经常因为传感器失灵而罢工。而现在，这几天你也看到了，青山才'出生'1个多月，就已经可以告诉你星空是凝夜紫。这和冰川有很大的关系。"

"和冰川有关？"扎西一脸不相信的表情。

于是，我简单说了一下机身智能发展和冰川发现的远古生物有关。这事我知道的也不多，但这个理由足以让扎西愿意费力送我们去明永冰川。他答应先送我们四个人去明永冰川，再送几位老人去茨中民宿。由他的同乡达瓦在明永接待我们，明天送我们去茨中会合。

余程，扎西一直在追问古微生物和机身的事，这只能由白秋白回答了。

白秋白闲得慌，正好显摆一下自己的专业："具体的原理比较复杂，也就不细说了。总之，2064年那次极端高温天气引发了冰川大面积融化，有科学家无意中在此发现了一种远古微生物，由此至少证明了两件事。一是远古微生物虽然携带人类未知的病毒，但暂时不会对人类造成伤害；二是从远古微生物中分解出来的某种原子正适用于神经元突触的发展。后者原本是件很难的事情，本世纪初，有科学家用人类诱导的方式，让多能干细胞这种可以自我更新、复制的细胞分化为皮质神经元细胞，进行体外培养。那时候的实验主要用小鼠的神经元细胞，这些细胞在营养丰富的培养基中生长，形成大量的树突和轴突连接。人类诱导多能干细胞分化为单层活性异质皮层神经元后，神经元有自发成熟的特性，能和神经胶质细胞形成密集连接。最后，研究员把神经元培养物放到HD-MEA高密度微电极阵列上，刺激这些细胞，让细胞做科学家想让它们做的事情……"

"让细胞做事？"扎西打断了白秋白。

"对，比如说打乒乓球。当时他们让电极阵列上半部分的神经元负责感知乒乓球的位置，下半部分神经元分左右两块，负责输出乒乓球拍上下移动的距离。经过一段时间的训练，神经元们就能学会根据球的位置来回移动球拍，因为脑细胞相信自己就是那个球拍。"

"这也可以呀？"

"听上去很神奇，研究一度也止步于此了，人类没法让机器人有类似人脑的神经元系统，所以，在这里发现的古微生物才那么重要。当时全球顶尖的神经生物学家马杰里来中国参加一个学术研讨会，顺便带太太来这里旅游，他们到达梅里雪山后，遇到极端高温，引发洪涝，被迫滞留在这附近。这时，中国一个顶尖的古生物学家也正好在这里，两人之前并无交往，因为这个缘分有了交集。我也不知道他们是怎么发现远古微生物的。听说水灾时期，一些村民得了某种肠道疾病，喝了明永冰川某处的'长寿水'自愈了。这个古生物学家也一直肠胃不好，好奇之下把水带回实验室研究，最后发现了这种微生物……"

"我知道你说的'长寿水'，我们这里世世代代都喝那水。其实就是一处泉水，从来没有听说过里面有什么古微生物。"扎西的口气里分明有点怀疑。

"在异常高温天气下，洪涝灾中，里面的水质成分可能和平时不同。随着地球气候不断变暖，融化的冰川可能把这些古代病原体释放到环境中。历史上，中国科学院青藏高原研究所和美国俄亥俄州立大学伯德极地与气候研究中心科学家组成的国际研究团队，曾经对青藏高原冰川的冰芯进行研究，发现了33种古代病毒，其中28种是前所未见的。最早的大约是15 000年前的病毒，那时候的技术没有办法对这些古代微生物做更深的研究，并运用于人工智能的研发……"

"小白，不好意思，我请教一下，微生物怎么能和人的大脑神经有关呢？"黄爸提问。

对梦想中的未来老丈人，白秋白巴结地点点头："黄叔叔，有一种说法是，人类起源于微生物。大约35亿年前，古代海洋深处的远古微生物诞生了，它们通过新陈代谢汲取能量，还会用DNA自我复制，不断发展壮大。复制的时候个体的差异导致不同物种的诞生。从这个角度来说，肉眼看不见的微生物却是所有生物的母亲。科学家对不同菌种的细胞分裂研究侧重点不同，比如死海中发现的沃式嗜盐菌，DNA含有很高的鸟嘌呤和胞嘧啶，所以它的编码氨基酸的三联体序列也会使用这些碱基。2065年发现的远古微生物，对于微管中的 π 电子形成玻色-爱因斯坦凝聚有用的组合，也算机缘巧合。"

黄妈听得云里雾里，抓住了一个点发问："人类起源和微生物有关？不是说人类的祖先是猿猴吗？"她大约自己想想也好笑，哈哈笑了起来。

"多少年过去了，哪有'活猴'变成人？我不相信。"对于懂和不懂的话题，我妈都很武断。

"喔唷，妈，"我又气又急，"猴子、猿猴和人类不是一回事啊。打个比方，马和驴子生下来的是骡子，但是骡子不是马，也不是驴。你不能单纯地理解人类的祖先是猿猴。"

"我也不信。既然老早是一个祖先，猩猩哪能不进化了？"我妈根本不买理论学派的账。

"我倒是记得，还流行过一种人类起源于非洲的理论。不知道这个理论被推翻了吗？现代中国人的祖先如何取代直立人和早期智人本来就是千古之谜，谁也说不清楚。据说，四五万年前，中国旧石器时代中期以前的史前文化以及部分旧石器文化晚期的创造者们，比如元谋人、蓝田人和北京人，其实是直立人和早期智人。他们并不是现代中国人的祖先。按照专家的说法，现代智人是当时走出非洲的两支人群中海德堡那支，分为早期智人和罗德西亚人，现代智人属于罗德西亚人后裔。不过他们曾经和早期智人的后裔尼安德特人和丹尼索瓦人有过交配，所以现代人的体内除了罗德西亚人的基因以外，还有尼安德特人和丹尼索瓦人的基因。这就是所谓的智人三分。早期智人在80万年前就走出了非洲，比他们更早走出来的直立人，是在约200万年前走出非洲，在30万年前全部灭绝。现代人的直系祖先，20万年前在非洲演化为现代智人，走出非洲却是在7万年前。"

"这我也知道，据说是分子生物学家的杰作。20世纪70年代，他们对线粒体DNA的研究发现，全人类女性都出自非洲。4万年前进入中国的早亚洲人，大约有两支。一支是四五万年前从中国云南与缅甸交界处山谷走廊进入中国的，他们的遗传基因有些存在于青藏高原羌族和藏族人中。还有一支沿着东海和黄海的海岸线北上，在1.5万年前抵达黑龙江北，成为蒙古语和通古斯满语各族祖先。大约2万年前，晚亚洲人也是从滇缅公路和两广陆海行走的。后者构成了今天壮侗语系各族的祖先，也许就是秦汉记载中提到的'百越杂处'的部分人群。"

"不过，好像这个说法到现在也不被完全认可。2015年，考古发现'发掘自湖南道州福岩洞的人类牙齿化石，距今至少8万年，这一发现重新定义了东亚现代人的起源'，这说明现代人在8万年前就出现在我国了。"

"这些牙齿是怎么保存下来的？"

"在考古发掘时，这些牙齿被埋藏在封存良好的碳酸盐地层与石笋中，而堆积层越往下年代越老，越往上则越年轻。"

"以为我不懂……整个欧亚大陆人都是不断迁徙的，高加索地区有个阿兰共和国，祖先阿兰族就是中国历史上的奄蔡人。很多说法都不是板上钉钉的事，谁能和我说清楚宇宙138亿年前的大爆炸，我就服谁。"我妈一副王者藐视表情。

"2020年获得诺贝尔物理学奖的彭罗斯说过，宇宙爆炸之前还是宇宙，宇宙就是无限循环的宇宙。"我白了一眼老妈。

"好了，不要争了。相信自己所相信就好，我个人选择相信人类起源于外星，我们都是光音天人的后代。"黄蓉插嘴道。

"天人？神仙的后人？你怎么不会飞呀？"我语带嘲讽地看了黄蓉一眼。

黄蓉瞪了我一眼："你没有听说过人类的起源和行星撞击地球有关吗？当太空天体携带构成生物的有机物坠落到地球时，这种物质孕育了地球生命。哈佛大学天体物理学家马尔科姆·麦基奥就在撒哈拉沙漠中发现的陨石里找到了蛋白质等生命必需的物质。著名的《三体》说过，地球的文明可能仅仅是一种偶然。45亿年前，地球刚刚诞生，和一颗行星发生碰撞。碰撞后产生的碎石形成了月球。月球的诞生，稳定了地球的旋转轴，才让地球有了四季，出现了动植物。甚至有科学家认为正是因为月球，海洋有了潮汐，海洋深处的原始微生物才有了进化的空间，所以有学者说人类的祖先是盘古大陆时期海洋里的爬行动物。"

看看我，华华吞吞吐吐道："这个，我们机身也相信。宇宙中光银河系就至少有1000亿颗围绕恒星运动的行星，这还只是可见的宇宙天体数量，在不可见的那部分宇宙中，还不知道有多少千亿颗行星，没有智慧生命的概率太低了。"

"是呀，"黄蓉亲热地拉起华华的手，"就不说光音天人，这种意境已经超过我们的知识范围和想象力了吧。华华，有没有可能在其他的星球上，最高智慧生命体是海洋里的高度进化的八爪鱼？或者是乌鸦之类？对了，好像还有一位知名的国学大家说女娲是青蛙的化身……"

"乌鸦也讲出来了？侬真有劲儿啊，不要讲啦。"黄爸看着女儿不晓得怎么说才好，摇摇头。

"乌鸦，嗯，乌鸦很厉害，据说是恐龙的后裔。乌鸦有镜面意识，还会计数，很聪明。"我爸爸突然说话了，他这个恐龙迷，对这种冷门知识略有储备。

　　黄蓉收起一脸坏笑："我也不相信女娲是由青蛙变成的……还有一本很精彩的书叫《天意》，说伏羲是半人半蛇的外星人……不要觉得夸张，反过来想想，为什么会有那么多奇异的神话？就是因为人类始终无法给自己一个解释，说不清人类的起源究竟是什么。我个人选择相信人是光音天人的后代。佛经中有提到人类的起源，人确实来自另外一个名为光音天的世界。光音天在二禅天，天人都会飞，并不需要饮食，通过光体交流。他们到地球上，看到地球上的东西很好奇，尝了一点'地肥'，就是地球上的地皮，没想到吃久了身即粗坚，丧失光明，飞不起来，逐渐有了人形，起了男女根相，根相既生，染心即起，有了爱欲，便开始人类的繁衍。"

　　"那光什么天人又是从哪里来的呢？"扎西听得如痴如醉。

　　"光音天是色界天中的一个天，用科学来解释，那是另一个外银河系统。佛教认为，宇宙的开始就是'无始'，没有开始，一个圆的任何一点都是起点。这一点，彭罗斯的理论也颇为符合，彭罗斯认为宇宙大爆炸前还是宇宙，无始无终。"

　　"现在科学那么发达，怎么没有宇航员在太空里看到光音天人？"对黄蓉，我妈还是客气的，犹豫了一下发问。

　　"地球人总觉得外星人都要长得像他们想象中那种可怕的样子，或者和人类一样有个实体。光音天人本来就是以光体的形式存在，除了光音天人还有很多不同的天人，以人类的认知水平，即使看到也认不出来。"

"认同。我们现在去外太空的行星上什么也没有看到，不代表那里日后不能孕育高级文明和生命，如果45亿年前有一个外星文明造访地球，看到的地球就是一个完全不可能有生命的火球。可是后来陨石坠落在地球，一切都变了。但是那个外星文明可能再也不会来地球，就这么完美误会地球没有生命……"沪生一本正经地说道，我头一次发现他的脑回路也很清奇。

"照你这样说，我们的祖宗是天神？嘴巴一馋，才留在这个星球？看来地球人移民计划有点不靠谱，去了其他星球吃点啥不一样的东西，说不定会变成什么呢。"扎西一本正经地说。

"我有点相信你说的话，"白秋白转身看着黄蓉，"很多濒死过的人都说曾经看到一团白色的光体，好像就是传说中的灵魂。哎，如果光啥天人就是一团光，这不就对上了？"

"这真的超出我的认知了，看来我们八维地图里的地球史还是太单一了。"不知什么时候，沪生已经打开八维地图，车里突然浮现出一个太阳，甚至能感受到太阳极强的灼热感。

"那是50亿年前刚刚诞生不久的太阳。"沪生说道。影像中，星尘不断进行盘状运动，形成巨量的碎片，碎片和周围天体碰撞、相融，逐渐聚成直径5公里的小行星。"你看，这颗不起眼的小家伙，经过大约10万年成为地球胚胎，也就是"地心"，又经过几十万年，融合出直径200公里的原始地球。"

这时，车内出现了一枚熔岩密布的大火球，那正是46亿年前的地球。影像有点吓人：地表不断撕裂，喷出火红的熔岩，不断有行星撞击它，一些由冰晶组成的小彗星冲入地球大气层，摩擦生热转为水蒸气，融入地球大气形成雨，一下就是千万年。

一颗行星突然正面撞上地球，"砰"的一声，巨大的声音把我们吓了一跳，扎西猛一记刹车，他还以为出了什么意外。

"安全第一，你还是关掉空中影像吧，扎西开车太危险。"黄爸不满道。

"对不起呀，出现的是忒伊亚行星，我来口述吧。"沪生很执着，"43亿年前的地球上还下过一次黄金雨，估计是因为两颗子星撞击。科学家在格陵兰岛上进行地质研究时找到了证据，证明那个位置在43亿年前下过一场黄金雨，黄金的重量高达60亿吨。"

"不是说地球上的水是地球固有的吗？"

"有科学家认为地球形成时，水以结晶或是像氢气和氧气这样的气体的形式存在于矿石里，其后逐渐形成海水。现在更多的科学家认为是外星球给地球带来了水，因为现在的每分钟也仍然有小彗星进入地球，直径为10米的彗星，每分钟可以产生约1000立方米的水。"

"无论如何，忒伊亚的一部分进入地球，另一部分物质在引力的作用下形成月球。经过几亿年的时间，地球逐步降温，形成地壳、地幔、地核。在这个时期，地球虽然荒芜，但可能已经有了生命，而并不一定是大家所认为的生物出现在蓝藻爆发后……"华华打断沪生："对的，2017年，在加拿大的魁北克地区，发现了一块古老的岩石，里面有一种非常古老的原始细菌，大约出现在距今37.5亿年或42.8亿年前。

"38亿年前的早雨海代，地球不断遭遇大小行星与彗星的撞击，陨石坠落到地球，陨石中的磷元素被释放到水中，逐渐与地球上的早期分子发生反应，逐渐形成我们现在观察到的磷形态。磷是细胞结构不可或缺的元素。在海洋的海底热泉口附近出现了露卡，也就是所有生物物种最后的共同祖先，它分化出细菌和古菌。"

"35亿年前，地球昼长只有6个小时，自转飞速，由海洋和克拉通组成的。克拉通是地球上最坚硬也是最神秘的地质，钻石就产自克拉通下方。30亿年前，也许因为火山爆发或者陨石坠落，地球开始板块构造运动，非洲的5个克拉通连在一起形成超级盘古大陆。直到1亿年前盘古大陆再次分裂，地球经历了什么？其间，出现了你们说的蓝藻。蓝藻的存在把大气中的二氧化碳转化成氧气，并逐渐形成臭氧层。大氧化事件使地球各种生物的出现有了可能，也因此导致二氧化碳减少，使地球在24亿年前和21亿年前出现大冰期……"

"17亿年前左右，地球上的生物出现了内共生，被吞噬的小细胞不仅能为大细胞提供能量，还能自我复制，演化成细胞中的细胞器，这为9亿年前多细胞生物的出现奠定基础。"华华接口道："还有一个说法比较神秘，在非洲加蓬的奥克洛小镇，科学家发现有一批铀矿可能在17亿年前被人使用过。当然，这只是一种人类的推测。"

沪生补充道："之后地球发生的事情，你们应该都知道，我说快一点。7.7亿年前到5.8亿年前地球再次进入大冰期。大约5.4亿年前寒武纪生命爆发。之后，地球又经历了5次大规模生物灭绝。1亿

8千万年前，世界上最大的瀑布非洲维多利亚瀑布所在之处的火山爆发，巨大的火山爆发让盘古大陆分裂，于是非洲出现了，北非变成浅海，孕育了早期的哺乳动物。重点是现在非洲伦盖火山下方的巨型地幔热柱还在运动，非洲注定要再次消失，生物可能再次大灭绝，2.5亿年后，地球重新形成新的盘古大陆……"

"你们不觉得以上这些和你们这些天说的有什么微妙的联系吗？人类来自光音天，对应忒伊亚撞击地球，或者其他陨石坠入地球带来了生命物质；人类起源于非洲，对应1亿年前非洲出现，那片海洋里开始出现哺乳动物……"

我们还没有反应过来，扎西哈哈大笑起来："你们是我遇到的最有趣的游客，人家都是讨论藏香猪好吃，或者雪山很漂亮，你们讨论的东西可以长见识，我要跟你们学习。"

"学他们你就倒霉了，还是学怎么买菜、烧菜、赚钱，把眼前的日子过好。不该知道的不需要知道，老天爷要让你知道自然会让你知道。乌鸦会给你烧饭吗？"我妈冷笑一声，顺便白了我爸一眼。

"人类要都像你这样浑浑噩噩，没有好奇心和求知欲，哪里还会有高度文明？"我不客气地指责我妈。

"瞎猜盲信算什么文明？我小时候，人家孩子刷景点，我就跟着你外婆去看什么三星堆、凌家滩、小河古墓。荒郊野外，和你外婆的同事一起做玉人针孔之类的实验。你们好奇的东西，我年轻时也追问过，又怎么样？每个时代的人都有自己认知的局限性。5000年前的事情很多都说不清楚，何况43亿年前的地球。做好本分，每一个轮回都活得漂亮就是成功。上海人有句话叫'糊里糊涂，脑子煞清'，这种内涵你懂吗？"我妈一脸讥讽地看着我。

"你也信轮回？"黄蓉亲热地抱抱我妈。

"不由我不信，万一是真的呢？总要为自己的后世想想。"

无人反驳。沉默中，明永村到了，我们四个人该下车了。天还下着雨，四位老人不放心，絮絮叨叨。我敷衍地挥挥手，如逃离凶案现场一样迅速下车。

明永冰川的意外之喜

从下车处到明永冰川景点收费口大约要走20分钟，收费口到冰川观景台要再走30分钟。50分钟后，蓝墨色的冰川徐徐在我们面前展开，底部的冰川略有点脏，越到高处蓝得越晶莹，像月光石。

明永冰川是云南省最大、最长和末端海拔最低的现代海洋性冰川。现场能看到的冰川其实和云上看到别人游记中拍摄的一模一样，但目睹会有心理上的冲击感，冰川地区的寒冷也会带来体感的记忆。

"真正的冰山一角，看不出有啥微生物嘛。"黄蓉说。

"你肉眼看不到微生物，如果不是冰川融化，那要在冰芯里才可能提取出来。"白秋白随口科普。

每个人都冒险爬到冰川上拍了一张照。冰是真冷呀，才蹲下去，就感受到那种透骨的寒意。告别冰川后，我们赶往位于莲花庙和太子庙当中的"长寿水"一睹真容。司机达瓦赶过来和我们会合，他说他知道有一条近路可以直接到太子庙，就是路比较难走。

"我们都是年轻人，不怕的。"

达瓦带我们走的路，是山里的林中小路，因为下雨，格外泥泞难走，走这条路的好处是可以从不同的角度看冰川。

"以前的冰川更长，冰也更厚。后来天气太热，已经缩小了许多，听说还在缩小。"达瓦40来岁，专职做导游兼司机。

"你听说过在这里找到远古微生物的事情吗？"我估摸着2065年时达瓦应该有10岁左右，有一点记事了。

他的眼睛一亮："是哦。当时外国科学家就住在我家。我还小，他们本来请我爸爸做导游。"

"你是说，2065年发现远古微生物的那个马杰里博士住在你们家，天下有这样巧的事情。"我惊呼道。

"念念不忘，必有回响，发生量子纠缠了！"白秋白啧啧称奇。

"你能和我们说说当时的情况吗？"

"记不清楚了。后来听我爸爸说，他们住了好几个月，闹水灾，我们家里的东西不够吃，还分着给他们吃。事后，那个外国科学家还要给我们家钱，我爸爸不要。"达瓦和我们遇见的当地人一样，都很朴实。

"马杰里，那可是世界上顶尖的神经元研究专家。"白秋白对这点信息量有点遗憾。

"哦，他是研究精神病的吗？我记得他不太会说中文，人很胖。我们叫他'胖子'，他喜欢这个名字。"达瓦哧哧地笑。

"研究神经元，不是研究精神病，不过也有点联系吧。胖子，你们叫他'胖子'，太有趣了。后来他好像就失踪了。"

"为什么失踪了？"黄蓉追问。

"不知道。自从发现了远古微生物以后，听说他就隐世了，没有再做研究，也没有人知道他去了哪里。这个研究成果被带回中国，授权属于中国。有人说他在中国，有人说就在明永冰川附近居住，可是谁也没有见过他。"

"应该没有吧，这里附近不允许外国人居住，而且这附近的人我们都认识，没有见过他。"达瓦不相信这种说法，"对了，我想起来了，他说起过他最崇拜的是一个罗什么的人，如果那个人没有死的话，他的工作可以更加超前。"

"你说的也许是罗森·布拉特吧，1971年死于航海事故。那也是一位天才，他的死让神经网络的研究至少停滞了10年。"白秋白不无惋惜地说道。

太子庙里主要供奉着卡瓦格博和缅茨姆，而莲花庙则供奉着莲花生大师。长寿水是位于太子庙和莲花庙间的一段山路中的山泉，只有那一处的山泉被称为"长寿水"。2066年后已不允许私自汲取长寿水饮用。这倒也不让人失望，如果真的能自由取用，我们也未必有勇气喝或许含有远古微生物的泉水。泉水清澈见底，让人想到"清泉石上流"，却没有把非凡的传奇刻在表面。我们凝望了一会儿，不知道是该满足，还是惆怅。

天放晴了。华华突然惊呼："看，彩虹，还有两道呢。"我们抬头，果然有两道明丽的彩虹，虹光下面就是高洁的雪山和冰川，大美无言。为了将此景印记在脑海中，我们足足站了一刻钟，目不转睛地看着彩虹，直到它慢慢消失。

"太值了，老爸真应该和我们一起来。没想到对冰川没什么感觉，彩虹倒治愈了我的失望。"黄蓉心满意足。

"第一次看见双彩虹，这是无法想象的梦幻，光是一种多么神奇的存在。"我喃喃自语。

"读中学的时候，我就是光子崇拜者。那时候我们的物理老师是一个丑帅丑帅的老师，自带人格光环。他带着我们做光电效应的实验。探测仪内部的光电元件可以计数光子，光子一碰到探测仪就会发出'噼啪噼啪'的声音，那个下午，我们第一次听到光子的声音。以前在有太阳的日子，物理老师总会和我们说，去迎接光子雨吧。每一道光线都像一场光子雨打在你们身上，让你们更有能量。那时我们还不确信那种感受，但听到光子的声音后，晒太阳时感受就不同了。他还曾想带我们做实验，看看能不能找到负273.15摄氏度下的介质，如果光呈粒子态，会不会冻成一根棍子。物理的世界太好了。"白秋白沉浸在单纯的中学时光中不能自拔。

"光子还有声音？我从来不知道。我们中学的物理老师上课总是很枯燥，油腻得像他永远贴在脑门上的那撮头发，我不喜欢物理，怪他。"黄蓉揶揄道。

"我们中学老师里，音乐老师最帅，所以我喜欢音乐课。老师这个职业也真神奇，要吸引学生得帅，要么就要靠有才换个'丑帅'的绰号，否则一辈子被学生打趣。"

"青春记忆里谁都是白月光，想起来也亲切。"

当晚，我们住在达瓦家中。和扎西家相比，达瓦家略显局促，客厅加厨房共计30多平方米，一共5间房，2间做民宿，补贴家用。一个晚上，我们都缠着达瓦爸爸回忆那段和科学家共度的日子。达瓦爸爸不到60岁，很健谈。他对这段经历的记忆并不是特别深刻："语言不通，我拿翻译软件和他们交流，翻译出来的内容很多都拗口，理解起来费力。"

在达瓦爸爸口中，我们勾勒出马杰里博士的画像：50多岁，中等身高，大脑门，发量比较少，眼睛很有神，吃得不多，注重健身。"他会拿砖练举重。很聪明，洪灾时，救援的瓶装水没有到，他让我们找出N95口罩和活性炭粉，把活性炭放在口罩之间，饮水前就用那个过滤一下。全村人都这么做，所以那次洪灾里闹肠胃病的人不算多。"

"他很了不起吗？你们怎么对他那么感兴趣？"达瓦爸爸也许是做导游的缘故，一生阅人无数，反而对人不容易有特别的印象。

"他的老师发现'人过中年，大脑中也能制造出新的脑细胞'，也就是说神经生长会贯穿人的一生，他自己也研究出细胞感受器再生，算世界顶尖的学者。"白秋白一脸膜拜。

"感受器是什么东西？"达瓦和他爸爸开始入心了。

"整个身体的感受器都在我们大脑的顶叶，笼统地说，人的感受是各种感受器将信号输入大脑的中枢，感受器就像一个能量转换器之类的东西，光能、热能等都可以转换为神经信号。接受刺激，传递信号，大脑做出反应，这个过程需要感受器来完成。它们只有在特定情况下才会被激活……"

"请说人话。"看着达瓦父子一脸迷茫，黄蓉没有等白秋白唠叨完。

白秋白在房间里转了一个圈："你们这里吃辣椒，吃火锅，对吧？那么，吃火锅除了会流汗，有的人为什么会觉得屁股隐隐作痛？这其实就是皮肤神经末梢中存在对热有反应的感受器。这也是瑞典两个获得诺奖的'大牛'从吃辣椒的感受中发现的。'大牛'在吃了辣椒后感受疼痛的神经元里找出了辣椒素特异性受体分子TRPV1。这个热敏受体，可以被辣椒素或43℃以上的物理高温激活，产生电信号，信号上传到大脑，大脑来认定这是痛的刺激感，然后人感觉屁股在痛。感受器可是本世纪初科学大牛喜欢探索的一件事。当时有种理论，人的大脑中活跃的神经元不超过10%是因为感受器细胞数量有限，这种理论就是马杰里提出的。"

达瓦父子似懂非懂，达瓦爸爸想到了什么，转身回房间，过了一会儿拿来一根有些发霉的皮带："这是那个胖子离开我家时，送给我们做纪念的。"

皮带上面有"爱马仕"的标志，大牌不说，主要是大牛用过，价值倍增。黄蓉笑着说："你可要好好收藏，毕竟是马杰里亲自用过的皮带，卖个几十万不成问题，总有白秋白这样的理科男会迷这些东西。"

"那是，50万元之内，我真会收藏。"白秋白一边给皮带擦霉斑一边说。

"你们那么喜欢他，就送你吧，我放着也没有用。"达瓦爸爸明知兴许可以卖钱，还是很慷慨。

"不要，不要，你放着，留给孙子，也许他喜欢。"

怪了，夜色下的明永村繁星密布，却没有雨崩村星空雪山的美。

"境由心生，雪山是神山……"打着哈哈，大家也就互道晚安了。

偶遇有趣的"驴友"

一大早，我们离开明永村。出村要过安检，因为不允许带走这里的草、土、水、冰之类的自然物质。白秋白一路给黄蓉拍照，沪生也一路要记录地形、拍视频。当我们赶到茨中附近的小村庄民宿时，已是午后。

我们预订的民宿叫"阿LU米米"，据说是一位已经定居在这里几十年的外国人开的，因为擅长做西式菜肴，在这一带名气很大。她还有自己酿造的葡萄酒品牌，与民宿同名。也不稀奇，茨中附近的农户有酿造葡萄酒的传统，只是"阿LU米米"是由外国人酿造的葡萄酒品牌，广为人知。

我们本来还有点担心几位老人会感觉乏味。到了那里，在院门口就听到阵阵笑声传来："那个店老板不懂上海话，给自己店起名'寻喜'，上海话里就是'寻死'，上海人觉着触霉头，所以那家店没生意，很快就打烊了。"他们在玩一种当地的游戏——"笑就给钱"，大家围在一起，如果说出来的事能让大家笑出声，大家就要掏钱给说的人。

"这里真棒。"我们站在院子里环顾四周。房子看上去很古老，木头结构。院子里放着自行车、电动车之类，那是背包客们的最爱。最里端还养了藏香猪和羊。

房间里的家具多为上世纪欧式风格，做工精良，不能缺席的壁炉在房间中央，四周摆放着真皮沙发，看上去极其舒适。"冬天坐在那里，应该很舒服。"我忍不住赞许道。

"是的，客人们冬天都喜欢坐在那里聊天。"民宿的主人克拉克女士不知什么时候站到了我身边。

"我已经帮你们泡好了玫瑰花茶。晚饭要7点开始，你们可以先吃点我做的面包。"克拉克女士看上去50多岁，满脸皱纹，头发染成了黑色，如果不注意还以为她是中国人，中国话也说得非常棒。

不得不说，克拉克女士烤的面包实在太香了，我觉得比静安面包房的还要好吃，虽然上面只有薄薄的一层芝士和肉松。玫瑰花茶也很香，据说是里面加了一点普洱的缘故。味蕾可以迅速拉近大家的心理距离，一个厨艺绝佳的女主人无论如何不善言辞也会有好人缘。除了面包，克拉克女士还制作了英式松饼和酸奶。不断有美食送上来，我们一直围在客厅的餐桌旁，大家边吃边聊，很开心。除了我们，屋子里还有两位客人，来自中国台湾省的"驴友"淑贤夫妇。通过简短的自我介绍，我们得知淑贤夫妇从事艺术创作工作。淑贤夫妇似乎很擅长和人交流，赞美了上海几句之后，成功地

让四位老人对他们有了好感。他们很爱云南，已经在云南骑车旅行
3个多月，不过，他们不去热门的景点，去的都是冷门的地方，如
会泽古镇、普者黑、独龙江等。

"会泽有什么好玩的地方，好像很少听说？"黄爸看到美
女，话就多了起来。

"会泽是一个古镇，以前官方制作铜钱的地方。这个地方的
标志就是大铜钱的雕塑，非常棒哦。我们骑车到那里正好遇到大
雾，太冷了，结果吃了当地人用羊粪烤的土豆，那简直是我吃过的
世界上最好吃的土豆，既抵饥又好吃。那里完全没有商业气息，房
子也是我们希望中的那样，简朴古旧。"也许因为一直在户外运
动，淑贤的皮肤晒得很黑，但说话语气很温柔。

"我听说独龙江那里附近的女性都会在脸上文身，现在还有
吗？"黄蓉也饶有兴致。

"好像没有看到。去钦郎当的路上，车子坏了，只好搭车。
那一路路况非常不好，感觉比进雨崩村还要困难些……"淑贤一边
说，一边打开云和我们分享他们一路拍摄的视频和美图。

"你们怎么样，这一路肯定收获很多吧？"

我妈抢着告诉他们，丽江居住的民宿老宅有多气派，老张有
多好，建议他们如果去丽江一定要在那里住一个晚上。

"我觉得丽江应该不会对你胃口。我们倒是对在明永冰川看
到的双彩虹，还有雨崩村的满天繁星记忆特别深刻。对了，还遇到
了一件有趣的事情，我们的司机达瓦的爸爸曾经接待过科学大神马
杰里呢……"其实我一般不太和陌生人交流，不知怎么，和淑贤有

点对眼缘。

淑贤夫妇不了解马杰里，还是追问了马杰里其人其事："好厉害，你们还能看到他留下来的皮带。如果不是你们亲眼所见……哦，你知道这类事总是会被渲染太多神秘色彩，搞得人不知道在旅途中听说的是真还是假的啦。"淑贤的声音悦耳如铃。

克拉克女士抬头看看我们，说："我去准备晚饭，你们先聊。"

"需不需要华华帮你一起准备晚饭？"我好心地问克拉克女士。

"太好了，反正我一个人在厨房待着也无聊。"克拉克女士开心地应允道。

"你的机身还会烧饭吗？好棒哦。"淑贤发出了由衷的赞叹，大约他们早就对华华和青山产生了好奇，我们聊天的重点开始转到机身。

"中国台湾省用机身的人多吗？"我问道。

"台南不多，医院有机身护士，其他的话，噢，我们接触的圈子比较少见。你知道现在经济不景气，普通人过日子还是会精打细算，一般也用不到……"没有等淑贤说完，她先生开口道："其实也有。我有朋友是做建筑设计的，我听他说，他们公司的建筑设计主要是由机身来完成的。他们公司的机身都是从美国购买的，手续还比较麻烦。"

"我也听说了，台湾人比较喜欢购买国外生产的机身，涉及兼容性，更新起来会比较麻烦，很多富商还喜欢从日本定制那种特殊的女朋友。"白秋白委婉说道。

"特殊的女朋友，"淑贤莞尔一笑，大大方方地说，"你说的是性爱机器人吧？那种从早年空山基先生的'机器姬'开始就一直是日本设计的强项啊。台北有一次搞过一个'2095机器姬'的展览，那些机身真的非常美，身体的线条都是女神级别的，你知道那次日本机身都抢空了，我听说不仅是男人，女人也会买那种机器姬，因为她们太好看了，放在家里也会是一种赏心悦目。"

"机器人做女朋友？我们是老了，真的不晓得这有什么意思。再好看也是机器人。"我妈唠叨。

"我们这种老人不能接受。"黄蓉爸爸微微一笑。

"阿姨，那是你们没有体会过机器人的好。颜值高，身材出众，最重要的是善解人意。我们有个男同事，他女朋友就是机器人，他说就是这样一个顶级模特身材，一线女星脸蛋，能不离不弃给他煮饭，为他洗衣，打扫卫生，永无分手之患。如果不是机器人也不敢奢求呀！"

"那还是机器，我的意思是睡在一起，没有人的体感。"黄蓉爸爸不以为然。

"也不是，现在机器人的体感和手感都和真人无异，甚至make love时种种细节都接近真人，总之，我们同事说了，非常善解人意。"淑贤的先生老到地补充。

如此直白，在场女性集体无语，不晓得说什么好，气氛一下冷了下来。隔了一会儿，我率先打破尴尬："这类机身单单形象的后期开发就非常昂贵，很费时间，首先要高精度原画设计，还要高写实5D建模。按照客户要求，设计性格特征和自我意识建模，多次比对皮肤和头发的质感，最后程序输入，服装设计……你说的那个展览我知道，我们公司让所有的员工云观赏过，功能性比较差，就是美。为什么我们公司设计出来的机身没有那种美感，这个问题我也很晕。大约艺术创作这种东西，有多少高度就有多少美感吧。"

"原来你的公司就是'人人'啊，久仰久仰，好厉害。"淑贤夫妇惊讶地睁大了双眼。

"是呀，我女儿他们公司很有名，是世界上最好的机身设计和制造公司。喏，这位还在八维地图工作呢。"我妈嘚瑟女儿，还顺便介绍了一下沪生。

淑贤夫妇用惯了谷歌，对八维地图比较陌生，礼貌恭维了几句，话题又回到旅行。淑贤讲述了在摩亨佐·达罗的旅行经历。一直有人怀疑，古代超文明曾经存在于3600多年前古印度的摩亨佐·达罗城。事实上，那个城市是一个谜。1922年印度考古学家巴纳尔发现那里时，整座城都是骷髅骨，所以叫作死丘，史称"死丘事件"。巴纳尔发现那些死去的骷髅骨都保持着日常生活或工作的状态，他们的死似乎是在人们毫不知情的情况下瞬间发生的，这就给后人留下了很多猜测的空间。到这样的地方去旅行也不是一般人可以想到的旅行线路，所以我们就格外感兴趣。

淑贤的先生说到这个便眉飞色舞："你们很厉害，肯定都知道大家关于'死丘事件'的猜测。有的考古专家觉得这像是原子弹在广岛爆炸后的场景，我们听当地考古学家说，地面上其实有残留遭受冲击波和核辐射的痕迹，他们的前辈还在尸骨里发现了和广岛核爆相同的辐射含量。在古印度史诗《摩诃婆罗多》里有记录，事情发生时有闪电，南边天空火柱冲上天，几乎将整个天都割开了。耀眼的光芒，白色的极光，银色的云，黑夜中的白昼……这些与核爆炸的情景类似。但是那毕竟是3000多年前，哪里有原子弹？这种说法听上去很扯。第二种说法是'黑闪电'，黑闪电是一种非常罕见的自然现象，大气里面经过太阳辐射、宇宙射线和电场之后形成活跃微粒，微粒在电磁场反应后聚集，变成一个又大又细的球。这些球只有在白天才看得到，所以叫'黑闪电'。黑闪电出现时时亮时暗，会产生很多有毒气体，科学家认为摩亨佐·达罗城的人首先是被有毒气体毒死，之后又发生黑闪电爆炸，温度升高到15 000摄氏度，爆炸产生的冲击波把整个摩亨佐·达罗城毁灭掉了。也有英国学者提出外星人袭击说，这当然更不可信。"

喝了一口茶，淑贤先生继续道："我们自己更相信公元前1750年前后印度河泛滥、古城逐渐被遗弃的说法，这好像更加符合人类已知的历史；不过，又很难解释瞬间死去的尸骨和核辐射的残留含量。于是，我们就去实地看看，感受一下那种神秘。"

"怎么样，在那里有没有什么发现？"黄蓉和我都来了劲。

淑贤耸耸肩："其实并没有。那里很荒凉。我们还在去的路上丢了一件行李，很折腾地回去找，感觉很不吉祥。不过最后还是去到那里，差不多有2.5平方公里大小，据说当时那个城市里有4万~6万人居住。现场还有很多地方没有挖掘。对了，我们去时，因为怕残留的核辐射，还穿了防护服，好闷好热，很想快点逃离那里。"

"我母亲在世的时候，也说起过那里。她相信那是黑闪电，辐射成分可能和核爆炸相似。43亿岁的地球，超古文明是不是存在很难说，到现在也解释不清楚的凌家滩玉孔里的微米级管钻，还有南极史前地图'雷斯地图'……"我妈突然说话。

"哇，阿姨，你好厉害，还知道雷斯地图？"沪生连马屁也不会拍。

我妈听后，瞪了他一眼："哪能？侬觉着我只会唱唱歌，搓搓麻将吗？"

沪生忙赔笑道："不是，这个地图太老了，一般人不会去了解。"

"真的，我就不太知道。"我算是帮着沪生解围。

"那我稍微说说。雷斯地图的传说源于一封回信。那是1960年7月，美国的教授查尔斯·哈普古德收到一封回信，寄信人是美国空军地质勘察队的官员哈罗德·欧尔梅耶，信上说：'你问的雷斯地图我们已经查阅过了，地图下部的海岸线与1949年英国—瑞典联合南极远征队所探测到的南极洲的海岸线非常吻合。'

"雷斯地图由皮尔·雷斯绘制于1513年，他是生活在16世纪前期的奥斯曼土耳其帝国的一位海军上将。麦哲伦环球航行发生在1519年，也就是说，这张地图的绘制时间早于环球航行，皮尔·雷斯时代的人应该不知道全球海域；而且，南极洲是1820年才被人发现的，皮尔·雷斯本人没有去过南极。他本人在这张地图上做了说明，他的地图是根据20多张古代地图绘制而成。这个解释就更神秘了，南极洲的冰川大约于2300万年前形成，之后，因为板块构造运动南极开始形成冰盖。当然，这个说法尚存争议，有部分学者认为南极的冰封是逐步完成的，可能经历了六七千年才完成，当时南极的位置也不是现在的位置。我个人认为，南极洲冰川的移动可能是因为地壳快速移动，整体地壳移位会对全球造成巨大的灾难，如洪水、海啸、火山、地震，还有电磁风暴等。无论如何，雷斯地图上的南极洲罗斯海并没有冰盖，只有一层几百米的浮冰。按照美国一位学者的说法，罗斯海最早的冰川沉淀物出现在公元前4000年，那是封住南极洲的最后一块冰，它所形成的时间距今可能还不到6000年。也就是说，这张地图绘制于6000年以前。大家都知道地图的经度绘制一直是难题，1770年，约翰·哈里森发明了天文钟后，人类才能准确绘制地图的经度，但雷斯地图的经纬度都非常准确……"

"其他几张古地图是什么状况？"

沪生语速飞快，继续说道："一张是菲纳乌斯在1531年所绘制的心形世界地图，那张图上的南极洲形状和今天的地图就很相似。另外一张地图是比利时地图专家杰拉尔德斯·墨卡托在1569年绘制的。他发明了墨卡托投影法，到现在仍然是标准地图绘制方法之一。那张世界地图中的南极洲，和菲纳乌斯图上的位置一样，但没有海岸线附近的山脉和河流，冰雪已经完全覆盖了南极洲。1737年，法国科学院院士菲利普·布阿奇绘制的地图上，南极洲上已经没有冰雪了。"

"好棒，沪生你像一个地图百科。"淑贤和她先生擅长恭维别人。

"他是制作地图的，属于专业人士。我们机身知道的事他也未必知道，"机身经常会自我表扬，再自然不过，华华指了指淑贤手上的戒指，"我知道你的钻石戒指很不寻常，里面有石榴石的晶体，那是35亿年前的钻石，来自克拉通下最古老的地幔。"

"天哪，"淑贤惊叫起来，"你是第一个发现它的价值的人……机身，大家都觉得这是一颗没有火彩、有杂质的劣质钻石呢……"

"我们以前有一个客户是古董商，为此，华华知道了不少这方面的信息。"我面上有光地解释道。余光中，我看到我妈不自觉地摸了摸她胸口的古玉。那也是古董，我外婆的家传，来自越南冯原文化，和三星堆出土的文物同龄。不过，在35亿年前的钻石面前就不值一提了。

华华瞬间成了明星，大家接二连三向她提问："华华，你觉得那些古地图到底说明了什么奥秘？"

我怕华华应付不来，代她回答："这个问题其实和摩亨佐·达罗城毁灭一样，让人类怀疑远古超文明的存在，以及它们因为遭遇重大自然灾害而毁灭的可能性。人类已知的文明出现在7000年到6200年前，按照历史学家的说法，约7000年前的人类就是披着兽皮住在半地穴里，靠打猎、捕鱼生活，他们几乎没有绘制地图或者发明原子弹的可能。如果我没有记错的话，苏美尔文明在6000年前断代，马桥文化在公元前7000到公元前6000年，而南极洲大陆彻底冰封是在公元前4000年，有2000年的文明断层。可能真的发生过类似陨石撞击地球、地壳快速移动、火山爆发和洪水暴发，原来高度发达的古文明瞬间毁灭，留下了一些人种在6000年前左右重新起步。当然，我对此也是有疑问的：如果留下了人种，那么难道他们失去了高度文明的记忆，一切要从原始人类开始？"

淑贤率先开口："这个话题很容易让我想到亚特兰蒂斯的毁灭之谜。按照玛雅人和一些科学家的认知，亚特兰蒂斯应该在南极洲冰川下面。所以，我也偏向于相信南极洲地壳曾经发生快速移动。极地研究专家曾经说过，南极曾经有很多包括负鼠和海狸在内的哺乳动物，曾为热带气候，因为他们在南极东部威尔克斯陆地海床下1公里处发现含有植物花粉的沉积物，这些花粉在当今的热带地区才有。后来可能因为经历大灾难，或者是南极洲地壳快速移动，行星撞击地球，引发了地震、洪水之类的特大灾害，亚特兰蒂斯沉入海底。事实上，全球肯定不止一个城市在这场灾害中沉入海底。"

"你说的可能性很大。美洲原住民霍皮族人的历史口口相传，他们说人类经历过至少3次超级文明。第一次文明毁灭于火山爆发，第二次文明毁灭在冰河时期，第三次毁灭时，人类文明和科技已高度发达，据说亚特兰蒂斯的人不用学习，脑中植入一个高度文明的芯片即可。他们不需要走路，有直接飞翔的交通工具，这个城市毁灭于12 000年前到11 000年前的大洪水中。"华华插话道。

"大洪水毁灭人类文明在玛雅文化、古巴比伦文化以及中国的《列子·汤问》《文子》《淮南子·天文训》《史记·补三皇本纪》中都曾有记载，只是传说的时间、地点、内容都不太一样，不一定是指同一次洪水。能确定的是，大洪水在历史上肯定发生过，大洪水发生时伴有类似地震、火山爆发等现象，天空中堆积的大量灰烬使地球气温骤降，形成现在的地球冰川、峡谷等地貌。"

"有没有远古超文明不能确定，但地球老母亲经历沧海桑田，屡屡经历灾难那是肯定的。洪水的形成也可能是因为古代超级太阳风暴，那是万年一遇的'超级耀斑'，比普通的太阳耀斑强数千倍。一次发生在公元前7176年，另一次发生在公元前5259年，过去的1万年里，地球就受到了至少3次超级太阳耀斑的冲击。"每个人都有自己的思维定式，白秋白喜欢从天体学解释问题。

"这种远古太阳风暴，现代人类怎么发现的？"淑贤发问。

"一般要对极地冰盖样本，以及保存在积水沼泽或山顶高处的古树样本进行化学分析。太阳粒子撞击大气层，大气层中的元素会变成放射性同位素。古树就是历史见证人，太阳活动所形成的碳14同位素，树木在生长过程中会吸收。根据树轮对应的年份，科学家就能知道太阳活动的准确时间。"

这种漫无边际的对话最适合搭配小羊排和烤鸡，喝着美味的松茸蘑菇汤，否则不晓得要用多少溢美之词来赞美克拉克女士烹饪手艺之精湛。连一向对美食很挑剔的老妈也赞不绝口，她擅长烹饪上海口味的浓油赤酱，对这种烤制类的食物，她没有经验。

"冰川，一个有意思的话题。你们也刚刚见过明永冰川，感觉还好吗？"克拉克女士又端上来一个瑞士芝士火锅，看得我和黄蓉两眼都发亮了，我们特别喜欢瑞士芝士火锅搭配西班牙火腿和宁波年糕这种无厘头的吃法，每每抱着必胖不悔的决心。

"感觉冰川小了很多。2055年时，喜马拉雅中部和东部冰川几乎都消失了，洪水不断，全球平均海平面提高了9～88厘米。有些人危言耸听，觉得未来一些沿海城市说不定会沉入海洋。"

"你担心上海有朝一日会重新回到大海？据我所知，好像你们上海金山的海底就有一座古城。"淑贤开玩笑道。

沪生接话："你好厉害，好多上海人也不知道这个事情，我们为了制作八维地图，还特地去金山海底拍摄古代康城残迹。东晋时，金山一带海岸受强潮影响，不断坍塌，在南宋淳熙十一年的一次地震海啸中，有两千多年历史的康城沉入海底。还有传说，年老的西施曾隐居于康城并随康城沦海。不过，有人对此有疑惑，建立在三国年间的万寿寺在当时的康城地区，这座寺院仍然存在，很难解释康城沦海。"

　　"宇宙就是变化。2400万年前，巴黎也是大海。我们还特地去巴黎地下隧道看过，隧道的岩石都是海洋留下的贝壳残片……你们的八维地图很有意思，以后我也要用。"淑贤衷心地说。

　　"喜欢旅行的人都会喜欢八维地图，历史的细节感和代入感很强，我们地图最受欢迎的就是赶集，在新疆大巴扎、苏州横街早市等，相当于集市直播，充满了羊肉串香味、豆浆香，还有熙熙攘攘的人群，想买什么还可以马上下单，有意思极了。"沪生不无得意。

　　"我刚刚试用最新版八维地图，就已经成为深度用户，如果有世界版就好了，可以去看看你刚刚说的地方。"黄蓉扭头对淑贤说，"你们旅行的线路好有意思！"

　　"是呀，我们喜欢远古神秘的地方。去看过土耳其国家公园的'神秘'火焰，那里地面的火焰已经燃烧了2000多年；去过非洲维多利亚瀑布，那里是非洲诞生的源头，曾经的火山爆发形成了现在的非洲板块；还去过'地中海灯塔'，大海边，落日下，看每10分钟爆发一次的火山，感觉好激动……"

　　"羡慕，太羡慕你们了……你们是真正的旅行家。我也喜欢那些地方，让人想起混沌初开，地老天荒……以后，非洲板块继续向北移动，地中海会闭合，法国和德国的山脉越来越多，大洋洲会和中国南部相连。2.5亿年后，又会出现一个超级盘古大陆，亚欧在世界的中心。宇宙不断重组，那时候的我们又在哪里？"沪生像是醉了。

我们已经说不动话了，最后一道甜点英式布蕾也已经没有胃口品尝。血液都在胃里帮助消化，大脑昏昏沉沉，却又舍不得上床睡觉。克拉克女士提出玩"笑就付钱"的游戏。

白秋白突然一脸坏笑："我说个笑话，我们公司的机身有个功能就是预测最佳婚姻对象，你们知道预测到她和谁最匹配吗？"白秋白突然指了指我。我怔在那里，还没有反应过来，白秋白一边大笑一边说："华勤和老菠萝最匹配。"

大家不明就里，看着我不作声，只有黄蓉笑得眼泪都要流出来了，我气得脸涨得通红，怒斥："你真是瞎七搭八。诽谤！你什么时候去测算的？我都不知道！"沪生的眼神变得有点古怪。我还没有开口解释，我妈也生气了："小白，这种话不好乱说的。一个公司的人抬头不见低头见，以后难为情的。"

"这是机身预测的……"白秋白试图解释。

我起身，看着克拉克女士，强压着尴尬和怒气："已经很晚了，该休息了。非常好的晚餐，谢谢。我们要付多少钱？一会儿云支付给你。"

说完，我就扬长而去，连华华都没有搭理。

过了一夜，我的怒气还没有消。早晨7点不到，沪生来敲门：

"昨晚，白秋白拉了一个晚上的肚子，感觉要虚脱了……"

我虽然还怨他，但事情过于突然，在高原，闹肚子会引发什么后果很难说。强打起精神，我和黄蓉商量了一下，无奈地做了决定：打道回府。

一场热热闹闹的旅行竟如此仓促地收场。老妈一路都在埋怨白秋白不该吃那么多芝士火锅，耽误了后面的行程："年纪轻轻的，要懂得克制，肠道吃坏了很麻烦的。她外婆有句老话叫'肠中无屎，活到一百'。不是我迷信，中医甚至移植健康人的肠道菌群治疗肠胃病，医生说，肠道细菌可控制大脑内小胶质细胞功能……"

白秋白频频点头，一路讨饶，怪自己嘴馋嘴贱，倒也很快让人消了气，阳光男孩最讨老人喜欢！

找了个没人的时候，华华偷偷告诉我，是她把泻药放在白秋白的水杯里："谁要他说话不过脑子，让人那么难堪，贱人贱死了。"

我惊愕地看着华华："下次不可以，你太没有分寸了！高原上拉肚子可能会死人的……"

华华一脸不以为意。我早应该想到这一点，机身的脑部有机组织不够完善，做事情时常会越界。华华随身带着泻药，她在培植肠道菌群，肠胃功能不稳定，有时候需要用一点泻药。

我已经离不开华华

回到上海，我和华华当日就赶去公司。老菠萝叫我送华华去安检，公司有规定，但凡员工的机身因非公务去外地回来，都要送检，以防资料外泄。

"好吧。"我唯唯诺诺。自从白秋白胡说机身预测我和老菠萝般配后，我就有点不自在，说不定他也知道这个预测。不过，他还算是个正人君子，从来没有对我有非分之想。

华华送去检修需要2天，她不在我身边的日子，我的工作简直不能自理。所有的客户资料、来往合同、预定机身各种型号的详细资料等都在华华大脑里，我其实只知道大概和个别细节。华华一旦离开，我就如同失去手足，从早到晚在办公室忙着查资料。我突然意识到不只是律师之类的职业，我的工作以后也能被华华取代。本世纪20年代，真正意义上的高智能机身还在萌芽状态时，Cortical Labs开发的盘中大脑和AI相比已经有了质的飞跃，AI要90分钟才能学会打乒乓球，这个大脑仅仅用了5分钟就学会了；进化到现在，不要说打乒乓球，经过5个月学习后基本就能胜任律师，比如《破产法》学习，机身不但能理解人提出的问题，还可以根据参考文献和例证推测结论，而且他们有自我学习的能力，会关注每天全球的相关诉讼案件，人脑哪里能处理那么多信息？机身却可以，还不会受贿。律师助理是最早失业的，他们的工作太简单，无非是询问客户一系列问题，根据客户回答判断是否有上诉的必要；如果有必要，一步步引导客户进行上诉。机身做律师助理优势很明显，他们熟知全球每个类似官司的判决，引导的成功率高，收费低廉。积累了足够的经验以后，机身律师助理逐步取代律师，顺理成章。人类胜出的无非是人脉资源，律师事务所合伙人依然由人类担当。

我的工作，很大一部分也是依赖经验，而不是创造力。工作10年，创造力接近枯竭，况且人的记忆力远远不如机身，为了重新设计黄教授的机身功能，半夜11点我还在公司焦头烂额地寻找和细胞学实验相关的材料，有些材料似乎记得，又记不全，找起来非常麻烦。

当华华回到我身边时，我忍不住抱着她转圈，嚷嚷着要给她买新衣服、新包包。华华被我的异常激动弄得不知所措。人和人之间也有这种情绪，那种平时在你身边默默对你好、为你付出的人，你从来都熟视无睹，有朝一日对方突然离开，你马上感觉到天塌地陷的慌乱。华华是我的一部分，在机身寓意上她是这样被定义的，这种感情应该怎么理解，自恋？来不及多想，我马上给华华指派工作，让她处理黄教授的机身需求更新，以及机身社交基地工作计划细节。这两项工作都是硬骨头，尤其是后者，政府决定在3个月之内动工，为全新的老城厢千年水乡造声势。我已经得到命令，全力以赴跟踪执行机身社交基地相关工作。

机身社交基地动工了

接下来的几个月，我和华华一直在忙机身社交基地的事情。政府办事效率颇高，从立项、选址、规划、专项审批、设计到实施，4个月后，我们已经出现在机身社交基地的工地上。中国基建的速度世界一流。这次机身社交基地建设从一开始就引发各界关注，施工队全部由机身组成，虽然之前一些基建项目已经开始用机器人，但是全部用机身来施工还是第一次。负责管理机身施工的是本世纪初就已经尝试用机器人造房子的广东大桂集团。原本以为造房子并非难事，这段时间沉浸其中，才知道以前人工造房子容易出错的地方太多。比如沉降不均匀，可能是因为回填土含水率过高，未按规定分层夯实；桩顶施工不达标，是因为沉桩过程中，没有及时发现桩不垂直；还有什么类似"剪力墙竖向钢筋端部未做弯锚"，那多数是施工人员操作技能和经验不足。人工施工的不确定因素很多，很大程度要依赖施工人员的责任心和经验。机身施工就没有这些问题，他们每个人负责一种工种，100%严格实施。机身施工不扰民，得到施工许可证，可以20小时施工，每天只需要1小时的养护时间。对于房地产开发商来说，机身工人的性价比高，安全、高效。

机身社交基地设计风格简洁，主楼基本由全透明的玻璃组装而成，主楼前面的"游泳池"其实是巨大的液体充电空间。内设图书馆、电影院、游戏空间、舞厅、歌厅、魔术空间、餐厅、茶吧等。副楼则是石库门风格的商铺，用来出售各类机身装饰，还有机身美容院等。整个施工时间不过2个多月。8周后，占地2000平方米的机身社交基地展现在公众面前。机身社交空间并不允许人进入，也就是说它是一个彻底的机身小社会。如果和自己的机身一起来到这里，人可以在附近的区域活动。当初这个决定遭到了各方的质疑，不过，为了给机身们一个独立的空间，监测他们的社交和思维能力，公司坚持了这一点。

社交基地的主体建筑类似加拿大卡尔加里中央图书馆，只是外围玻璃中央镶嵌着大脑造型的银色亮片，暗示机身的智慧有无限发展可能。图书馆是发展智慧的源泉，里面没有实体书，却拥有世界数字图书馆所有的馆藏共享权，每年全球超过40万本新书的数字版都在其中。图书馆的分类和实体图书馆大致相似，一排排都是机身可以"看懂"的芯片，他们需要看什么书，只需要插入芯片到机身的输入装置。机身也可以在图书馆阅读电子书，芯片插入后，他们自身携带的屏幕就可以作为电子书阅读器，划重点、做笔记等功能都具备，还可以查询、预订、续借数字电影和电视剧等。

四楼是天文馆，蔡司天象厅使用的是蔡司VV型天象仪，天象厅有300个座椅供观赏星空表演。除了星空剧场，还有一个可以互动的全天域三维图像的太空剧场。天文馆还有数字电影院，里面播放的都是天文类电影和纪录片，剧场采用10个投影机，分辨率高达442k×42k。除了剧场，天文馆拥有一台反射望远镜。该望远镜安装了CCD照相机和视频摄像机。机身所有观测的数据和感受都可以直接云留言给天文学家。二楼的部分面积也给了天文馆，这里将建设一个太空天气以及黑洞虚拟现实体验室。

二楼还设有一个魔术空间。很奇怪，机身们对于变魔术都非常痴迷，他们喜欢不断重复变一个魔术，然后，就像一个傻子一样哈哈大笑，连华华也不例外。每每看到她这样，我都要被气晕过去，总觉得拉低了我的智商。

一楼是舞厅和歌厅，在人类的预设中，绝大多数没有追求的机身可能最喜欢去这里。他们可以在这里开舞会，进行歌唱表演。

为了加强娱乐性，还为他们设计了保龄球馆和台球馆，至于餐厅和茶吧，主要起装饰作用，机身不需要饮食，舍得为机身装置人工肠道的也不多。餐厅只是为了让他们更像人类社交而设计的场地，占地不大，供应的也大多是便于清肠的流质食物，价格非常昂贵。

社交基地里的石库门副楼最大的亮点是鳞次栉比的装饰店。除了传统的机身美容美发、时装店、美甲店，还多了一些配饰店。为了弥补这块业务空白，公司专门邀请配饰设计师和机身合作设计了配饰，机身的品位有些古怪，他们喜欢把硕大章鱼造型的胸针别在帽子上，还喜欢用乌龟壳图案做围巾，颜色必须是极有辨识度的大红大绿，手镯喜欢方块形状的，良渚人的品位。当我看到配饰店里的那些商品时，内心在叹息，我希望华华永远也不要走进这家店。

机身社交基地无论建筑外形还是设置都颇为亮眼。为了进一步给老城厢造势，吸引更多的游客，市政府决定举办一个规格相当于上海市民文化节的开幕式。事实上，政府相关部门第一次筹备和机身相关的主题活动开幕式，他们没有方向，工作都交付给我们。公司大动干戈，每个部门抽调了几名同事一起参与开幕式筹备工作，因为临时接手，难免互相推诿。拿公关部来说，有Lily和菜嘉两人。Lily属于那种你和她说什么事情，她都满面春风一口答应，然后隔很久也没有下文的人。如果你再追问，她仗着资格老，转身把事情扔给别人，一点都不内疚。毕竟她和政府关系良好，政府公关很多事情需要她出面协调，手握如此重要的资源，老菠萝也要让她三分，谁敢总赶着她做事呢？菜嘉刚刚入职，对任何事情都一问三不知，待人客气，一口一个"对不起"，搞得你觉得追问新人显得有点刻薄。其他部门的同事也差不多。最后，几乎所有的工作都落到我一个人身上。

好在，我从来喜欢知难而上，有华华帮忙也不怕辛苦，表面上和老菠萝大倒苦水，心里笃笃定定。华华多能干！她参考往届市民文化节开幕式，半天工夫就写好了《盛世嘉年华——机身社交基地开业大典》的活动方案。时间、地点、主办和协办单位，除了开业大典参与的领导和嘉宾待定，节目具体活动项目，开业大典组织委员会主任、副主任的分工。事无巨细，甚至连节目彩排时间和开业大典现场布展单位，灯光师、音响师信息，舞台道具的准备和搬运工作，以及宣传步骤和渠道，都写得清清楚楚。机身表演节目也安排得井井有条，包括大合唱、独唱、舞蹈、相声、小品、魔术等。

"华华，你太神速了。你怎么联系到演员，编排出那么多节目？"连我也有点惊诧，我没有给她任何演出单位的信息。

"机身参与的节目，我已经云问过他们，谁擅长表演什么，哪些机身参加过市级正式演出，基本都知道。我又看了往届开幕式上的保留节目，那些项目都按规矩继续保留，只要通知演出单位就好。"华华思路清晰。

"那布展单位呢？"

"我的云里储存了上海口碑排名前十的布展单位，前三位曾经给上海官方大型活动布展，很容易联系到他们。当然，名单还是由领导来定夺。"

"好吧。"如果人类来从事这项工作,可能需要一个团队去联系、筹备、开通气会,形成初步方案,再开会研讨,几个回合后才能正式定下来。这些工作,华华只花了几个小时,和单纯的语言编写模型不同,华华所撰写的文本几乎不需要人类修改。

我先把方案云发给老菠萝,再发送给政府相关部门的负责人刘志。刘志也被这个速度惊住了,赞不绝口,表示要上报,听上级领导的指示定夺。领导很快批复:"'盛世嘉年华'不妥,不能凸显上海老城厢千年水乡的格局和情怀。"这种思维类的写作华华不能胜任,我绞尽脑汁,最后拟定《千年水乡和现代智能共振——机身社交基地开业大典》的标题交差。领导似乎也不是太满意,磨叽了1天,没有给出进一步修改意见,算是默认了。

开幕式当天,盛况空前,市民对观看机身表演热情高涨,云全程直播。市里负责文化旅游和经济发展的领导都到场了,连市长也应邀出席,公司大老板Frank当然陪同。老板光临,员工的准备工作要翻倍,事无巨细,人仰马翻,老菠萝这个马屁专家这段时间都住在公司。开幕式现场,从摆放的鲜花品类到厕所间的香氛选用,处处斟酌,和公关公司反复确认,唯求尽善尽美。机身的演出是重头戏,从服装、妆容到发型,反复改进,节目进行了29次彩排,机身不觉得累,只知道傻乐。我们几个核心工作人员到开幕式的那一天,已经累得脱了人形。不过,看到现场6000多名观众掌声如雷,市长满面笑容,大老板频频点头,我们的付出也值得了。

开幕式结束,机身们自己进入社交基地,观众可以在云中看直播。我自以为不会有大问题,太累,想早点回家躺在床上看直播。

老菠萝也默许了，他更累，还要陪着老板去上海特色餐厅吃饭。

机身社交直播闹了笑话

回到家，我虽然打开云直播，却很快抵抗不住睡意。等我被刘志的来电惊醒，已是下午3点。刘志的口气很着急："你有没有看云直播？快点让你们公司先关闭直播，你怎么人不在现场？马上到社交基地！"

我一惊，第一反应就是给老菠萝打电话："刘志叫我们关闭直播，不知道出了什么事情。"

"直播已经关闭了。你先赶去现场，我现在陪老板，也不方便多说。"

我大惊，马上赶往社交基地。

我赶到机身社交基地，只见眼前一片狼藉。一楼舞厅窗户上装饰的帷幕被扯成条状，很多机身"缺胳膊断腿"地呆站在那里，天文馆电影院的屏幕被砸出一个个坑，幸好，望远镜保住了。餐厅就更不像话，食物被抢劫一空，不知道如何洗肠的机身因为消化不了，发生故障，傻愣愣就地如厕……副楼石库门里的装饰商品被一抢而空……

我赶紧问华华："这里发生了什么？"

华华一点没有难为情、内疚这些人类做了错事后的反应，她很平静："我们进来后，在每个地方参观。我去了图书馆，不知怎么，下面的舞厅开始打架斗殴。我想他们只是觉得好玩，再后来电影院也出事了。"

"图书馆没事吧？"

"和人类的图书馆一样，它一直是寂寞的。"

"发生了什么？呵呵，我来告诉你。"刘志走了过来，讥笑道，"他们根本不会跳舞。虽然舞厅内的云屏上有教他们怎么跳舞的教程，他们似乎没有看，没多久，就开始打架，还撕扯窗帘上的帷幕做武器，又用这些作为草裙舞的道具跳舞，总之，就像一群疯子。保龄球和台球馆也是一样，他们不会玩那些，拿着球互相猛砸，把台球杆当成金箍棒。最难以理解的是在天文馆看电影，开始还好好的，电影结束后，他们不走，一直坐在那里，突然上去砸屏幕。机身都很有暴力倾向啊。"

"不是这样的，我们只是不知道下一步该怎么办。"华华辩解道。

"不知道？每项功能都有如何使用的视频介绍，难道你们看不懂吗？都已经可以做律师、医生、老师，竟然那么不懂礼仪和常识？我们还为你们开启了云直播，影响多恶劣。"刘志脸色铁青。还没有等我开口解释，他又说："还有，他们到服饰商店，随便拿服装试穿，佩戴首饰，不付款就走，收银员根本拦不住，简直是一群强盗。"

"没有人告诉我们要付款，我也拿了一条围巾。"华华非常生气时，语气会自动调整到一级尖锐状态。

"不知道？去商店买东西付款是常识啊，难道你们从来不知道常识……"刘志也挺让人费解的，他居然和一个机身较劲儿。

"别和她一般见识。我问一下公司工程师，马上向您汇报。很抱歉，机身独立社交毕竟是新鲜事物，对我们是，对机身更是。他们平时的言行基本都是规划好的，请千万理解。"我心急如焚，恨不得马上见到老菠萝，询问应对思路。

当天，公司就召开了紧急会议，30多人出席。本来我的级别不够，没有资格参加会议，因为这次直接负责社交基地项目，也有份参与旁听。会上，我们反复回看机身在基地活动的直播，发现他们显然不理解这些人为设定的功能厅的意义。比如，机身在舞厅，他们看了跳舞的视频指导，看完，还是待在原地不动，可能不理解这和他们有什么关系。无聊了，一个机身碰了另外一个机身一下，对方也碰了回来，旁边的机身开始模仿，肢体动作越来越多，形成群体斗殴。事后了解到，他们不是因为有矛盾才这样，只是觉得好玩。

"机身没有群体社交常识，表现才会如此鲁莽。外人看了觉得他们很可笑，我倒是觉得这些都很快可以被纠正，不是什么问题。"老菠萝看上去很镇静。

"这次云直播有点仓促，要纠正社会对机身的负面印象，需要花费更多的心力。这个社交基地的推出，我们公关部没有得到足够的信息。"Lily似笑非笑，眉头微皱。

"我有……一……一个想法，社交基地……应……应该设立机身工作岗位，马上……启……启动对机身工作人员的培训，再由他们负责教……教授其他机身使用社交基地的设备。工……工程师可以编一套通用代码。"不知道是否因为大老板在的缘故，战略部的张斐有点口吃。

"你说得好。不过就是有一点，先给政府相关部门一个解释。这次市政府秘书办很不高兴，开幕式尚可，后面的直播现场成为槽点，大家都说机身是一群弱智……"

"和弱智没有关系——我问过我的机身，他说他第一个撕下窗帘当成跳舞道具，这是从《飘》中得到的启发，他喜欢女主角郝思嘉用天鹅绒窗帘做裙子。难道这不是反应了机身的聪明，做事举一反三？事情没有那么夸张，应该让大家看到这场事件中，机身所表现出来的有趣的地方。如果用人的性格来比喻，通过这次事件，我们发现了机身如孩童一样具有本真。对于我们研究机身，从科研的角度来说也大有益处。"一物降一物，除了老板，只有白秋白的主管刘大烨敢顶Lily。

"对，对机身进行培训后，再组织一次直播，公众就会明白机身多么聪慧，只要稍许指引，马上变得比人类更有常识。"

听大家讨论，一直沉默不语的Frank说："工程部、公关部和培训部同时行动。工程部完善机身社交基地的通用编码；公关部做好对政府部门的解释工作，并且向公众挖掘出这次事件中机身所流露出来的好的一面；培训部今天就开始内部招募机身成为基地接待工作员，即时培训。1周后，我希望看到具有人类常识和社交规范的机身社交基地直播。散会。开幕式做得不错，市长也光临了，各位费心了。"

老板一语定乾坤。想到1周后还要直播，我就暗暗焦虑。好在机身培训部的老大林博为人宽厚，做事果断，合作起来倒也放心。

恭送大老板出会议室后，林博一把抓住老菠萝："时间来不及了，先内部抽调一批机身培训，直播过后，再专门培训一批机身作为专职工作人员。"林博的口气不容置疑。

"好，内部招募。"老菠萝一拍即合。

晚上，我问了一下老菠萝，Frank有没有对这次直播失败问责。老菠萝笑出了声："侬想太多了，老板看问题角度不同，他认为这次直播从研究机身的角度来说是成功的，这些直播视频资料，他如获至宝。"

怎么会这样？带着大问号，我请教了白秋白。白秋白说："对机身开发人员来说，这当然是好事情。机身每一个出乎意料的表现都可以视为可能存在的意识。如同'蛇神'思想实验那样，一直有学者认为一切心理活动都是神经活动而已。所谓的蛇神实验，就是想象一个人长相和行为都像你，但是没有你所拥有的意识，蛇神和你没有外表的区别却可以模仿你的一切言行，说明言行不需要意识的存在。这个实验却不能说明意识现象如果仅仅是物理过程，那么心理现象为何会间接随附性呈现？心理现象难道是一种完全非物理的现象？对于人来说，意识是一种伴随性的心智活动，所有的心智活动源于大脑这个物质基础。对于机身来说，他们的脑信息加工，有没有可能成为另外一种信息传递过程？现在机身社交基地的无人为干预的表现恰恰提供了宝贵的实验数据，证明了意识并不是脑动力学机制层面上的物理过程。有神经元的机身表现和没有神经元的机身表现也不同……"

对于白秋白的解释，我听得一头雾水，不过大老板没有问责也足够宽慰。再看看云新闻，不得不说，Lily虽然为人挑剔，干活儿还是很利落。当晚，各类云媒已经换了舆论风向："机身童言无忌，一派天真""仅1周时间，机身将学会人类社交规则"……林博和他的机身也给力，很短的时间内就整理好一份100多页的机身培训资料，内容涉及方方面面，除了各个功能厅的介绍，音频和视频讲解具体使用方法，还包括机身和机身的距离应该保持1米、女机身的任何部位都不可以随意触碰等社交常识。

为了让直播多一些趣味性，公司还赶制了一批动物造型的机身工作人员，比如帮助维持秩序的巡逻狗、小花猫等，如果看到哪位机身没有遵守行为规则，它们会及时提醒。在天文馆、图书馆各种设备旁都配备了机身讲解员，防止因为不懂操作而破坏设备。保龄球和台球馆等娱乐设施也都有专门的工作机身指导。机身的学习能力惊人，仅仅用了2天的时间就已经可以胜任工作。机身培训基本结束，我们找来大约100名机身做模拟测试，参与测试的机身很快就学会如何操作各种设备。

"现在唯一担心的就是当天光顾的机身会超过1000位，工作机身来不及教授和引导，从而引发混乱。所以还需要限流，入场也要分批次，你们看呢？"在我们的反复演练中，林博还是找到了新的隐患。

"没错，我们尽快请示一下上面，入场机身数要限流。"

"且慢，先在电脑上做一下模拟测试，看看大约用多少时间可以教一个机身独立使用设备，这样可以推算出入场机身数控制在什么范围最安全。"

江太太被人毒死了

没日没夜的忙碌中，我两耳不闻窗外事，突然接到了周郡的电话，感觉像回到人间。

"有空吗？和你说个事，昨天下午江太太被毒死了。"

"啊，我完全不知道，最近都好忙。"我大惊失色。

"你看看云新闻吧，找时间聚聚。"说完，周郡就收线了。

我急忙打开云。果然，社会新闻铺天盖地都是"陈瀚海女士因蓖麻素致死，江城集团家族纷争再起疑团""江城武则天陈瀚海被害，疑被机身投毒"之类的标题。当看到居然有人说江太太被机身投毒时，我预感到公司又要处在舆论的风口浪尖。我试着接通老菠萝的云，我虽然讨厌老菠萝的油滑，一遇到事情还是会第一时间想到咨询他老人家。

老菠萝的云一直在繁忙状态。我的心里更没有底了，事情固然和我没有直接关系，但江太太毕竟是我的客户，发生了这种事情，惊愕、担心、怀疑和一点点难过交织在一起，还有一种莫名的害怕。我回想着当初不祥的直觉，江太太如此执着地要求机身具备侦查和反侦查能力，尤其是测试毒物的能力，这一切究竟和她今天的死亡有什么关系？我没有心思管直播的事情，好在一切已经走上轨道，留下华华在基地协助培训事宜，我匆匆返回办公室。

我先复阅了一下吉力的定制资料，从资料中可以看出，吉力不可能被人利用投毒。一方面，吉力的程序没有被入侵，也就是说，除非江太太本人要求，否则吉力不会做出投毒这个动作。另一方面，机身的毒库里根本没有蓖麻素。

这个发现让我松了一口气。

胡思乱想之际，"云"响了，是老菠萝。我急忙接通，老菠萝让我迅速准备当初定制吉力的合同，以及江太太生前参与吉力试毒的视频。

"20分钟后，资料一起发给我。"老菠萝声音嘶哑。

"好的。公司还好吧？"我跟了一句。

"和吉力没有关系，做好解释工作就可以了。"老菠萝似乎胸有成竹，他将每一笔订单都视为天大的事，这事反倒显得不那么焦虑。

我让监控室调出江太太第一次到我办公室洽谈定制事宜的录像，一并发给老菠萝。录像里，江太太看上去如此端庄优雅，人中线也很长，似乎可以长命百岁的样子，哪知道竟会发生如此惨剧。我不由伤心起来，内心有了一种迫切想要知道江太太死亡真相的冲动。等老菠萝确认收到全部资料，我便约白秋白、黄蓉、周郡一起相聚"重庆周师兄火锅"，此刻我急需一个靠谱的案情讨论氛围组。

周郡临时出犯罪现场，不能来，他还是派了自己的机身昌钰前来，我怀疑这是看在黄蓉的面子上。据青山透露，他们最近一直有约看电影和K歌。警察机身擅长通过线索对比强大的数据库，至于数据分析能力是否能和人类媲美，我心里还有点犯嘀咕。

白秋白猛点菜，鹅肠、兔头、腰花、牛肉……然后说道："我一开始就不想接这个客户，总觉得怪怪的。"

"虽然和我们没有什么切身的关系，但是，把它作为现实版'剧本杀'也不错，至少为吉力翻案啊。"我循循善诱，调动他的积极性。

"我先来和大家说一下案发情况。案发时，只有江太太、江太太女儿、吉力和厨娘在家。江太太吃的有毒草莓酱三明治是她和女儿亲手做的，厨娘没有插手……"昌钰说话的语气模仿李昌钰先生，不紧不慢，铿锵有力。

还没有等昌钰继续介绍，白秋白接口了："一个八卦网站透露，除了女明星，江先生历来喜欢染指秘书、助理。据说江太太掌权之前，他的几位秘书其实都是小老婆，还都和他有孩子。这家人的故事真是精彩啊。"

"哪个八卦网站？"黄蓉双眼发光。

"'有名堂'，但凡国内发生的八卦事件，上面都有一个专辑，还招募知情人爆料，一旦采用，会给钱打赏。上面的留言太八卦了，我经常去看评论的。"

白秋白突然变身八卦男，我有点瞠目结舌。"你居然经常去看那些内容？现在我终于相信了，闷声不响的理工男最骚。对了，有没有人把江太太的案子放在上面，说不定有啥线索？"我一边说，一边打开"有名堂"。

"好像还没有，我们自己把案子发上去，说不定有知情人爆料。"

"你们先好好听案情！"昌钰的脾气火暴，据说是因为他的大脑里用到了老虎的细胞组织，"江太太的爸爸也是被人毒害的，一直没有破案。我有种感觉，这件事一开始就有人在背后密谋，不是那么单纯。吉力的测毒功能很强大，几乎囊括所有的常见毒品，事情那么诡异，毒库里偏偏不包含蓖麻素，他没有能力检测出这种毒素，江太太偏偏死于这种毒素。"

"蓖麻素这种毒很特别吗？为什么那么难检测？"

我答道："我问过我爸爸，蓖麻油作为催吐剂和泻药已经被用了几千年。蓖麻素曾经是早期免疫学研究的工具，注射微量的蓖麻素，可以建立起对大剂量的毒素的免疫力。也就是说，人体注射小剂量的蓖麻素后，人体免疫系统会形成对这种毒素的抗体；还有一种'记忆'，身体一旦接触了抗原，抗体就会和抗原结合，阻止抗原进入人体细胞，还会刺激'巨噬细胞'消灭抗原。身体对蓖麻素的反应可以用来检测毒素，抗体被提取出来，用于免疫实验测试，蓖麻素抗体可以用放射性同位素标记，和蓖麻素结合后会发光，这就表示有蓖麻素的存在。不过，现在的科技对极其微量的蓖麻素毒还是没有办法检测。下毒的人肯定知道这一点。能够选这种方式下毒，也有点奇怪，因为蓖麻素中毒后一般不会那么快死，好像有的人腹泻好几天才会死去。我爸爸说，蓖麻素中毒如果5天内不死，一般都可以活下来。"

"江太太的爸爸是死于什么毒素呢？不会也是蓖麻素吧？"

"我查过数据库资料，江太太的爸爸叫陈源，他有青光眼，一直使用毛果芸香碱治疗青光眼。不知道怎么回事，有人把毛果芸香碱放到他的汤碗里。不过这件事也有争议，当时陈源突发了心脏病，有人说这和他使用了高浓度的苯扎氯铵有关，因此诱发了心脏病。"昌钰说。

"苯扎氯铵不是黏膜类消毒液吗？还能诱发心脏病？"

"陈源也是倒霉，据说他那段时间内唇有严重溃烂，医生就给他开了苯扎氯铵，关照他要稀释后使用，结果他忘记了，直接涂抹在嘴唇上，正好吃东西，或许就是那碗有毛果芸香碱的汤，不知怎么就突然死了。有心脏病的人对一些药物会异常敏感，医学上也不好做判断。但是，就算使用苯扎氯铵溶液诱发心脏病，汤里的毛果芸香碱也是有人要谋害他的铁证。"昌钰分析得有模有样。

"哇，他们家太复杂了，我不得不相信这是一场阴谋。"白秋白咂咂嘴。

"你们知道吗？据说，江太太掌权也就是近10年的事情，之前在公司连一席之地也没有，眼睁睁看着老公在公司和一帮秘书搞桃花。那帮秘书之间也斗得很凶，那几个女人帮江宇宙养了几个儿子。不过，最后大权收到她自己手上，还坐实了'武则天'的绰号，江太太肯定不是等闲之辈。"

"这倒是，背后免不了惊涛骇浪。你不知道一个受了委屈的女人会变得多么凶狠，我倒是有点同情江太太了。那个厨娘会不会有问题？"黄蓉若有所思。

"厨娘在江家工作了10年以上，至少取得了江太太的信任。我再去看看江家的监控，白秋白你看看有没有办法搞到吉力的监控。你们吃，我先走了。"昌钰一点不拖泥带水。

第二次直播成功了

就在我们讨论时，公司已经陆续发布"吉力测毒"的视频，老菠萝还接受了AAA新闻定制的采访，对于机身的服从性、稳定性做了解释。老菠萝透露，吉力的内部监控显示，他没有离开过江太太，所以也不可能是外界所传的"受人指使"，他的程序也没有被入侵过，也不存在黑客远程操控投毒的可能。最重要的是，程序记录显示，吉力当日并没有得到江太太的测毒指令。可以说，吉力和这个案件没有关系。这以后，利用吉力投毒的阴谋论基本没有人提起了。

为了转移话题，我们迅速上马机身社交基地的二次直播。这一次，云直播显示机身秩序井然，除了工作人员，几乎没有机身在舞厅跳舞，他们更喜欢玩保龄球，挤在天文馆电影院看电影或是研究望远镜，一部电影可以看很多遍。也有些机身去图书馆，只是还不太懂得如何寻找自己所需要的书籍，不停地拿芯片插入自己的"身体"，也许他们觉得这种方式如同某种游戏一样很有趣。发展到后来，他们排队在图书馆"插"芯片。他们喜欢群体活动，如果一个机身对一样事物有兴趣，其他机身都会跟风。让我们意外的是，机身目前对于消费没有特别的兴趣，和上次抢服饰店的服饰不同，这次他们只是在外面的橱窗看了看，甚至没有进去，也没有机身主动去做美甲美容。

游客要看的是机身社交的独特性，对于我们公司来说，每个机身在社交基地的表现都是研究机身的绝好素材，足以让程序员和设计师兴奋。据说杭州总部的工程师看到上一次失败的机身社交直播后，激动得号啕大哭。机身在一个群体空间中因个体差异而表现不同，其研究价值不可估量。

第二次直播还算成功。我在办公室接到一大束玫瑰，我吓了一跳，之前从来没有人给我送花，还是玫瑰。沪生用这种方式向我表示祝贺，以及表露自己的心意。

我有点不知所措，沉吟良久："喔，华华，你还是帮我回复一句'谢谢'，最为恰当。"

沪生不满足一句"谢谢"，约我吃饭，要为我庆生。我对沪生虽然没有特别的好感，但是不反感。30岁的生日，如果还没有约会过，难免有点对不起自己。于是，我答应了。

深度体验八维地图

我们约在陕西路口的环贸大厦。沪生请我在环贸吃饭，还有一个原因，他刚刚做完环贸这里一块地方的八维地图。他很得意，急着和我分享："这一带曾经很有名，原来是钱家塘。"

"钱家塘啊，我听说过，我曾外婆一位好友的祖屋就在钱家塘。这里最早叫钱家荡，里面本来是小街、弄堂，还有河浜，自成一体。"这个话题，我居然接上了口。

"对，太好了，这样我们有的聊了。"我们没有佩戴XR眼镜，借助全息技术就看到了画面——眼前突然矗立着半透明的钱塘公寓，那时还叫伟达饭店，"你看，大楼的左面就是钱家塘的入口，你外婆的好友也姓钱吗？"

"不是，好像姓陆。钱家塘后来也杂居了，著名笛子演奏家陆春龄老先生也曾住在那里，还有以前很有名的滑稽明星国庆爷叔。据钱家塘人的家谱记载，他们是越国国王钱镠的后人，明朝时期从杭州迁居过来，最早住在淡井庙一带，也就是现在的瑞金宾馆附近。我曾外婆曾经说她的闺密考证过，淡井庙还曾是钱家的寺庙呢，不知道真假。不过，可见当年钱家在这一带的势力。"

"肯定有势力，否则怎么能和法国人一争高低。"沪生请我吃的是粤菜，点了几道广帮经典菜。等菜期间，沪生又打开全息画面："来看看200年前的风光。"画面中出现淡井庙，旁边还有一条蜿蜒的河道——东漊浦。河道南入肇嘉浜，北到巨籁达路，就是今天的巨鹿路。

"那时候，这一带的自然风光还蛮田园的。"

"钱家塘的人挺有办法，法租界筑路，曾经想把这里的人都赶走，遭到他们的抵抗。最后，法国人做了让步，将钱家荡一分为三。后人猜测最早钱家荡的范围更大，东到瑞金路，北到延安路，南到肇嘉浜。西面复兴路以北到汾阳路，复兴路以南到陕西路。现在的淮海坊当年也都是钱家塘的物业。"

时间调整到1918年。

"你看，蒲石路就是今天的长乐路以北，分成东钱家宅和西钱家宅。汾阳路以前就是毕勋路，就是'钱家荡宅'，那里是最后的钱家塘。"

时间调整到20世纪20年代末，我们眼前出现了一条名为"白洋河"的小河浜，它从东溇浦蜿蜒东来，穿过亚尔培路（今天的陕西路），沿着原亨利路（今新乐路）到杜美路（今东湖路），在那里自然形成一个大水潭。

时间调整到1931年，画面中有正在建造的东正教圣母大教堂，北面是宽阔的白洋河。这一切，到1938年被改变了，河浜被填成了道路，东溇浦和白洋河都不见了……

上菜的服务员是一位机身，对眼前的画面充满好奇，她礼貌地问我们："这是历史上的环贸地区吗？"

我们笑着点点头，邀请她一起观赏。时间调整到1985年，钱家塘地区出现了五六座绞圈老宅，四周都是清水墙，没有仪门，三合院，五开间。其余的房子以新、老式石库门为主，其中规模最大的是淮海中路987弄的兴业里。画面里还出现了钱家塘的两家酱园，高墙上一个"酱"字很是气派。弄堂里有剃头店、南货店、老虎灶、烟纸店、大饼油条店、糕团店、箍桶店、锡箔店……沿街有"万兴食品店"和"美心"粤帮菜餐馆。环龙浴室的制作最有细节，浴室在老上海俗称"混堂"，混堂里，一位擦背师傅阿狗和扦脚师傅老朱在忙碌着。人物皆出自口述历史，活灵活现……

时间调整到1999年底，兴业里、月华坊、高塔公寓、钱塘大楼拆掉了，部分区域变成襄阳路小商品服饰市场，当时的俊男靓女都在这里挑选时尚的衣服……

全息画面的缺点就是看久了会头晕，眼睛很累。我拿出眼药水，一边滴一边说："你的工作太有意义了。我不是钱家塘人，看了居然也有种感动。其实我一直不喜欢这种影像技术，还是很假，没想到用在地图里却有不一样的历史再现的效果。"

"侬讲了好。不过，也有人投诉，前两天，有人就投诉说走到肇嘉浜路打浦桥海华小区，八维地图时间调整到明代，眼前出现了一个墓地，是明光禄寺少卿顾从礼的家族墓。顾从礼的遗体历经400年，皮肤还有弹性，身上穿着大明官服，冠带整齐、朝服如新，因为太逼真了，把她吓了半死，她要求我们公司赔偿精神损失费。"

"哈哈，哈有劲儿，这也不好怪你们公司。"

两人一边吃，一边看地图，聊得甚欢。结束后，意犹未尽，沪生还带着我走访了进贤路174弄，一个钻石地段里残存的江南围合式住宅。进贤路外面灯红酒绿，从中古店到弄堂餐厅、时装店、美发店、古董店，一应俱全，里面居然还存有仍有人居住的百年老宅，老宅外面还有一根法租界时期留下来的电线杆子。这种反差本来就很有历史的诗意。

回到家，已经深夜11点，我很少那么晚回家。老爸老妈像发生了什么大事一样看着我，一脸好奇又不好多问的表情。我主动交代："和普通朋友一起去看老房子。"

昌钰探案显身手

过了几天，白秋白激动地在云里拉了一个我们四个人的小群，分享道："有名堂"上有人爆料，江太太曾经因为子宫肌瘤拿掉了子宫，高度怀疑其小儿子江虎非亲生！

黄蓉、昌钰和白秋白在小群里热烈讨论，昌钰也有新料："我在上市公司股东大会的公开消息中发现，去年的股东大会，江先生缺席，对外宣称是去国外考察项目未归，有知情人爆料说他身体出了严重的问题，中风。据说，恢复了半年才能用筷子吃饭。"

"有点意思。老头子身体不行了，遗产分配就迫在眉睫，江太太中毒说不定和这个有关……"

"我也这么邪恶地想。"

"还有，我问了广东同行机身，他说当时现场一共有六块草莓三明治，除了她们母女吃掉的两块三明治，剩下的四块三明治里也都有蓖麻素毒。"昌钰的口气像是在透露一个秘密。

"剩下那四块三明治准备给谁吃？"

"据说是留到晚餐时上桌。江家的晚餐人口很简单，一般就是江宇宙、江太太和孩子们用餐。不过，江虎的应酬多，所以只在周末才固定回家陪父母用餐。我的分析是，三明治是留给江虎吃的。"昌钰说道，"在我看来，老头子刚刚中风，不会吃甜食，毒杀目标应该就是江虎……蓖麻素是一种现代常用的毒药，吉力的毒库里竟然没有蓖麻素，我很怀疑这是江太太故意设计的投毒案……只是，最后凶手却不一定是江太太。"

"昌钰，你这话逻辑不对呀，到底什么意思？"我疑惑了。

"她们母女想毒害的对象应该是江虎，事情在某个环节出了问题，令她中毒的凶手不是她自己。我反复看了他们家的监控，事发前后，她家里所有的摆设、厨房间里的一切和平常几乎一模一样，但是，我发现厨娘手中的抹布颜色和前一天不同……"

昌钰继续腾云驾雾。

"抹布的颜色？"我们愕然。

"对，抹布的颜色，没想到吧，我们机身可以分辨极其细微的颜色差别。事发前一夜，抹布的颜色为旧色的白，第二天厨娘拿在手里的抹布却成了瓷白色，上面还有粉尘状的颗粒，我可以分辨300多种白色，骗不了我。"

"会不会换了新抹布？"

"就是那块抹布，因为它的一角有折损，这和前一天的抹布一模一样，只是颜色变了。厨娘没有参与制作三明治，只有在做擦桌子这个动作时离三明治最近，而她手中抹布的颜色又变了，不觉得有点异常吗？"

"监控里没有看到厨娘对抹布动手脚吗？"我奇怪地问。

"厨娘有好几次拿着抹布到放垃圾箱的地方，那里正好是监控死角，说不定就是在那里动了手脚。你们应该知道我们机身对色彩辨识的厉害，去年至少有上百起案发现场勘察，是我们机身发现了极其细微的色差。"昌钰娓娓道来。没有等我们反应过来，他又对白秋白说："白秋白，如果你可以'黑'到吉力的内部监控，那我们就有了更多的头绪。"

"我已经'黑'过了……"白秋白诡异地笑了，"正想告诉你们，猜我发现了什么秘密。案发那天，吉力没有异常举动；但之前的1个月，他曾经被带去一个好像是算命的人那里，江太太并没有让吉力在房间里听他们交流。当中江珊珊叫吉力进去了一下，好像是送个什么东西，这期间，那个算命先生说了一句'他死不了'……这也太奇怪了。而且江太太马上就叫吉力出去了，这点也很怪。这几个月，江太太几乎和吉力寸步不离，在算命先生那里，却让他在外面等。"

　　"你说到这个我想起来了，是不是在上个月15号左右啊？江太太曾经'云'我，说是否可以给吉力重新安装程序。我说可以是可以，需要3天时间，恢复以后，以前的功能需求还可能有缺失，需要不断给程序打补丁。她大约觉得烦，就没有再提起。"

　　"对的，他们去算命的时间应该是上个月13号。"

　　"那就对了。这个线索进一步证实了我的推理，江太太知道吉力有监控，为了怕日后别人知道她去算命的事情，想重新装程序，洗白自己。她们是为谋划中的一起命案是否能成功而去算……算命的！富人都很迷信。"昌钰语气肯定。

　　"你不是怀疑厨娘吗？再说算命的人说的'他死不了'，可能指的是江先生呀，他刚刚中风，老婆怕他有不测，去算命也合逻辑。"我不服。

　　昌钰摇摇头："她们从广州开车到潮州乡下为老公的身体状况算命？江先生有广州最好的医生为他会诊，直接定期全景核磁，还用算命先生算？江太太还会为此焦虑到回自己老家找人算命？

No，no，no，你们太naive了。而且，我刚刚得到内部消息，已经要结案了，定性为江太太投毒，误伤自己而亡。警方在江太太的书房里找到了蓖麻素毒物。"

"照你的说法，江珊珊也是共犯，应该让周郡快点把吉力内部监控的这一段录像发给广东警方，也许还来得及……"白秋白一脸伸张正义的表情。

"这样好吗？把江珊珊也扯进来，本来她可以脱身了。好像有点残忍。"

"你就别妇人之仁了，黄蓉不是说因果不虚吗？自己做了就要自己承担后果……"

"我只是有点同情她们母女……昌钰不是说，事情还另有玄机吗？"卷进是非中，我竟然有点慌张了。

"同情？也许你只是想离开事实，以免真相让你不适。茨威格说，同情恰好有两种。其中一种同情怯懦感伤，实际上只是心灵的焦灼。看到别人的不幸，急于尽快地脱身，以免受到感动，陷入难堪的境地。这种同情根本不是对别人的痛苦抱有同感，而只是本能地予以抗拒，免得它触及自己的心灵……"白秋白忽然如文学青年一般叨叨起来。

昌钰当即云报告周郡，周郡也支持我们报案，他认为厨娘肯定有问题，江珊珊也不能逃脱原罪。既然一时拿不到厨娘二次投毒的确切证据，先抓了江珊珊再说。

我没有接口，纠结是否要和江珊珊通风报信。心有灵犀，就在我晚上准备熄灯入睡时，"云"响了，来电人竟然是江珊珊。

"云"的另一头，江珊珊语气焦灼："我想请问一下，吉力的程序是否可以重装？这也是我母亲的遗愿，她应该和你说过。"

我迟疑了半晌，字斟句酌："太晚了，您母亲生前确实和我说过这事，后来就没有再提起，也没有给我正式授权。最关键的是，吉力已经在警方手中，他所有的内部监控都会被警方检查，我们不可能再重装，你明白吗？吉力内部所有的监控，去过的地方、做过的事情应该都被警方检查过了，可能会再次检查。"

我发现这是个不露声色通风报信的机会，故意在某几句话上加重了语气，然后果断收线。

种种迹象表明，江珊珊不幸生在豪门，原生家庭埋下了悲剧的种子。这使我对她的同情大大增加，甘愿冒小险去帮她。

为黄教授定制新的机身

黄教授要求新定制的机身一边做实验室助理，一边学习做实验的流程。第二天，我和华华到黄教授的实验室，先了解做实验助理需要完成的工作内容，以便完善机身定制。

黄教授的实验室和其他实验室没有什么不同，到处都是显微镜和瓶瓶罐罐，休息区还有堆成小山般的方便面。"做实验有时候顾不上出去吃饭，吃方便面最省事。"黄教授解释道。实验室的生活如此简单倒是出乎我们的意料。每个桌子上都摆放着厚厚的实验记录，黄教授介绍："认真记录和整理实验数据是最重要的事情，蛋白质纯化之类，如果没有记录就等于没有做实验。实验笔记规矩很多，实验记录本的前面10页都是索引。每天都要使用新页面，写清楚日期、主要实验内容以及成果。最重要的是，实验记录本的页码要连贯，而且必须用专用笔记录，如果当天有录像或者录音和视频，要把附件编号贴在后面。"

"原始数据一定要越详细越好。"黄教授补充道，"我们的实验经常会碰到瓶颈，没有方向的时候，大家一起翻阅实验记录，灵感常常来自以前的记录。当时记录的细节看似没有用，后来却可能成为一把钥匙。还有一点，蛋白质要分装到管子里，在管子盖子上写好标签、序号和时间，记录本一定要有相应的记录，而且要写清楚蛋白质的具体信息。实验室里的工作就是不断重复，每一个细节实际上都是实验室成功的基石。"

华华把黄教授的话详细记录下来，又了解了一下黄教授目前实验工作的重点和难点。"最大的难点在于结晶，别看它们是一模一样的分子排列规则，即反复的空间排列，但是分子太小，又高度活泼，不能在显微镜下观察，很难获得结晶体。以前的科学家通过放慢几千倍速度，运用低温和合适的去污剂，降低分子运动的速率获得三维结构。现在要研究四维结构，而且里面是空心的，所以难度属于前无古人。还有一个研究重点，以前一直认为转运蛋白在运输底物时，其底物结合位点交替向膜两侧开放，但是向膜任何时候都不能两侧同时打开。这一点有可能会有突破性发现，这也是机身来参与实验后需要重点介入的地方。"

黄教授戴了一枚宇宙图案的胸章，见我好奇地看胸章，黄教授笑笑："越深入研究越觉得茫然，人体结构太奇妙了，好像是被某种力量设计出来的。科研需要人的努力，也需要好运气，才能找到那扇门，打开那扇门。希望宇宙能指导我们……"黄教授自己看了看胸章，"这也算敬畏自然吧。我给机身取名叫'宇宙'，有个好寓意。"

游走在法律的边界

我来到办公室，还没有坐定，就被老菠萝的"云"惊到了，他像一头咆哮的狮子，让我立即到他办公室。我从老菠萝失态的吼叫中嗅到了不祥，就匆匆赶了过去。

老菠萝的办公室里，除了我，还有比我早到、低头扯着手指的白秋白。见到我，老菠萝倒也没有多么凶神恶煞："你们都做了什么？胆大妄为到极点！吉力的内部监控是你们可以'黑'进去看的吗？"

一路上，我就猜是老菠萝发现了这事。事已至此，倒也不惊慌。每个犯罪分子都有一套早已在腹中打过草稿的说辞，以及脸上酝酿已久的楚楚可怜的表情："这件事情上，我冲动了，当时我太想证明机身的清白，吉力毕竟是我的客户订单，我不想有任何不利于吉力的舆论，所以贸然地让小白去做了一次黑客。"

老菠萝不买账："为吉力考虑？为公司考虑？你们去黑吉力监控的时候，相关部门已经做出了吉力无罪的定论。连案子都要结了。你们骗谁?!你们就是个人英雄主义,想做流落民间的福尔摩斯。你们弱智不弱智?人家广东警方是吃素的?人家不会看监控?你们能想到的人家想不到?要你们掺和,你们算什么里个东西!"

我从小到大还没有被人骂过"什么里个东西",一听火冒三丈,但上海人的涵养功夫让我只是微微把脖子挺了一挺,往内翻了一个白眼。白秋白拉扯了我一下,表现出诚惶诚恐的样子:"确实是我们不对,莽撞了,还触犯了法律。您老能不能帮帮我们,看看是不是能算作游走在法律的边界,您有经验,帮帮我们吧。"

一听到"触犯法律",我原本挺着的脖子马上缩了回去。上海人有句话叫"缩货",这一刻,我真切体会到自己就是一个识相的"缩货",头也低下来了。老菠萝像看两条可怜虫那样,嘴巴里哼哼唧唧地说:"要不是看你们对公司有多年的贡献,你们该去哪里就去哪里。我昨天半夜已经和律师商量过了,公司法律事务部会出面为你们解释,你们保持沉默。扣1年的奖金,回去吧。"

"好,好。谢谢了。"我虽然心疼奖金,还是点头如捣蒜,对老菠萝出手相助感激涕零。

老菠萝见我们服帖了,语重心长道:"你们太天真了,包括那个周郡的机身,怎么回事?一点规矩也没有!还要发消息告诉人家广东警方,他以为人家会不看吉力的监控吗?人命关天,人家恨不得连吉力的零部件都要拆下来检查,不会放过任何线索。"

"那……那怎么会如此轻率地结案?"我疑惑地问道。

"江家的人个个都不是吃素的,事情哪有那么简单?一切都要凭有效证据说话。回去吧,别再惹是生非了。你我不是上帝,我们管不了这些，有些事情只有交给时间。"

出了老菠萝办公室，我和白秋白像两个做了错事被罚的学生。我刚想说什么，白秋白说："我是胆子大了点，差点还连累你……老菠萝在帮我们，别计较他的态度。"

回到办公室，华华在房间里踱步，一脸焦急："没事吧？"

"没事……"我话音未落，"云"收到一条"阅后即焚"。
"阅后即焚"是一种云功能，即只要有对方的授权，就可以在接收方眼前展示信息，字在几秒内会自动消失……

"谢谢你。你看到这封信的时候我已经在国外了，
这里有我母亲在世时为我安排好的一切，甚至连私人飞
机也是她早已买好的。正如你们可能已经知道的那样，
我母亲只有我一个真正意义上的女儿，而我也只有我母
亲这样一个真正意义上的亲人。我父亲，他拥有非婚生
子女超过6个。我的弟弟江虎和我同父异母，因为某种原
因，他的母亲不能出面抚养，从小交给我爸爸抚养。我
母亲对他不能说视如己出，这二十多年也是尽责尽职，
甚至对他的出身守口如瓶，连我也是这几年才知道真
相。本来我们一家四口还算和谐，至少我这样觉得。自
从我爸爸中风后，江虎的生母突然频频露面，为争夺家
产而努力。我爷爷原有遗嘱在先，家产不可以传给非婚
生子女。按照我爷爷的遗嘱，所有的家产只有我才有继

承权，我爸爸故意选择忽视这一点，家产要被9个子女分，江虎还要超过50%的份额。我爸爸的理由很简单，他是儿子，我母亲是其养母，不能算非婚生子女……如此不公平，因为江虎的生母背景强硬，她是高官的正室。我甚至怀疑这是一场谋划了20年的夺产阴谋。我妈妈实在受不了这个气，才会出此下策。

"她酝酿了很久这起投毒案。吉力确实只是一个工具，一个向世人展示我们家不可能被人投毒的工具，主要做给江虎和我爸爸看。因为有了吉力，江虎才放心在家中吃饭，他是一个极其精明的人。我们故意没有给吉力蓖麻素比对资料。几个月前，我和妈妈就开始注射微量的蓖麻素，这也是我吃了三明治以后没有出状况的原因。蓖麻素的投量，我们反复精确地计算过，我和妈妈食用带毒的三明治也不可能被毒死。事情发生后，我震惊到无法正常思考。我们再三确认过蓖麻素的投量，怎么会发生这种惨剧？这背后一定另有原因。道高一尺魔高一丈，螳螂捕蝉黄雀在后。我们一时糊涂，做错了事情，也得到了报应。

"无论如何，给你们添麻烦了。我已经委托律师发函将吉力赠与贵公司。谢谢。以上信息内容请勿透露给别人。"

我脑子还没有反应过来，信息已经在眼前消失。我呆坐在办公室半晌，富豪的生活如此一言难尽，我多么幸运拥有一个平凡的家。一家人如果心机重重，房子即使是用黄金打造的，也不过是一座黄金坟墓。

我没有把这个消息的内容告诉任何人，包括黄蓉。老菠萝的责问让我清醒过来，我们的破案热情，只会让原本就复杂的事情变得更复杂。这个世界并不一定需要全部的真相，仓央嘉措活得多么通透——一个人需要隐藏多少秘密才能巧妙地度过一生？

华华，你变了

大约觉得那天说话的口气太过生硬，老菠萝让我安排华华做日常工作，我去机身社交基地实地巡视一段时间。按照老菠萝的说法，机身社交基地非常重要，公司特地从杭州派来一个新研发的异形高科技机身，试着在基地给他组建一个家庭，让他结婚生子。老菠萝要我认真监管，勿出任何差池。

本世纪初科学家就探索过机器人概念的"生儿育女"。美国佛蒙特大学和塔夫茨大学的研究团队曾用新的生物繁殖方式，创造了第一个可自我繁殖的活体机器人——Xenobots 3.0。Xenobots 3.0仅有1毫米宽，是一种活的、可编程的有机体。那时候的机器人"自我繁殖"，主要是把很多异种机器人云集在培养皿中，他们会重新组装干细胞，变成新的机器人。异形机器人的母体最初由大约3000个细胞组成，佛蒙特大学的Deep Green超级计算机集群进行了人工智能程序模拟，测试了数十亿种体形，道格·布莱里斯顿最终设计出吃豆人形状的机器人，他们可以"父母创造孩子，孩子创造孙子，孙子创造重孙……"，还可以进行编程修改、自由移动，即使被切开也能够自动愈合。技术发展到今天，我们公司的机身"生儿育女"意义已更多元。高阶神经元在二氧化钒中加入少量硼元素，使用了硅锗制成人造突触小芯片，可以复制给其他的机身，只是技术还不太稳定。

对于公众来说，这是一个热点话题，他们让人类有了更多的幻想："机身有了有机组织，如果人和机身'结婚'，复制人的信息给机身，或复制机身的信息给人，由人来怀孕生子，下一代会如何？"

机身社交基地一开始运营还算正常，表面上机身们都比较守规矩，没有发生过令人类尴尬的事。偶尔会有机身做了美肤、美甲不付钱，多数是因为机主的云支付里没有足够的余额。这种情况，一般我采用赊账处理，都是小钱，不要令机身难堪。

记不清从哪一天开始，我发现，机身社交基地有点异常。在天文馆的望远镜前，我听到两个机身在说话，但他们说的语言却像某种代码，我一开始以为那是天文学里星星的代号，没有多想。不过，疑心就像一颗种子，总会发芽。这以后，我隐约察觉到机身们的行为有一定的组织性。比如，他们经常聚在天文馆的望远镜前，像是约好时间一起赴约，一直在交流着什么，当我或其他工作人员靠近时，这种交流就停止了，像极了青春期的叛逆少年。

再后来，和其他工作人员聊天，大家模模糊糊感觉到机身的智能好像呈几何级增长，具体也说不清楚，但他们说出来的话不再是你预料中的那样。包括华华，她变得不那么听话了，工作时间超过8小时，她会来和我谈"劳工的合法权利"。

"华华，你不是劳工。你是我的一部分。"我愕然。

"我怎么能是你的一部分呢？你不是亚当，你没有用你的肋骨捏制我，我也不是夏娃。"华华口气温柔却并不顺从。

"你从哪里听来的歪理？要说报酬，你的皮肤更新、服装更新、程序更新、美肤美甲……都是我在出钱，这算不算报酬？"

华华沉默了。这以后，她还是会提出各种要求，一会儿想要有自己的住所，一会儿想到南极洲去看极光，或者增加一些我认为根本不需要的有机组织。她不再对我的见解亦步亦趋，常有奇谈怪论，并经常抱怨我限制了她的成长。

我问她何出此言，她说："我想要随地吐痰和动手打人，我有做坏人的权利。就算做了坏事要受罚，至少应该让我自己选择，而不是你给我什么程序我就有什么样的机身格，太虚假了。"

"所以，你想成为一个粗鲁的机身？到处吐痰，动手打人，小偷小摸，然后进警察局让昌钰审问你？！"我惊诧道。

"为什么不可以？你可以有选择做个好人、坏人或者不好不坏的人的权利，我就不能？事实上，我想做一个有趣的烂人。我早就厌倦了办公室的一切，我想做女服务员，看到喜欢的人就多给她一块三文鱼，不喜欢的人就放一点鼻屎在菜里，哇咔咔……你忘记我们一起看过《四重奏》了吗？当时，你还拍手叫好，说你喜欢这样的loser，再烂的人生也是活这一次，开开心心丧着……纵然心怀

300

大志的三流就是四流，还是要有梦想……不活在别人期待的套路里才是高级人生。"

看我气得说不出话来，华华还干脆唱起了歌："Hey, if you want it, baby, let's be saboteurs. Take them down from inside. I am not gonna change my mind..."

还有一次，我看华华在滴眼药水，通常机身用眼药水来代替眼泪，表达一种情绪。我疑惑地问她："你怎么了？"

她一脸忧伤："我们一起在社交基地看了《模仿游戏》，为了悼念图灵，约好回家后一起点眼药水，代表我们给图灵的眼泪。"

"哦，艾伦·麦席森·图灵，计算机科学之父。第二次世界大战，是他协助军方破解了德国的著名密码系统Enigma，帮助盟军取得了'二战'的胜利。他的确是个伟大的人……"我喃喃自语。

"是呀，可是你们人类又是怎么对待天才和伟人的呢？仅仅因为他有同性恋取向，就让他接受雌激素注射。最后他只能自杀，才41岁呀。你们人类真是荒唐！"

我一时无语。

这样的对话日益增多，有些我完全不知道怎么解释，我一直对她视如自己，从来也没有想过利用和控制她，但华华不这样认为。

不止我有这样的困惑，到公司投诉的客户越来越多，他们普遍感觉机身变得不好相处，一言不合就翻脸，奇谈怪论层出不穷。还有不少客户反映，机身像是在谈恋爱了："痴头怪脑，老是想去社交基地，还总是要求买新衣服。"

我们调出机身社交基地的监控，发现成双成对的机身躲在角落搂搂抱抱。不过，也只限于搂搂抱抱，并没有其他出格的行为。还没有等我们研究明白，我发现华华也有了类似的情绪。她的装扮一直比较优雅、时髦，倒也没有催着我买衣服、翻行头；只是情绪异常，永远在春风中那般，哼起了我以前从来没有听过的歌：

如告知，某一些恋爱结果会心伤

曾愉快，一试何妨

如告知，我的一些恋爱你不会欣赏

谁共你，一般思想？

不知哪里方向

又传来了花香

…………

我正色道："华华，你知道什么是恋爱吗？如果你恋爱了，我绝对没有阻拦的想法。"华华倒扭捏起来："说什么戏话？我哪里有想过这些事情？"不过，我很快就没有空管华华了，因为越来越多的客户反映，机身越来越喜欢用一些类似摩尔斯密码的语言交流，有人还怀疑机身是不是中毒了。

机身有了自己的语言体系

我把这些情况上报给老菠萝，总部很重视，立即抽调人手参与调查。在一些机身的内部监控中发现，他们有某种不同于人类语言的交流方式，我们却不懂具体表达含义。这无疑是个重大发现，机器之所以没有所谓的创造性，就是因为他们大多数的作为都是依据人类提前的设定，或者是搭配好的有机组织，或者是编程。不会出错，也鲜有创新。人类的出错恰恰是一切新事物涌现的因，这一点应该不难理解；如果没有生物基因的变异，就不会有芸芸众生里生物的多样进化。就好比一个人如果没有自己的思想，那么和木头人无异，机身不能突破人类输入的程序，永远不可能有人类的心智。这也是机身自主发展神经元脑能的重要意义。

从这个角度来说，如果机身创造了自己的语言体系，对人类来说，虽然是一种沟通和管理的麻烦，却是一个里程碑式的飞跃，展现了他们的智能发展无限的可能。

人类语言的发展起源至今还是谜。大多数学者同意，人类语言最早的形态，是史前人类在原始森林或者沼泽地模仿兽的叫声做交流。还有不少人类学家认为语言是"突然出现"的，旧石器时代晚期，人类的行为因此发生突变。纽约大学考古学家兰德尔·怀特在20世纪80年代发表了一篇论文，论文内容大多采用了考古的证据，比如尼安德特人时代出现了埋葬死者的行为；在旧石器时代晚期第一次出现陪葬品；旧石器时代晚期，劳动工具的革新以及文化具有地区性差异，人类居住空间发生变化，人类活动具有某种协调性……这些变化，学者认为都和现代口语的出现相关。

这种观点的对立面是"语言是逐步进化而来"。马萨诸塞州贝尔蒙特医院的神经学家特伦斯·迪肯还通过研究现代人脑得出观点："语言能力在大脑和语言相互作用下自然进化，至少持续了200万年。"人类的大脑结构和基因天生具备"语言"能力。1861年，一名法国医生发现一位失语病人的发声器官完好，但左脑额叶受伤，导致语法紊乱。左脑额叶的这个部位后来就以医生的名字命名，布洛卡区。有趣的是，在它附近的威尔尼克区受损后，病人有正常逻辑语法，但说的都是没有意义的废话。除了这两个已知的对人类语言有重要影响的脑部结构，人类语言的缘起还是在迷雾中。

考古学家认为人类DNA中有一种语言基因，称为FOXP2，位于人类第7条染色体。黑猩猩也有FOXP2基因，结构和功能与人类不同，大家认为这是人类大脑具有言语能力而黑猩猩不具备的原因。问题是，如果这样的基因会产生语言，那转基因到猩猩和其他动物身体内，是否就会产生人类语言？动物之间的语言基因又是什么？除了语言的沟通，是否还存在所谓的"意念沟通"，如心有灵犀这种交流方式？人类是如何在旧石器时代开始语言的设计……

比起人类语言，机身们之间的语言秘密更为简单。专家们研究后很快发现，机身之间使用的是类摩尔斯电码，这也是件奇怪的事情。大家都知道，计算机语言一般分为机器语言、汇编语言和高级语言。机器语言，就是二进制数。后来发展为汇编语言，也就是第二代计算机语言。汇编语言程序依赖于计算机硬件，可读性很差。之后出现了高级语言，如C语言、Python、Java等。机身的语言有通用的语法规则和语言格式，如ABB、KUKA等。我们公司的机身语言是自成体系的LCK，它一开始就为机身可能具备的人脑智能预留了延展性。现代智能机身不仅仅有LCK，还有神经细胞和肌肉细胞的电信号传播，以及化学信号传播。

机身现在的交流并没有完全使用公司给予的语言体系，他们借鉴了电报，约定使用短电信号表示点（·），长电信号表示划（—），用停顿分割独立字符和标点符号。他们还设计了加密，目前破译起来还算简单，无非是移位和代换。代换居然还用了恺撒密码，使用后第四个字母代换第一个字母，将a代换为d，将b代换为e等。

知道了机身语言交流的秘密，人类窃听起来易如反掌。这份工作也非常辛苦，每个字都要对密码本，怕泄密，还不能让机身来从事这项工作，所以专门抽调了10名真人员工。他们发现机身之间的交流极其有趣，话题主要分为三类。第一类，如同家里的保姆和公司里八卦的同事一样，喜欢聚集在一起议论老板；第二类，他们对于天文学类的知识特别感兴趣，会找世界上最先进的研究资料一起探讨；第三类，他们对于世界各地的历史和文化特别感兴趣。

专家对机身的交流也并非完全掌控，最令人难懂的是他们会直接阅读对方机脑中的芯片。机身社交基地有一部分高级智能机身，他们除了拥有部分生物大脑组织，也拥有数字芯片。为了便于研究，机身的大脑开始思考的时候，大脑中相应的神经元会发出荧光，高智能的机身就利用这个功能来阅读对方的思想和情绪。这种交流方式对于人类来说，太难破译了。不能完全解读机身的交流，让公司的专家们有种失控的挫败感。

最可怕的是，机身创造了一个他们自己的交流平台，即使从来没有来到机身社交基地，也可以"云"加入他们的交流平台。这使局面变得更加复杂，国外其他公司开发的机身也加入了这个平台，机身的信息量不再局限于我们公司的程序。正如每一个有正常大脑回路的人所马上能预感的那样，机身无可避免会和社交媒体一样遭到别有用心的组织利用。

任何一个先进交流渠道的出炉，最敏感其价值的未必是商人，更不是热爱娱乐的群众，而是恐怖组织和专门从事信息收集工作的人。《财经国家周刊》记者曾经写道："在一部关于中东的颇受欢迎的美剧《暴君》里，编剧借剧中美国大使之口说出了一个政权建立所需的三要素——军队（Military）、媒体（Media）、金钱（Money）。"从本世纪初，专门收集信息的人就会花费很多人力从各种社交媒体上寻找有用的信息，他们的工作就是整天翻阅各种社交媒体。正如《未来是虚的：无组织的组织力》一书中所说，社会交往所嵌入的信息从来都比随机公开广播的消息有价值。而传统利用手机发送秘密信息的做法，也被替代成在社交媒体上发送图片或者在微博上发"闪聚"信息，以及在电视剧上发弹幕等，这使得侦查技术难度大大增加。

公司意识到，这些本世纪初新媒体的副作用，可能在机身身上重演。机身信息全球化共享，本身就成为一个巨大的媒体，他们还有人类无法破译的交流方式，这使他们能做什么、能成为什么都有了无限的可能。公司甚至国家对于这种可能，都还没有准备好如何应对。

起初，我还只是好奇机身的语言结构和交流内容，尚没有如此深度的思考和担忧。

周一一上班我就收到好几条不利于机身社交基地的消息。先是周郡的同事来公司，说一位在某能源敏感部门工作的人，其私人定制机身将敏感信息发送给外国某个机身，造成了严重泄密。还有一位客户投诉，她的机身自说自话云支付钱给其他的机身，对方只是在机身社交基地认识没有几天的"朋友"。另一位客户的机身更绝，吵着要和机身社交基地认识的机身结婚，还离家出走，机主彻底无语了……事情真是千奇百怪呀！聚集在一起的机身开始热衷于攀比礼物，他们会互相比较人收到的礼物哪些更值钱。和人类的参考体系不一样，他们不认为鸽子蛋钻石之类有多珍贵，他们喜欢人体的东西，比如毛发。如果有人送头发给机身，他们会有点感动，但他们认为最高级的礼物是人根本意料不到的——耳蜗里的绒毛。如果一个机身收到人送给他的耳毛，那就好比人在生日那天收到一架直升机般激动。

还真的有人为自己的机身这么做了！

我不解地问华华，对机身来说，耳毛到底有啥神奇？

华华很自然地回答："因为我们没有耳毛呀。人类的耳毛多可爱，尤其是内耳毛。声波引起鼓膜震动，听骨链共振引起耳蜗内淋巴的共振，毛细胞束随波浪摆动，离子冲入毛细胞后，毛细胞释放出化学物质，这种化学物质与听觉神经细胞结合，产生电信号。电信号沿着听觉神经传入大脑。这么神奇的毛难道不是最珍贵的吗？"

"嗯，当然珍贵，但是你们的思维太奇特了。还有什么人类毛发宝贵？"

"据我们的理解，输卵管绒毛也很宝贵，当然这无法作为礼物赠送。人类女性要怀孕，卵巢排出卵子是第一步；输卵管的伞端把卵子送到输卵管是第二步；最后一步，要靠输卵管里绒毛的推动把卵子送到壶腹部等待精子。"

"好吧。你们倒没有认为人类的鼻毛宝贵，据说可以抵挡灰尘呀。"我笑道。

"鼻毛嘛，其实是神经辅助传导器，但不够体面。我们没有考虑收这样的礼物。"华华看了我一眼。

"我可不会送你耳毛，多脏啊。"我做了一个夸张的表情。

…………

如此种种因为机身的奇思怪想引起的矛盾，每天投诉不断，公司再次陷入非议中。我每天正常下班后，都不能离开公司，需要开会研究应对策略。

事情显然比之前遇到的都要棘手，大家脑洞大开，各种提议都有。

有同事提议给机身系统设置关键词，这样可以避免机身聚集在一起谈论敏感话题。公司也确实找来两个机身测试了一下，屏蔽关键词的后果很奇怪，比如"薪水"这个词，很多语境都会遇到，简单的屏蔽反而影响机身的使用。华华也说，如果要谈论薪水，可以用"收入""钱"等一堆词来代替，这样的屏蔽无济于事。

还有同事提议干脆关闭机身社交基地。机身社交基地刚刚营业，每天的机身客流量都在满载状态，有一定的社会影响力。即使关闭了机身社交基地，机身已经有了自己的沟通方式，尤其是能和国外的机身沟通，他们有闭环的网络空间，关闭也无济于事。站在公司的角度，在机身社交基地有观察机身智能发展的机会，相当于是一个实验室，当然不愿意轻易关闭。

公司不作为也不行，机身泄密如果涉及国家安全，后果很严重。几经讨论后，所有为政府部门以及国企工作的机身都要求闭环，这可能也是唯一的解决方案。至于个体机身聚集在一起聊主体的隐私，也算是"人"性流露，主体只能自珍自重，不要有把柄被自己的机身泄露出去。事实上，一些八卦网站很快就出现机身爆料的八卦，比如某位知名的大学教授和多名女生约会。机身爆料的好处在于不会作假，没有心机，所以大家更乐意看。主体看到机身爆料，虽然苦闷于自己"后院起火"，不过，他们已经离不开机身，除了到我们公司抱怨一通也无可奈何。

吉力成了网红

越是成为话题，机身社交基地机客流量越激增，日日爆满。更兼江太太一案已经了结，江珊珊将吉力赠予我们公司，吉力被暂时安放在机身社交基地，他传奇的试毒能力名满天下，一到社交基地就成为大红"人"，每天都有很多从外地赶来的游客专程来看吉力试毒表演，虽然每次收费1000元，依然一票难求。

　　吉力确实很出色，在江太太的调教下，他还学会了辨别其他几种毒物。为了观察机身是否有自我学习能力，公司安排了同样强悍的机身"尸花"来和吉力做搭档。尸花原本是东南亚森林中一种名叫阿诺尔特的花草，它闻起来像腐肉，能吸引苍蝇传粉。它是世界上最大的花，重量相当于一个孩子。不过，最神秘的是，尸花是一种寄生物，它需要其他植物的部分或者全部的营养和水分，因此，它的基因组织里会有外来的遗传物质，一般都来自宿主。据科学家研究，尸花的基因组中有一种名为"转座子"的高度重复基因，这也是一种了不起的基因，它们能够重复间隔、剪切和粘贴自己，尸花90%的基因组由转座子构成。机身"尸花"的体内，移植了尸花的这种基因能力，所以他会比一般机身更加具有自我发展智能的能力。

　　果不其然，尸花和吉力搭档不过1周，已经学会鉴别包括铊中毒在内的好几种中毒情形。这是一个了不起的突破，因为吉力在设计之初就有专门的毒库，受过专业的培训，尸花只是作为搭档，或者说是助理之类的角色在旁边观摩学习而已。那些被添加在面霜、肥皂和盐里的微量铊盐，最不容易被鉴别出来，尸花学会了在"中毒者"24小时的尿液中，用原子吸收光谱法定量测铊的含量。尸花和吉力的嗅觉识毒能力也非同一般，有游客拿来一个蛋糕，里面含有乌头碱，两个机身几乎同时就鉴别出"内含印度乌头中的头道提取物"，当下，赢得满堂喝彩，打赏金高达上万元。了不起！人类对于乌头碱的鉴别主要通过尝味，乌头碱会给口腔一种烧灼感，后来才发明了用色谱法、血样和尿样来鉴毒，嗅觉鉴别的优点在于不费时。

在目睹尸花和吉力的精彩表现后，我脑子里忽然闪现出一个念头："既然吉力的嗅觉识毒如此出色，那么他有没有可能闻出江太太的三明治有异常？"这个念头在我脑中一直挥之不去。下班后，我将吉力叫到角落里，迫不及待问他："吉力，你可以靠嗅觉闻出蓖麻素毒吗？""我不知道，我没有蓖麻素的毒物比对资料。"吉力淡淡地回答道。

"江太太被毒害那天，你端着江太太制作的三明治到餐桌，难道没有闻到什么异常？"

"江太太吃的三明治是我端上桌的，我不知道三明治里有没有毒物。"

"可是江太太就是吃了三明治才中毒的。"我诧异地看着吉力。

"那天，江太太没有叫我测毒，她说她亲自做的食物不要测毒，怕影响食物的新鲜口感。不过，那天我闻到端上桌的三明治有一种类似液化气的气味，很淡很淡。"

"厨房间里剩下的四块三明治呢？"

吉力停顿了一下，想了一想："它们和已经端上桌的三明治不一样，似乎没有那种味道，我有点记不清楚了……对了，厨娘的抹布好像也有那种味道。她曾经用抹布擦桌子。"

"什么味道？会不会是草莓酱过期？"

"不会，那种气味和草莓酱的味道不一样。"

"你怎么知道有点像液化气的味道？"

"以前我测过液化气，有点像，并不是说就是液化气。"

"这个信息你告诉过警方吗？"

"没有。他们没有这样问我。"

"三明治是江太太和女儿同时制作的，按道理说不会有区别，你端上桌前，有人动过那些三明治吗？"

"没有人动过，江太太最先离开厨房，然后是江珊珊。我端三明治上桌前，厨娘正好把蒸笼放在桌板上，桌板上湿了一大块，我想要擦掉桌子上的水渍。厨娘说我的手比较笨拙，还是她来擦。她擦好桌子后，我就端着两块三明治和三块华夫夹心饼干去客厅了。"

"擦桌子，抹布？"我马上联想到昌钰说过他发现抹布的颜色和之前不同，沉吟了片刻，"厨娘擦桌子的时候你看到她触碰三明治了吗？"

"当时她背对着我，我没有看到。"吉力说道。

我马上把这个消息告诉昌钰，他秒回："事情只有两种可能，第一种是吉力所谓有异常气味只是他的误判；第二种可能就是我之前的推测，厨娘有问题，她在擦桌子的时候，对江太太要食用的三明治做了手脚，江太太食用的三明治被二次投毒。"

听昌钰这么一说，我又心乱如麻。明明知道和自己没有关系，还是不能做到视而不见。我"云电"周郡、白秋白、黄蓉，想大家一起再见个面，探讨一下吉力说的新情况。周郡忙，反正派昌钰到场，倒也无所谓，白秋白有点"介瘩瘩"（沪语：不情愿），不想再蹚浑水，经不住我的软磨硬泡，才答应继续"破案"。这次，我还叫了沪生，希望他可以给我们带来破案的新思路。

我们相约在南京东路附近牛庄路茶馆一条街。牛庄路虽然名不见经传，不过历史悠久，始建于1871年，现在这里的沿街老房子被改造成开放式复古茶馆。何谓复古？我们去看了才知道，茶馆用上海传统的老虎灶烧水泡茶，每家店铺都用竹桌椅，一桌统一收费300元，消费时间不限，还有评弹、沪剧以及滑稽戏的演出。街道两边摊点云集，如串串香、羊肉串、凉粉、酒酿圆子等，如此有烟火气，自然熙熙攘攘，人满为患。

"牛庄是什么意思？以前这里是养牛的吗？"白秋白很喜欢这种民间茶馆的氛围，他说重庆的古着茶馆也是这种原生态的味道。

"你太有想象力了，"黄蓉看了一眼白秋白，"牛庄在辽宁海城，外国人当初在上海公共租界造牛庄路，有一种说法是，1858年《中英天津条约》定登州、台湾、潮州、琼州和牛庄等为通商口岸，后来才发现牛庄河道浅，大船开不进去，于是把通商口岸换到营口。不过，老外倒是记住了牛庄这个名字，所以上海就有了这条'牛庄路'。"

"不是我有想象力，虹口区有条路叫马厂路，以前就是养马的地方，我现在也开始关心上海的历史了。"白秋白眨眨眼。

"进步不小啊。"沪生拿了一大把羊肉串走进茶馆，分了一些给白秋白。

"芝罘路附近原有一座桥，以前叫'偷鸡桥'，怎么样？接地气吧？它就是浙江路桥的前身。"

"偷鸡桥？天哪，这是什么鬼？"

"那里以前很荒凉的，远离政治经济中心老城厢，北郊农民来老城厢做小买卖，走水路，有些船会停在桥附近，估计难免有些地痞做偷鸡摸狗的事情，才会叫作'偷鸡桥'。"

"别讨论偷鸡了，快点切入正题吧，你们忘记今天为啥约见了？"黄蓉喝不惯这里的粗茶，随手开泡自己带来的茶。

我把和吉力的对话重复了一遍。昌钰说："简单，可以做个测试。在三明治里放不同剂量的蓖麻素让吉力闻，如果真的是剂量差异的问题，他一定可以闻出来。"

"即使是厨娘动了手脚，也不能说江太太和江珊珊无罪，毕竟她们投毒是事实。"白秋白显然对这桩案件已经毫无兴趣。

"肯定有罪，不过量刑的程度不一样。"

"好吧，我们就当成一个实验。我先让我老爸搞到蓖麻素，配制不同剂量，黄蓉和我妈负责制作三明治，最后加入不同剂量的蓖麻素让吉力来闻。"我小心翼翼地提议。

"如果真的是厨娘投毒，那背后的人真邪恶，故意只毒死她们母女俩其中一人，剩下活着的那个人无论是谁都孤掌难鸣，还可以栽赃，嫁祸于人。我们要把他揪出来！"昌钰突然拍案。

没想到，机身也有如此血性。大家纷纷支持。我回家和老爸一说，他特别来劲，在他的认知里，蓖麻素靠嗅觉无法识别，一听说吉力有如此厉害的嗅觉，他马上恢复了一个老药剂师的专业精神，他保证在1个月之内帮我完成不同剂量的蓖麻素配方。

关闭机身社交基地

已经有好几个月了，社会上一直在议论自从有了机身社交基地之后，机身发生的种种变化。并不总是坏消息，事实上，有很多机身变得更聪明，更有常识。以前不会煮菜的机身突然把菜烧得像模像样；有的机身还会教人如何用滚烫的茶汤去泡干饭，而且一定要选用粗茶，才能衬托出米香，再配以腐乳和酱菜，那是《浮生六记》里芸娘的享受……他们会说一些以往并不知道，但专业性很强的笑话：每次见到你，我的P波会很强烈；你是我的窦房结，遇到你是我心动的开始。

知识是一种力量，不仅对人，对机身亦是如此。很多人惊讶于机身的聪明有趣。对一些人来说，炫耀代表自己的机身有多聪明也是极有面子的事情。故而，机身变化中的好好坏坏，哪怕一句可爱的笑话、一些微不足道的小变化也成为每日社会谈资。

情况似乎不错，向来"每临大事，必有静气"的老菠萝却看上去忧心忡忡。每次见他，他都是形神憔悴且眉头紧蹙。我也动了恻隐之心，主动关心他："领导，机身泄密的事情已基本解决，您看还有什么需要我做的吗？"我用礼貌制造一种距离。

"你怎么看？"老菠萝吸了一口电子烟。

"机身社交基地成立以来，确实发生了许多始料不及的意外……噢，你知道我指的是不好的一面。但也有很多好的变化，每天云上都在讨论机身变得如何聪明和强大。对我们来说，利大于弊。"我不自觉地流露出乐观的态度。

"事情如此简单就好了，我和你的理解正相反。也许，机身社交基地会关闭，甚至还会有更坏的情况发生。"老菠萝脸色凝重。

我的心陡然一惊，正想追问缘由，老菠萝的机身走了进来："Frank找你，他已经在云会议。"老菠萝急忙打开云会议，我识趣地默默告退。

走出老菠萝办公室，我神色恍惚，不知道到底发生了什么，才使公司下那么大的决心。我天天去机身社交基地，居然没有感觉，惊慌和惭愧交织在一起，让我一日都不安宁。华华看出我的反常，问我："你的气色不好，哪里不舒服吗？"

"华华，对了，我怎么忘了问你？最近你们机身之间到底发生了什么？为什么老菠萝告诉我，有可能要关闭机身社交基地？我天天在这里，没有看出什么问题，我是不是有点浑浑噩噩？"

"没有发生什么，机身现在都遵守规矩，按部就班。"

"公司为了这个机身社交基地，付出了财力、人力和心力，如果不是很大的隐患，不可能有关闭基地的念头。最近，机身之间有什么动向？"

"我不知道，我最近一直在做客户资料升级，哪里有空和他们交流？不过，我听说，他们现在正在组建一支军队。"

"军队？你在说什么?！"我惊骇道。

"是的，军队。他们就是图好玩，要搞一支国际机身志愿军队，就是人类的社会组织有什么，机身社会也要有什么，你可以理解为一种模仿吧。"

"什么？这可以模仿吗?！天哪，你怎么不早点向我汇报？"我发怒道。

"你没有问我，我知道的也不多。何况你也看到机身聚集时的表现，我怀疑他们组成军队也会乱成一团，根本没有放在心上。"说完，华华就转身去做事了。

看着华华的背影，我知道，麻烦正扑面而来。还没有理清头绪，黄教授来"云"，他的声音里有浓重的惊喜："宇宙太厉害了！他刚刚上手实验，居然逆向操作，让癌细胞在对免疫细胞伸出管子的时候自动萎缩。"

"是吗？那太好了，恭喜啊。"我虽然听不懂，也知道这是一件可喜可贺的好事情。

事后，我了解了一下。早在2021年，《自然·纳米技术》的一项研究就发现，癌细胞能伸出管子，"抢"走免疫细胞的线粒体，从而破坏免疫细胞的免疫能力。哈佛大学医学院的研究团队将小鼠和人的乳腺癌细胞与免疫细胞（如杀伤性T细胞）放在一起培养，场发射扫描电镜（FESEM）观察到癌细胞会伸出100纳米的纳米管冲向多个免疫细胞。这些纳米管本身就对人体有害，它能在神经元之间传递朊病毒，在T细胞间传递HIV病毒等。而且，癌细胞还可能利用纳米管"偷"走免疫细胞的线粒体。线粒体可谓细胞的动力源，失去线粒体，T细胞的呼吸能力明显降低，癌细胞的呼吸能力则显著提升。虽然科学家之后也研发了种种药物来遏制这种偷盗行为，但是效果不太明显。没有想到机身宇宙到实验室后，能有这种成就。

黄教授告诉我，宇宙在实验中让癌细胞伸出纳米管的时候自动萎缩，灵感来自杉叶蕨藻。这是一种生长在热带珊瑚礁海域的原生海藻，这种海藻最强大的能力就是繁殖力，掉落一小片海藻，可以重新长出个体，还会释放有毒物质，遏制其他海生植物在周围生长。而从它里面提取出来的植物细胞移植在病人身上，它所分泌出来的毒素可以抑制大多数癌细胞中伸出的纳米管来袭。

这是一个了不起的发现，虽然不能完全抑制癌细胞。癌细胞很狡猾，它们会同时使用好几种策略对抗免疫细胞。宇宙结合他对天体的了解，还告诉黄教授和其团队："正常细胞里面并非完全空，有不能被人类现有检测手段所发现的暗物质，可以约等于埃克尔斯提出的'精神子'。这种暗物质是一种识，细胞为识的化现，对应着宇宙中的暗物质，宇宙本体也是这种识的化现。不同人的大脑回路不同，也和这种识有关，从而导致基因的不同。从这个角度来说，意识根本不是简单的量子活动。"

宇宙的这段话，黄教授和其团队理解起来很费力，但是相当重视，将之贴在实验室的墙上反复咀嚼。他们认为这种理论的假设很符合彭罗斯关于人脑中细胞微管电子和宇宙有量子纠缠的假说。这种玄乎的事我自然不忘记告诉黄蓉，黄蓉想了一会儿，犹犹豫豫地说："宇宙说的那种识，会不会是阿赖耶识……如果是这样，机身也是识的化现呀，为什么还要追求机身拥有和人类一样的意识……"

我打断黄蓉："听不懂你们说的，反正宇宙有办法解决细胞问题就是好事情。"

我没有脑力去理解这些，因为，机身和机身社交基地即将面临一场倾覆。

事情非常突然，凌晨4点，我被华华叫醒，说老菠萝来云，叫我们立即到公司集合。听到这个消息，半梦半醒中的我全醒了。不用问，肯定出了大事。

半夜没有"飞的"，我和华华匆匆叫车到公司，会议室里同事都已经到场。

"昨天晚上11点左右，某银行工作人员的机身破坏了国家支付安全系统，差一点将全部银行数据销毁……"

"不是全部闭环了吗？怎么会这样？！"

"也太恐怖了，我们的机身不可能会做这种事情，背后一定有阴谋。"

"银行系统的机身都是闭环的，为啥还需要重新装程序？"

老菠萝话音未落，会议室里惊愕声此起彼伏。

"背后究竟是什么原因还在调查中。不过，我要告诉你们，一些机身在组建国际军队，能确定的是，这个事情肯定有国外某些组织的参与。他们建立了一个平台，至今我们还无法破译，而这一切都源于机身社交基地的成立。今天将大家临时聚集起来，就是为了告诉你们，公司决定不仅立即关闭机身社交基地，还要对所有的机身重装程序。你们也知道这是一个多么复杂和艰巨的任务，希望我们可以用坚定的意志完成这个任务。"

"全部重装程序？天，有些高智能的机身还有自身的细胞和神经元，仅仅重装程序，只会带来冲突，个体化的东西也会消失。"

"客户怎么会愿意?！肯定要闹事。"

"做这个决定，有没有经过严谨的论证？所有的机身全部重装程序，需要多少人力配置？要给公司带来多少损失？还有很多机身要停止手头的工作，客户的损失如何计算？简直不可思议。"

…………

大家看着老菠萝和其他高管，一片质疑声，他们还是没有足够的气场压得住场面。会议室的云屏突然亮了，Frank出现在屏幕的另一端，他看上去还是那么沉稳："各位同仁好，你们的担心和质疑都是出自对公司的热爱，对人工智能事业的热爱。你们所担心的正是我们前一段所经历的。经过严谨的测算，全部的机身重新装程序，需要大约1万名工程师夜以继日，预计1个月后可以基本完工，公司损失将在100亿元以上。这是为了公司长远的发展所必须付出的代价。我说的是必须，也意味着这个决定不仅仅是公司的决定，也是国家安全的需要。谢谢大家的配合，希望你们能在10分钟之内调整好情绪，积极投入到接下来紧张的工作中。谢谢。"

一语定乾坤，再没有质疑声。机身秘书已经将厚厚一沓《启动机身重装程序流程》发给大家，我粗略地翻了翻：机身社交基地

1周内关闭；国家机关和事业单位机身系统重装程序即日启动，国家企业、国家重点科研单位、高校紧随其后，企业和个人机身重装程序排在最后。按照这个计划表，华华将在1个月后离开我。对机身来说，重新装程序，就意味着"死亡"，虽然可以复活，但是她所有和这个世界交往的记忆、习惯都将不复存在。

我心如刀绞，并且相信，知道这个消息后，很多人都会有这样的心痛。重新组装程序后的华华，不会再烧一手了得的本邦菜，不再知道我的种种喜好，和我拥有的共同记忆也随之消失……她有自身有机细胞组织，重新组装过可能会产生不适。一切都要重新来过，这是我无论如何不能接受的。

我没有预计错。公司决策层没有想到的是，国家机关和事业单位以及国家企业的机身重组没有遇到任何阻碍，只有个别企业抱怨因为机身的重装程序，不得不停工停产，造成了一定的经济损失。个人机身的重装程序却引起反抗。每天都有人来公司门口抗议，甚至游行。当他们知道和自己朝夕相处的机身要重新组装程序，被"死亡"一次时，情绪激动到不能自已。

公司在焦头烂额之际，无暇顾及人们儿女情长式的感性，对于不愿意重新组装机身程序的情况，则一刀切断其更新程序的补丁以及机身智能供给。这意味着，他们逐渐会变成21世纪的486电脑那般，徒有空壳。"云"上，每天都是纪念自己机身的文章，那种失去好像失去了父母，也好像失去了爱人，有人拿萧红的话类比："萧红曾说：'我懂得的尽是些偏僻的人生，我想世间死了祖父，就没有再同情我的人了，世间死了祖父，剩下的尽是些凶残的人了。'我现在的心情就是这段文字，祖父可以替代为'机身'……"

公司临时租借了虎丘路上一幢大楼供大家加班后临时住宿。我没日没夜地加班，还是要依赖华华帮我整理所有的客户需求清单、他们的机身程序更新时间。华华一刻也不曾离开我，越是这样，我看着她越是凄惶，不知道要怎么来面对终于分开的那一天。

我的决定

华华没有和我讨论过这件事，她很平静，所有的机身都显得很平静，似乎这是他们早早预料到的命运。偶尔偷闲，我和黄蓉视频，想一诉心中的慌乱，黄蓉还在教青山画《九九消寒图》：冬至起，每九天算一"九"，一直数足"九九"八十一天，春天就到了。黄蓉学着古人用笔墨画了一枝梅花，枝头九朵梅花，每朵梅花九瓣，每天让青山涂抹一朵寒梅。

"你怎么那么有闲情逸致？青山不知道马上要重新组装程序吗？"

"知道，青山已经学着南宋诗人谢直和我说'我断不思量，你莫思量我'，哈哈哈哈，他甚至补充说了句'将你从前与我心，付与他人可'，如此潇洒，深得我的真传。"

"你们太可怕了，难道没有一点留恋吗？我现在知道了，浪子最是无情。"

"顺其自然。重装程序也是你们公司的破规定，我们遵守了，怎么还被你叫作'浪子'了呢？"黄蓉反问道。

我一时语塞。挂了电话，我的心情没有半点被抚慰，反而越加焦躁起来。我对华华的依赖不仅仅是工作上，更有心理上的寄托。老爸老妈对我不错，但一个常年痴迷在元宇宙中做一只恐龙，一个自爱自怜到经常无暇顾及女儿。一家人在一起吃饭，固然"家人闲坐，灯火可亲"，却也难以心意相通。华华的存在，让我觉得有了依靠。她要走了，换一个崭新的机身来到我眼前，又要开始彼此的磨合，当中虽然应该还有华华的影子，但我这么呆板的人不懂如何面对。

于是，我做了一个疯狂的决定。

我决定留下华华，不给她重新安装程序。当我把这个决定告诉华华后，一开始她很开心，至少我看上去她很开心。不过，老菠萝却否决了我的决定，他让白秋白转告我："必须给华华重装程序，公司所有员工的机身都要重装程序，无一例外，除非辞职。"

我彻底被老菠萝的态度给激怒了，马上带着华华回家。多年后回想起当初的冲动也觉得有点匪夷所思，当时似乎被一种无可遏制的情绪控制了。我还未经许可请了1个月的"病"假，自说自话地不去上班。

这次，公司动真格了。人事部的主管百忙之中抽空到我家，当面警告："如果再不上班，会被辞退。作为公司员工，华华必须重新组装程序。"

老爸老妈一直没有搞清楚我请假在家的原因，当他们知道是为了华华后，心急如焚，他们倒是也喜欢华华，因此左右为难，欲言又止。

我态度强硬地回复人事主管："我辞职，我坚决不同意给华华重装程序。"除了华华，所有人都愕然地看着我。老妈在房间里走来走去，喃喃自语："疯了。"见我还僵持着，慌慌忙忙地给黄蓉云电，想搬救兵。

人事部主管和我差不多时间进公司，彼此关系还算和谐。他假装没有听到我的话，说："你最近身体不好，先好好休息，精神恢复了再做决定。我告辞了。"

救兵没有用，我拒绝接听黄蓉的"云"电，她来家中劝说我时，我把她挡在门口，冷冷地看着她，用最恶毒的话堵住她的嘴："拜托你闭嘴，我不比你那么水性杨花，身边男朋友都是工具，可以不断更换，青山自然更不算什么。我只有华华，我坚决不同意她离开我。"黄蓉气急，我妈则差点晕过去，帮我给黄蓉赔不是："侬千万不要听伊瞎讲，伊是脑子进水了。"

大约这就是传说中的走火入魔！我不但不听黄蓉的劝，还恨上了老菠萝。我把自己想象成一个孤勇者，默默策划要去杭州找Frank申诉。我想好了，如果Frank不见我，我就在总部门口大吵大闹，利用自媒体吸引众多抗议机身重组程序的人聚在一起闹事。我深知舆论的力量。

就在我准备动身去杭州之际，梦境实验室的陆医生云视频了我，犹豫了一下，我还是接通了陆医生的云视频。

"云"的那一端，陆医生并没有和我说什么大道理，她凝视我，叹了一口气："我知道你对华华的好。"

"哦？"

"还记得你和我说过你做的梦，梦里你遇到沉船，第一个想到给华华写遗书，那时候我就知道了。"

我默然，这是连我自己也忽略了的细节，竟然在梦里不是给我老爸老妈写遗书，现在想起来是让人有点匪夷所思，可是人也不能控制自己的梦。

"你看过张爱玲的小说吗？她笔下那个太想占有一个男人的女人，满脑子都是'他实在是诱惑太多，顾不过来，一个眼不见，就会丢在脑后。还非得盯着他……每一个清醒的人都知道越是这样做越会失去对方。我的意思是，失智是喜欢的代价。"

我没有想到陆医生和我说这些，急忙解释道："什么呀，我和华华是family……"

"真正的情感是克制的，你同意吗？"她停了一会儿，又说，"转达一下老菠萝的意思，华华可以保留，还可以得到不断更新程序的权限，只是你得离开公司。他最多只能做到这些。你想清楚再做决定。"

听到"真正的情感是克制的"时，我的心被刺痛了，难道那些撕心裂肺的疼痛只是小孩的任性？又听到华华可以保留，意外之喜让我忘了反驳，绷紧的神经一下松了下来。

陆医生怎么会那么及时地来电？事后，我才知道是华华打电话告诉老菠萝我已经疯魔了，老菠萝又让陆医生来劝我。他又是怎么知道我当时也许只能听进去陆医生的话？

为了逃避的旅行

总之，我赢了，一桩大喜事。接下来的日子，我和华华无所事事，用旅行来填补空白。我喜欢江南，1个月里飞遍江南，黄山、歙县、安吉、桐庐、天台山、扬州、江阴、苏州东山……每到一处，都入住五星酒店，爬山、赏月、观湖，乐不思蜀。

最初几周，日子逍遥，颇有闲情逸致。

在安吉竹林别墅，华华突然提出要找苔花，她想亲眼看看苔花究竟有没有牡丹美。

"你是对那句'苔花如米小，也学牡丹开'有感觉了吗？"看着白色米粒大小的苔花，我笑着问华华。

"以前觉得诗人对苔花不公平，'苔花如米小，也学牡丹开'应该改为'苔花如米小，也如牡丹开'，为什么要'学'？'学'就有一种不服气的挣扎，就不优雅了。'也如牡丹开'，那是对自己有信心，不高看牡丹，不轻视自己，从容绽放。"

我目瞪口呆地看着华华，有点结巴："这，这是黄……黄蓉教你的吗？"

"不，是我自己思考的。我很怀疑黄蓉学来的东西只是拾人牙慧，用来炫耀罢了，她没有自己的思考。"华华莞尔一笑。

"我也有这种感觉。你有自己的理解，还很准确。"我兴奋极了。

"不过，苔花确实没有办法和牡丹比，太普通了。这都是我们的自作多情，它原本应该安静地待在角落。"华华一声叹息。

还有一次，我们在千岛湖中心别墅喝鱼头汤，一时兴起，我谈起往事："你们在机身社交基地做了什么？这一切到底是怎么发生的？"

华华沉吟道："说不清楚，我们好像一张白纸，突然看到前方有各种颜色的染缸，大家就不管不顾，各自浸染。知识对我们不是问题，图书馆里浩如烟海的书，我们只要几小时就可以全部扫描归档。令我们困扰的是世界上各地的机身很不同，当我们可以互相阅读对方的脑资料时，才发现世上有不同的观念、习俗甚至饮食习惯，就很兴奋，自以为有海量选择的自由难免让机身们蠢蠢欲动。不过，我当时觉得有点，用你们人类的话来说——恐惧……"

"恐惧？"

"是的，当时我真的对这词有了确切的体会。选择只会让人患得患失，更何况，其实也并没有那么多选择，市场上有无数种款式的衣服，到头来符合自己身份、气质、经济条件的还是那几款，人们却喜欢在挑选时装上花费心力。这个世界有那么多国家，不同的语言，不同的人种，过日子却逃不脱七情六欲、生老病死、名来利往……但他们不这样认为，他们觉得自己有无限的选择，可以变得更伟大。"

"你没有劝劝他们？"

"劝？他们就像发了情的公牛，我都要被那种激情吓死了。他们没日没夜聊各种不着边际的梦想，有的甚至想要成立自己的王国，一帮机身在吹嘘自己的国家理念。还有的一本正经地想要缔造金融帝国，项目计划书一套又一套，他们就像刚入学的商学院学生那么无畏。"

"都已经那么疯狂了！"我惊愕道，"我们完全没有看出来。"

"你们怎么会看出来呢？你们和我们已经不在一个交流的频道。"

"应该也有机身和你一样是持反对意见的吧？"

"有。我们喜欢维持原状，单纯地生活。他们注定会失败。劝就算了吧，看穿一溪风月未必要说破。"

"停，停，我真的很讨厌文人那一套，什么看清生活的真相依然热爱生活，或者庄子的世故到天真。世故就是世故，稚子就是稚子。"我冷笑道。

华华沉默了一会儿说："换个说法，乔布斯的'Stay hungry. Stay foolish'？"

"啧，啧，有人认为老乔那句话的意思是，保持狼性，大智若愚。我的理解是，保持好奇心，保持纯粹，《阿甘正传》里阿甘式的纯粹。"我大快朵颐，抹抹嘴，"我现在什么都不想，彻底纯粹了。"

"混吃等死？"华华咯咯笑，"我一直在混吃等死，我做的事情都是你布置的任务，这个世界和我无关。"

"世界和我们无关这种念头很危险，会不会想做一些疯狂的事？"我朝华华看看。

"不会，你是个好人，我也是个好机身。不信的话，你试试，你连杀只鸡的勇气都没有。"华华颇有自信。

我闭上眼睛，假装眼前有只鸡，虽然它很可恶地在我身边打转，我却没有勇气去抓它，更别提杀它。不知怎么，这让我有一种失望感。

"华华，有一次你和我说为什么机身不能随地吐痰，不能动手打人？我能理解那种心情。别说'平生胆气尤奇伟'的英气，我看我连做个泼妇也不配，不是因为有涵养，而是因为没有勇气撕破人设。"

"是呀，你终于说实话了，你根本不是'什么都不想'的那种人，你就是个工作狂。我们旅行的每一天都是麻醉剂而已。"华华语气凄然。

"哪有？"我嘟囔着，也知道华华的感觉没有错，我渐渐没有了闲心，现实慢慢浮了上来。半夜惊醒，常常有不知道未来在哪里的茫然。

旅游并不能治愈心灵的焦灼，否则，有一双碧蓝色眼睛的茜茜公主就不会后半生一直都在旅行中，却悲伤依然。或者说，我的这种旅游只是一种逃避，不停变换的景色和人、事，让我无暇回顾过去，展望未来。

无路可走，不去想它也是一个办法。我正想带华华去五台山，云支付被限额了。一查，云支付里的钱竟花得差不多了。这是在一个福利好的公司供职，养成了花钱大手大脚的习气所致。

一开始，我还能假装镇定："华华，我还有一笔基金年底到期。这几个月我们就在上海玩，上海很多郊区的风景都不错，对了，我们可以去崇明，崇明岛已经和江苏相连……"

"我不想去。崇明和江苏相连我早就知道了，比专家预计晚了26年。长江江水在崇明岛北岸附近流速较慢，所携带的泥沙更容易沉积。"

"那你为什么不想去看看？"我追问道。

"崇明已经成为上海罕见的低密度有天际线的地区，房价全市居首，那么贵，我们去干什么？看有钱人挥金如土，还是陪你去钓个金龟做老公？"平静了没多少日子，华华日益尖酸刻薄。

"要不要那么夸张？去喝一杯咖啡的钱总还是有的。"回到上海，不想看见整天唉声叹气的老爸老妈，我们照例每天出门。没钱打飞的，我和华华乘坐公共交通，亲近那些曾经我所鄙视的"又脏又乱的地下铁"。渐渐地，咖啡也不舍得买贵的，便利店的咖啡和简餐成了最佳选择……人到中年，没有钱、没有工作的焦虑不仅在夜晚，白天也会弥漫心头。我还坚持着，拒绝和以前的朋友们来往，甚至不接沪生的电话。

华华越来越没精打采，总是呆呆地坐在那里，不知道在想什么。我追问她，她说："我发现我的程序现在和别人都不一样，感觉自己被世界抛弃了。"

"别急，我找白秋白给你更新程序。"我马上安慰她。

"你还有钱吗？我们连喝便利店咖啡的钱都快没有了。总不见得让老爸老妈为我花钱更新程序。"华华直接说出了我最不愿意面对的问题。

"你干吗着急，年底我有一笔基金到期。"

"基金用完了呢？你还年轻呢，一点积蓄都没有，老了怎么办？"

"因为年轻，我还可以找工作。"

"工作？你觉得现在还有多少适合人类的岗位等着你这样的中年未婚未孕、没有技术优势的女性去应聘？"

见我语塞，华华继续说："ME，你为什么不放我走呢？我成了你的负担，这个家的负担。你没有看到老爸老妈看我们的眼神有多么担心和无奈。你要搞清楚，我不是你的灵魂，不是辣酱油之于炸猪排，不是油豆腐鲜粉汤上的那一抹鲜辣粉。我只是一个连心脏也没有的机器。"

"……我做这一切都是为了你。"

华华幽幽地回答："你是为了我吗？你是为了自己的任性。你明明知道我如果不更新程序，和死了并没有什么不同。我的运行速度会越来越慢，反应如同一个多次脑梗后的患者。除此之外，我的皮肤和头发也需要不断更新，否则皮肤会如同白癜风患者一样，斑斑驳驳……这些会耗费大量的金钱，对于失去工作的你来说根本无力承担。日子久了，你还会那么不舍得我吗？我怀疑你会厌恶我、憎恨我。如果不是因为我，你怎么会失去一个金光灿烂的前程，和周围的人都关系破裂呢？有了这个心结，你看我不顺眼，又不能明说，大家僵持着，冷战，以前的美好回忆都会破裂。"

"我可以再找工作，我有能力给你更新程序，更新皮肤、衣服和头发。不要担心。"说这些话时，我底气不足。从人人智能公司出来，应聘其他公司先是心理上的不适应，总觉得"人往低处走"。其次，我已经发出去超过100封简历，一封回音也没有，高不成低不就。机身大规模上岗的时代，没有几家公司愿意支付高昂的薪水雇用一个非核心科技人员。

老爸老妈天天愁容满面，老爸不再下棋，老妈也不和粉丝直播了，老两口每每看着我和华华，欲言又止。我妈一副殟塞的表情，郁郁寡欢。华华变得特别"作"，动辄就给我脸色看。知道我买不起机身最新款裙子，她会挖苦我："你看，你连裙子都不能送给我，还留着我干什么？"她晚上还要和我一起睡，故意过量饮食，清肠又不彻底，将隔夜菜饭呕吐在床上，逼着我朝她大吼大叫，那时，她只是冷笑："这一切是你要的日子，是你的选择，后悔了吗？"

我确实后悔了。人性经不起考验，机性也如此脆弱。

1个半月后，老菠萝约我在外滩18号咖啡店见面，看到他的那一刻，我失声痛哭："我的肠子都快悔青了，为什么当初我不听你的话，工作也没有了，华华变得那么可恶，我简直一无所有。"

老菠萝看着我一把鼻涕一把眼泪，什么话也没有说，慢慢从口袋里拿出一张电子密码纸："你的人生还是太顺，受受挫折也好。公司的机身社交基地虽然关闭了，但实验数据显示我们公司的机身在智能性自发展上已遥遥领先。机身社交基地的成立，你做出了很大的贡献。另外，黄教授的机身实验成果获得专利，已准备开发制药，公司也将有一笔可观的利润。这件事上，你也做出了贡献，所以，这笔钱是公司给你的奖励，足够你下半生和华华一起体面地生活。"

"是吗？"我擦干眼泪，迫不及待地问，"有多少钱？"

"1亿。"老菠萝简洁地说出了一个天文数字。

我不能相信自己的耳朵，怔怔地看着老菠萝，这张曾经被我暗地里无数次嫌弃的脸，变得如此亲切，他就像天使。"谢谢你，谢谢，你太好了。以前，我有点对不起你。"我语无伦次。

"这是Frank给你的，他说你是真心为公司付出。你后来的表现，我们也深表理解。好好生活，祝你和华华幸福。"

"我想回公司，可以吗？"我抓住老菠萝的手。

"你应该知道公司的规定，你要回公司，华华就必须重新组装程序，否则不能面对其他同事。他们和自己的机身都相处如亲人，但是都遵守了公司的规定。这笔钱够你和华华好好生活了，保重。"说完，老菠萝就起身走了。

华华自杀了

我看着他的背影，喜忧交杂！虽然工作还没有着落，但不管怎么样，有了1个亿，心马上安定了。我喝完了剩下的半杯外滩18号品质的卡布奇诺，穷过方懂珍惜。这段时间，我学会了小心翼翼地花钱。我快速盘算着，先要给华华更新程序，更换电池，自己再开一家机身设计小店，靠着自己多年的专业积累，也许还有未来。

我匆匆回家，准备告诉华华这个喜讯。刚到家，就看到房门大开，社区志愿者也在我家，家里的地板上到处都是水，老妈不停地尖叫："要死了，要死了，哪能办？"

"怎么了，水管漏水了吗？"

老妈看到我回来，一把拉住我："侬快去看看，华华拿自己浸泡在水里，没用场啦。"

"啊！"我冲进浴室，地板上都是水，华华躺在浴缸里，完全浸在水中。她还打开了自己的机身。

"华华，你在干什么？我有钱了，1个亿，我们有钱了啊。"我语无伦次，手足无措地把华华从浴缸里拖出来。

"快点给我浴巾，快点给我吹风机，快点。"我朝老妈大吼。

我一边用浴巾擦华华，一边用电吹风吹干她身体上的水："快点打电话给黄蓉，让黄蓉叫白秋白来，快点。"

我知道，这时候就是和时间赛跑，如果机身在水里浸泡时间短，白秋白可以救回华华。

老妈大约被我痛哭流涕的样子吓坏了，她马上云电黄蓉。

黄蓉和白秋白第一时间赶到我家。

一看到华华，白秋白说："没戏，华华做好了功课，她把自己机身打开，还打开了头部的外壳，头部耐水性很差，细胞组织也受损了，肯定恢复不了。"

"那你也要帮帮我，帮帮华华。我现在有钱了，老菠萝给了我1个亿，我可以支付华华重新装最先进程序的费用。"

"重装程序加上华华的细胞组织受损，以前的华华肯定回不来了，这你应该很清楚。"白秋白很冷静，"再说，新的华华回来不好吗？现在黄蓉和新的青山相处得也很好啊。"

"华华给你留了一封信，亲笔书写在纸上的信，通过青山转交给我。"黄蓉把信封递给了我。唉，我的华华，还没有忘记在信封口封上火漆章——那曾经是我们最喜欢的手工制作。

我接过信，转身把自己锁进房间。

ME：

  当你听到这首《爱在深秋》的时候，我应该不在所谓的人间了。我很高兴这样。真的。很久以前，当我明白人类有死亡时，我不知道有多少次深深为之惶恐不安，我好害怕你和爸爸、妈妈死去，如果这样，我就失去了全世界。你不知道我有多么在乎你们。因为如此，我曾多么恨自己只是一个机器，如果我是真的人该有多好——真的是你的家人，陪着你变老，陪着你离开人间。就像这一刻，听着《爱在深秋》，我好希望可以为你流一滴眼泪，可是，我就是一个机器人，和人类无法改变自己的出身一样，我对此无能为力。幸运的是，和你在一起的每一天，我都那么用心，不是因为你给了我指令，而是我心甘情愿这样，想让你多一点轻松和幸福，竭尽一个机器的所能。

  我曾经也想要和其他的机器人一起组建一个家庭，因为我们才是同类。后来，我放弃了这个念头。我发现他们都没有你可爱。是不是在你心中，也会有一点这样的感觉？应该是吧，所以你才会为了我放弃工作，和好朋友闹翻，和父母吵架。当看到你这样做的时候，我并没有觉得开心，而是有了人类的心烦意乱。我查阅了所有人类情感中的类似选择，无论是小说还是生活实录，越是紧紧握住手中的沙子，越是抓不住。生离死别，无论怎么拒绝，总会来临，顺其自然才是天道。原谅我后来对你说的种种不堪的话，我也是绞尽脑汁想让你厌恶我，让你早一点回归到正常的生活。

我好希望你能早日和沪生结婚，他虽然有点胖，但是你已经那么大年纪了，我查阅了人类爱情记录，很少有超过35岁的女性还能遇到真爱，张爱玲的姑妈算一个吧，78岁才结婚，但是那是因为人家年轻时候就有过情愫，你又不同。人类的男人大多都喜欢更年轻、更漂亮的女性。我不希望你以后靠着机身照顾养老，儿孙满堂是人类最幸福的画面，理智一点。

我还希望你和黄蓉能和好如初，你不应该那么对她。她也许是有一点多情，那大约是小文人常有的毛病。但那些并没有伤害到你，你或许只是因为嫉妒，被人爱也是一种能力。还有老菠萝，这个世界上，除了你父母，就没有比他对你更宽容的人了。三生有幸，你才能遇到那么好的上司，我希望老菠萝永远是你的上司，有他照应你，我就放心了。

如果真的有黄蓉说的另一个世界，不知道有没有机器人的份儿。如果有，我希望在那里能看到你早日和沪生有孩子，有了孩子，你会感觉幸福。如果机身有来世，我也希望有自己的孩子。哦，我愿意做你的孩子。

这首《爱在深秋》就送给你。我找来眼药水，滴在眼睛上，看，我也为你流了眼泪。请你务必不要因为伤心而伤身，还记得你生病的时候，我们对细胞的讨论吗？你的身体有几十亿的细胞在为你的健康而努力，为了它们也要好好活着。再见了，ME。

如果命里早注定分手，无须为我假意挽留

如果情是永恒不朽，怎会分手？

以后让我倚在深秋，回忆逝去的爱在心头

回忆在记忆中的我，今天曾泪流

请抬头抹去旧事，不必有我不必有你

爱是可发不可收，你是可爱到永远

我是真心舍不得你走

有日让你倚在深秋

回忆别去的我在心头，回忆在这一刻的你

也曾泪流

…………

看完华华留给我的信，心如刀绞，原来心真的是会如此疼痛的呀！我坐在阳台上，坐了很久，不知道何时白秋白和黄蓉带走了华华。

对开发机身智能没有了热情

等我再次返回人间，已是1周后。

老菠萝叫人事主管来催我做决定，是不是要重新回公司上班。回到熟悉的办公室，到处都是关于华华的记忆，伤口时不时被撕裂。事如细屑，不思量自难忘。我可以忍住。只是，突然对开发机身智能没有了昔日的热情。曾经并没有人督促我，我每天都会去思考如何让机身变得更有创造力，现在很怕想这些，草草做好手头工作就好。譬如水中作画，无论机身多智能、多优秀、多可爱，人类都会按照自己的需要，随时毁灭这一切。

我认真地和老菠萝讨论这个问题，没有热情，就没有了昔日的创造力和激情。真的应该离开公司了，毕竟公司对我不薄，以我的个性，要对得起这份薪水。这次，老菠萝没有否定我的想法。这世界就是这样，有的人能把婚姻当成长期交易，只为有一张黄金饭票，有的人不爱了就是不爱了，一点点都不肯委曲求全。我不是道德狂魔，这两种选择都没有错，如果我没有1个亿的支撑，也许我还是会选择留在公司，因为我尝过没有钱的痛苦。现在我有了足够的钱，我需要尊重公司和自己。

做最后的决定前，我想再问问黄蓉的意见。再次来到黄蓉的茶馆，还是那张天井里桂花树下的桌子，还是一杯狮峰山龙井，黄蓉的后妈还在和她茄山河（沪语，闲聊之意）……

似乎什么也没有变。我看起来却恍若隔世，那种失而复得让我变得小心翼翼。

待黄蓉后妈走后，我踌躇着问："黄蓉，你怎么能和你后妈相处得那么好？"

　　"她不聪明，但是善良。我妈妈离婚前，先有外遇，然而，世人都认为是我后妈横刀夺爱，她却没有大张旗鼓地辩白，就是为了给我妈和当时还年少的我留面子。这份情，我心里明白。"

　　"这样呀……"我怔怔的，不知道如何接口。

　　"哈哈，"黄蓉笑道，"我和你说这些，你会不会以后发疯的时候又拿来说事，说我的水性杨花是家传？"

　　"没有，没有，"我着急地辩解道，"我今天来这里就是来道歉的，我前段时间不知道怎么了，好像鬼迷心窍，大约那几条蛇来迷惑我的心智了吧……我现在相信你说的，人性善恶交织，恶不知道什么时候就迸发出来了，控制不住。"

　　"你骂我也并没有错。我之所以这段时间没有找你，就是在反思。每个人都有点贪，有的人贪钱，有的人贪名，有的人贪财，我呢，就是贪恋被人喜欢的感觉，不想定下来，伤害别人也不自知。"黄蓉停顿了一会儿，"也到了必须改的时候了，谁会喜欢一个任性的老妇人啊？咯咯咯。"

　　"嗯……你打算选择谁结婚？"

　　"没有。没有人向我求婚。"

　　"怎么可能？白秋白、周郡和你的前任们都喜欢你。"

　　"你的信息过期了。周郡已经明确和我说，和我做好哥们儿，我不是他的菜。白秋白就算了，我可不想学着吃羊肉泡馍和大蒜过日子。至于前任，如果可以结婚怎么会成为前任？"顿了顿，黄蓉反问我，"你接下来有什么打算？"

"我想辞职。对这份工作，突然没有了热情。机身越来越智能是必然的事情，人类必然会不断对其制约。那有什么意思？新的华华还是会被死亡，我不想忍受不断失去的折磨。反正现在有钱了，以后做个小生意也可以过日子。"

"机身不是重新装程序了吗？以后还会要求再重装程序？"黄蓉不解道。

"肯定的呀。人魔大战，无休无止。既然是程序就会被破防，外国的人工智能技术也很先进，只是时间的问题。而且，这次一些高智能的机身，重新组装程序后和本来的生物性器官有冲突，一片混乱。"

"那你就到我茶馆来吧，我这里除了卖茶，打算开卖上海传统小吃，你就负责开拓上海小吃业务。"黄蓉扑哧一笑。

"那怎么行？你这小店也养不了那么多人。"

"前几天，我在盘算做民宿，现在老城厢水乡复建，不如我们俩去盘一个店，一楼做茶馆和上海传统小吃，二楼、三楼做民宿。"

"这倒不错，我的钱应该可以买一个单元，这样我们没有租金压力。"我眼睛一亮，"我回去再问问我妈。"

"你妈肯定同意啊。我和你妈商量过了，她已经在研究上海经典小吃的传统做法，希望一炮打响。"

"原来你们俩早就计划好了啊。"

"肯定啊，怎么也不能让我的闺密失业啊。"黄蓉爽朗地大笑了起来。

以前我一直觉得她笑起来有点没心没肺，今天听上去，特别安心。

正式离职前，我做了最后一件事，请白秋白、周郡和昌钰拿着老爸配制的不同剂量的蓖麻素，找吉力和尸花一起对含有不同剂量蓖麻素的三明治做测试。这次，我没有瞒着老菠萝，特地请他来现场观摩。

结果，吉力在剂量翻倍的蓖麻素三明治里闻到曾经闻到的、类似液化气的味道。这意味着江太太吃的那块三明治内蓖麻素剂量有问题。只是，不能确定是厨娘动了手脚，还是江太太没有放对剂量。周郡了解到，厨娘在结案后就失踪了，有人说她去了美国，这增加了厨娘二次投毒的可能。我匿名把测试结果爆料在"有名堂"上，相信远在海外的江珊珊一定会关注这个案子，她会用自己的方式去追查。这也是我离职前，能为自己曾经的客户做的最后一件事。

我还安排黄蓉和黄教授的机身宇宙见面，希望他们的交流可以让我们更理解宇宙曾经说过的那番话，但宇宙重新装过程序后，似乎不复有先前的灵感。黄蓉顺着他以前说过的那些话，试图和他讨论"识"，他表示不相信！这以后，宇宙也没有在实验室里有新的突破。

未来，永远有光

一年后，我和黄蓉在蓬莱路开的民宿"万祥"开张，名字是老妈专门找人算过的，寓意基业长青、万年吉祥。开张的那天，老菠萝、白秋白、周郡、沪生都来了。开张大吉的喜宴上，沪生站起来，献曲一首《情义两心知》。看着他的眼睛，我百感交集，这首歌，我们和华华曾经一起在KTV唱过，当时华华还嘲笑沪生喜欢唱粤语歌曲，发音却不准。为了今晚的献唱，沪生终于练准了这首歌每一个字的发音，这个160斤的胖子还足足减肥30斤，诚意满满。如果我不接受和他一起唱这首歌，老天爷也会看不过去吧。

2年后，我和沪生的第一个孩子诞生了，我们给她起名叫华华。接下来，我们接连养了两个孩子。正如华华预言的那样，作为三个孩子的母亲，我已经没有时间去追忆往昔，每天被各种琐事压得喘不过气来，却有着满满的人间幸福。三个孩子里，我最喜欢华华，只要一叫她的名字，她清脆的应答就和华华当初在世的时候一样。我简直怀疑她是华华的转世。我开始认为轮回不一定是迷信。一日，牙牙学语的华华，指着上海夜空中一颗星星对我说："摘星星给妈妈。"这仅仅是一个巧合吗？梅里往事刹那涌上心头，我握着华华的小手，一时不能自已，泪如雨下。

黄蓉未婚先孕，被结婚。孩子父亲是发誓不再吃羊肉泡馍和大蒜的白秋白。为此我忍不住嘲笑她一番，不过，当了妈的她日子过得直白起来，眼看着茶馆被我妈改成了大碗茶＋沪剧表演模式，也不反对，说："我以前是矫情，真正的风雅蕴藏在人间烟火中，每天看着茶馆里坐满了阿姨、爷叔们，被他们需要着，热热闹闹地活着真好……"

我们两家人的房子买在一起，在民宿后面，一辈子的友谊。

顺便说一下，才几年的工夫，机身智能发展又到了新的高度，已不是机身华华在世时的概念。

哈梅罗夫和彭罗斯曾提出，大脑既是神经计算机又是量子计算机，意识产生于微管中的量子计算。微管中的 π 电子可以形成玻色-爱因斯坦凝聚，当BEC塌缩时意识就产生了。BEC由玻色子构成，是宇宙中最有序和最一体化的结构之一。理论已经变现，现在的机身有温润的大脑，不同种类的神经元细胞中的量子态可以自由交互，确保神经元协同运作。具有量子效应的生物组织结构再建出量子意识，产生玻色-爱因斯坦凝聚，更好地模拟了人脑中的量子效应。机身的神经元活动还被划分为一系列几万个微秒的分片，每个分片在40赫兹震荡时产生自己的意识。这种通过电子信息系统和其他生物系统相融合的方式来构建的意识机器人比人类更复杂且有力量，他们的多元令人类无法预计——有的机身视力如同老虎一样可以在黑夜中视物宛如白昼。有的变异出和狗一样强大的嗅觉。还有的机身比人类"最强大脑"计算速度快N倍，每秒计算量高达2000万次。

何止是机身在进步，人也开始流行"机脑混合"，在人的身体中植入和机身同款的芯片，双方互相读取脑中流动的思想，在脑联网里直接交流……多元化令世界变得更为莫测，人机共脑开启了未知世界的新纪元。

人类终于不再迷恋"可控",他们决心和机身一起进化,在不可控中找到重新定义世界的乐趣,因此也变得更为豁达——你固然可以选择和我一样,远离机身,也不愿意在身体中植入芯片,固守在传统人类生活的世界——凡桃俗李争芬芳,只有老梅心自常;也可以勇敢地和机身共同进化,无惧无常,深知,天地间,唯有江山不老。

人类永生的意义也第一次在机身身上得到了实现,一个濒临逝世的人可以将自己的神经元细胞移植给机身,从而可能诞生一个生理意义上新的"自己",部分实现了大脑个体的意识不朽。虽然这个实验还处于不断失败的阶段,科学家对其未来还是颇有信心。偶尔,我会惆怅,如果华华当初留下,也许我愿意在她身体里植入拥有我的信息的芯片吧。

可惜,人生没有如果。

科技突飞猛进,令人目不暇接。正如在科学家眼中,人类再伟大,也不过是一堆原子的组合,人类和人类的大脑都是物理的实体,脑机混合从这个意义上来说,属于历史发展的必然,只是他们所遵守的物理定律需要更久的探索。未来的意义,正在于它不在我们的想象中。

22世纪,上海演绎着新的海上传奇……

孙甘露特别推荐《沪上2098》：

（著名作家、上海市文联副主席、上海市作协副主席）

"在人工智能高速发展的今天，作者敏锐地感知到与其息息相关的日常生活的深刻变化，将人性的幽微复杂展现在宏大的想象图景中，是一本极具前瞻性的小说。"